U0628667

阅读者

李焕龙

著

ARTTIME

时代出版传媒股份有限公司
安徽文艺出版社

图书在版编目（CIP）数据

阅读者 / 李焕龙著. -- 合肥：安徽文艺出版社，
2021.9
　ISBN 978-7-5396-7296-0

　Ⅰ. ①阅… Ⅱ. ①李… Ⅲ. ①散文集－中国－当代
Ⅳ. ①I267

中国版本图书馆 CIP 数据核字(2021)第 173052 号

阅读者
YUEDU ZHE

出 版 人：段晓静
责任编辑：胡　莉　　曾柱柱　　　　装帧设计：张诚鑫
....
出版发行：时代出版传媒股份有限公司　www.press-mart.com
　　　　　安徽文艺出版社　　www.awpub.com
地　　址：合肥市翡翠路 1118 号　　邮政编码：230071
营 销 部：(0551)63533889
印　　制：武汉市卓源印务有限公司 (027)51850953
....
开本：710×1010　1/16　印张：18.75　字数：250 千字
版次：2021 年 9 月第 1 版
印次：2021 年 9 月第 1 次印刷
定价：79.90 元
....

序　言

　　全民阅读作为国家的文化战略,是提升公民素质、增强国家实力、实现民族振兴、推进人类文明的重要举措。我有幸成为一名阅读文化建设者、职业阅读推广人,不仅参与了这一功在当代、利在千秋的伟大工程,而且从中深受教益。

　　我于2015年秋季改行,由从事文艺创作研究转为从事图书馆行政、业务管理。面对博大精深的图书馆学,我一时不知业务工作从何下手,便从读者需求出发,加强图书推介工作。这一“以服务之需为本、以业务之需为要”的工作方法,很快产生了良好的社会效益:我们的阅读推广平台——以“书香安康”统一命名的微信公众号,微信读者群、工作群、行业群,QQ群,网站快速火爆;我们的图书评论征文活动在两个季度内,由面向全市、全省,迅速发展到面向全国,并让一个山区小市的全民阅读工作引起全国关注。与此同时,本人的阅读推广文章、图书评论如火线冲锋般密集发出,且有六篇获得中国图书馆学会、图书馆报社等方面举办的全国性征文一二等奖。

　　如此这般,默默奋进的安康市图书馆引起业界广泛关注。次年夏季,我即加入中国图书馆学会,并被发展为阅读推广委员会成员。在分编专业委员会时,中国图书馆学会领导依据个人特长与工作需要,给了我两个选择:一是图书评论委员会,二是阅读文化研究委员会。我查看了一下专业委员会职责与成员名单,发现著名阅读推广人、书评家徐雁教授率领的图书评论委员会,成员多为大专院校教授、高校图书馆学者;著名文化学者、山东省图书馆副馆长、山东省图书馆学会会长李西宁先生挂帅的阅读文化研究委员会,成员全是公共图书馆的专家、行家。从个人爱好出发,我应选择前者;从工作出发,我最终选择了后者。

成为中国图书馆学会的阅读文化研究委员会委员后,我除了积极参加学会的培训、学习、交流活动以获真经,及时完成专业委员会交办的任务以获实践经验外,我将主要精力投入自己的工作岗位和服务区域,针对"阅读文化建设",进行了广泛探索与积极实验,喜获了多项成果。

我们切实加强阅读价值宣传,以期形成人人崇尚阅读的社会氛围。我馆带动全市各县区公共图书馆,连年评选"年度优秀读者"和"年度优秀阅读文化志愿者",并采用"个人借阅排行榜"等宣传方式来树立标杆;同时,在"三八"妇女节期间,提请市文旅广电局、市妇联主办全市"书香家庭"评选、命名、表彰活动,让读书育人、读书兴业、读书旺家的先进事迹和生活理念深入人心;提请市委宣传部、市文广局、市新闻出版局等单位联合本市报刊、广电、融媒体开展"书香安康"建设专项宣传,各媒体均开办《读书》专栏,推介有价值的图书和市民的阅读故事,让"读书有用"的价值观与市民的人生观、世界观融为一体,从而营造以读书为乐的"书式"生活、以读书为荣的生活时尚。

我们切实加强阅读知识普及,努力构建人人能够学会读书的社会环境。本馆从调研中寻找到一种"小众带大众"的简易方法:通过开办"安康人周末读书会",让大家在同读中同学初读、深读、研读和导读、解读等读书方法,从而让一部分人因为会读书而爱上读书,进而成为推进全民阅读事业的积极参与者、热心志愿者。继而,发动县区图书馆和乡镇分馆、村农家书屋、社区阅览室等公共图书馆网络,在全市各区域、各行业、各单位、各企业组建读书会。通过在读书会燃激情、学方法,培育骨干,进而让骨干成员在家庭、亲友、单位、社会中传经验、教方法、播火种,逐步让星星之火在汉江两岸、秦巴二山形成燎原之势。与此同时,通过线上线下的读书讲座、读书征文等活动的助力,在全市营造了"小众带大众,大众带社会"的人人学会阅读、人人服务阅读的社会环境。

我们切实加强阅读机制建设,推动创建人人自觉阅读的书香社会。首先是建成从市、县到乡、村的四级公共图书馆设施体系,并用智能化管理运行平台搭建阅读资源"通借通还"、全市"一卡通"式的总分馆制服务体系,从服务能力上建成让城乡居民享受均等化服务的阅读文化供给机制。其次是固化节假日的"全市同读一小时"、轮流性的"两城同读一本书"、报告会式的"全校同读一本书"等"全市同读"活动；办好"4·23"世界读书日、"9·28"陕西阅读文化节等市、县、乡、村统一活动，以及暑假、寒假的中小学生研学阅读活动，形成"以活动促行动"的同读机制。从2018年起，为宣传、实施《中华人民共和国公共图书馆法》，我们将每年元旦设立为"读者节"，让到家走访、到馆慰问读者和业界表彰、媒体宣传优秀读者等活动制度化，力促形成人人自觉阅读、阅读浸润人人的书香社会风尚。

通过阅读价值的大力弘扬、阅读知识的有效普及、阅读行为的积极培育，我们的阅读推广工作有了文化内涵，我们的阅读文化建设有了抓手、有了动力，并有了规范性的行动、目标性的举措和系统性的推进。正因为这样，我们的全民阅读工作才有了后进赶先进的跨越发展：从2016年起，安康市图书馆连年被省文化厅、省新闻出版局及省公共图书馆联盟评为先进单位；我们创办的"安康人周末读书会""王庭德书友会"被省委宣传部树为"志愿服务"先进典型，被文化部评为"文化志愿者"优秀项目；我们的"陕版图书阅读季""优秀传统文化经典阅读"案例，荣获全国一等奖……正因为这样，我们才会被中国图书馆学会授予全国2018年度全民阅读"先进单位"、2019年度全民阅读"优秀组织"等荣誉称号。也正因为如此，我才在阅读文化建设中有所学、有所为、有所悟、有所得，才能写出这些宣传阅读者的精彩故事，才能写成这些服务阅读推广的书评。

这部书，来源于阅读文化建设工作，我愿用它回报这一有温度、有前途的社会工作。我愿同有志于此的阅读者、志愿者和文化工作者一道，为"力推全民阅读、建设书香社会"共同发力，做个终身服务、终身受益的阅读文化建设者。

是为序。

2021年春于安康市图书馆

目 录

下卷　我荐书

你读书

阅读推广工作，必须以人为本。

没有读者，图书馆就没有存在的价值。

没有读书人，社会文明就缺乏主导因素。

"力推全民阅读、建设书香社会"是提高公民素质的国家战略，是推进人类科学发展的全球大计，是我们务必履行的神圣职责。

建筑工地的阅读者　宋安平　摄

心头书

把一本书放在心头，压了几十年，如今竟然又让其重新现身，这事也只有黎胜勇能够做到。

此时，当他借助网络手段，重获那本 20 世纪 80 年代的铅印图书时，我们可以想见，他的内心定是恋人重逢的滋味儿！

这件事情，得从 1992 年说起。那年初夏，在平利县文化馆从事文艺创作、辅导工作的文学青年黎胜勇，因创作的陕南民歌剧《光棍求婚》剧本有望冲刺省级戏曲大赛奖项，被地区文化局看中，而与该单位编剧专干邹尚恒一道，来到安康地区文艺创作研究室，专司剧本修改工作。这种集体会诊式的改稿，是那时的优良传统。于是，黎胜勇首次享受了作为文化人的最高礼遇：被安排在接待上级领导的地区招待所食宿，由当时业界最牛的王林夫、陈纪元、冯传宗、田尔斯、刘继鹏等著名编剧、导演分别跟班指导。如此高度的重视，无疑形成了一种高压，对于做事高度自觉的黎胜勇而言，其内心的压力是：如何不负众望，怎样突破自我。

在消化老师高见、同道意见的同时，他想寻找理论指导，以期消除迷茫，走出困惑。因而，他去找书。先到各位老师的办公室、家中拜访，口中说着求教的话，眼光寻着人家的书，一遇合适的就设法借来阅读。又到文研室的图书室、地区群艺馆的阅览室去找，几乎一有空就去，找了、读了不少，但没有找到满意的。然后，就挤出时间去跑图书馆，从地区馆到县馆，又到安大、安中图书馆，寻而未得。实在不甘心了，他去逛新华书店，从最近的安康县店逛到地区店。那时，人们喜欢找书、借书，而不太注重买书，原因很简单：工资低，买不起。好在，黎胜勇是"有文凭的"知识分子，享受着每年十元的购书费。那阵儿是关键时期，他决定把好钢用在刀刃上。

功夫不负有心人！一本彩色封面的剧本集，让他的眼睛闪闪发亮，心鼓咚咚作响。

这是中国戏剧出版社出版发行的《第五届全国优秀剧本创作奖获奖作品集》的话剧专卷，书名《天边有一簇圣火》。这可是享誉全国的精品呀！黎胜勇翻看着其中的《天边有一簇圣火》《天下第一楼》《布衣孔子》《日蚀》《中国 1949》等 8 部优秀剧本，如饥似渴，如获至宝。营业员见他把一本书都翻过一大半了，就第三次过来醒："买不买？不买就别再翻了，小心翻烂了！"他大梦初醒般地抬起头，望望四周，看看这书，坚定地站起身子，挪着蹲麻的双腿，一手握着书，一手捏着衣兜里的钱，慢慢走到柜台边。交了钱，买了书，他便一溜小跑，赶回招待所的房间，关了门，打开窗，一口气从中午读到半夜，把书通读了一遍。然后，才出来逛夜市，找吃食，边吃边品味那些剧本里的情节设置是如何的拙而又巧、细节处理是如何的实而又妙、人物对话是如何的简而又精。

第二天，他如同得到了马良的神笔，一鼓作气把自己的剧本重写了一遍，写得酣畅淋漓。

当王林夫等老师会审时，个个投来赞叹的目光。

当常纪伦导演给演员说戏时，一个劲儿地拍着剧本直叫"痛快"。

当演员上台表演时，台下不时掌声雷动。

这一次，因有好本子，安康地区文化局在全区"纪念毛主席《在延安文艺座谈会上的讲话》发表五十周年文艺会演"活动中，特意安排了"平利专场"。

获奖后，黎胜勇把证书和这本书放在书柜最高一层的正中间，如仙果一样敬着——敬在眼前，敬在心头。

不久，二姐的儿子应征入伍，向他辞行。黎胜勇对这个爱读书、爱看戏的外甥十分喜爱，反复叮咛他要多读好书、多看好戏，一再告诫他"不要放弃你的梦想"。当二姐请他给孩子推荐几本好书时，他说了声"我有好书"，就折进书房，毫不犹豫地把自己最喜爱的《天边有一簇圣火》、卡耐基的《成功之路》拿出来，双手递给了外甥。

谁知，外甥退伍时，也像移交传家宝一样，把书留给了部队。

那时,他已不做业务,当了多年县文广局领导,虽是心中有戏,常常组织写戏、排戏、演戏,但自己已不写戏了。因而,对于外甥把书留给部队的行为,他是高度赞扬的。

在过往的岁月里,他也多次提到过那本书,但都是为了指导他人写戏。这书,虽早已离开,但他一直用着,因为书中的大多内容他已装入心中。

然而,到了去年,从领导岗位退下来的黎胜勇,又接受了县里请他写戏的任务。这次,是大戏,是重大革命历史题材的重大舞台工程!

从平利县八仙镇走出去的革命先驱廖乾五,是南昌起义的五人"前敌委员会"成员之一,是贺龙元帅的入党介绍人,是我党早期的优秀党员、高级干部。他因去世太早、史料太少而鲜为人知,但其革命故事值得大书特书,其革命精神值得大力弘扬。黎胜勇为了完成这一重要作品,搜集了许多资料,构思了很长时间。在这段日子里,他几乎天天都在想着那本书,尤其是录入其中的军旅题材剧作《天边有一簇圣火》,他多想再次研读呀!

他知道,那是他十分敬重的军旅作家郑振环的大作。他知道,曾任八一电影制片厂厂长的郑振环老师,出过不少名作。然而,《天边有一簇圣火》却是黎胜勇的最爱。

他到处打听,不见此书。

他上网去查,方知此书在铅印年代只印了一版,只有 770 册,且是手工绘图、制版的。因而,要查找,非常难!

那么,郑振环老师会不会有呢?

再一查,发现郑振环先生已于 2013 年作古,唉……

然而,功夫不负有心人。就在黎胜勇边写《廖乾五》,边与《天边有一簇圣火》神交、对话时,旧书网奇迹般地闪现了一本《天边有一簇圣火》!

他立即下单!

他时时盼望,并不停地查单,看快递走到哪儿了。

当书到手,他惊奇地发现:来自北京的这本书,竟然没有被人打开过!

"天呀,天助我也!"被人珍藏了 30 多年的这本书,竟然无人启封,墨香如初。

他卸下眼镜,用热水浸了浸毛巾,擦了擦泛潮的双眼;再慢慢洗手,把手掌、手背、指甲缝和十根手指都洗得干干净净;然后,他慢慢地沏上了家乡的"女娲仙毫茶",慢慢坐下,坐在打开了窗户、沐浴着东风的书桌前,慢慢打开书本,阅读这从天边飞来、从梦境中飞来的图书。

一本在心头存放了几十年的书,此刻在他的心头活了过来,宛如久别重逢的恋人。

老书迷

"方老"自然是姓方的方,但广为人知的却是"方志"的方。因为自20世纪80年代初开始编修地方志,他就被抽调到了安康县地方志编纂委员会办公室。后来,县改市,市改区,当单位名称改为"汉滨区方志办"时,他已退休。再后来,区上开始二轮修志,一直退而未休的老方竟然被返聘为执行主编,成了单位的"方老",成了区上的"优秀退休干部"。

此时,年已七旬的方琛先生,却感觉异常的忙碌。因为,退休这么多年,他已过上十分规律的"三书"生活:协助本单位及政协等有关单位修志编书;为自己的文学爱好写书出书;在"安康人周末读书会"组织、参与读书活动。

为此,他只好与单位、家人和近年加入的老年大学、老干部合唱团等业余组织协调时间,甚至辞去了几个团队的职务,力保单位工作、个人写作的有效时间。但减来减去,参加读书会的时间和精力他是丝毫不愿减去的,而且还时常为此在家中加班、熬夜读书。

一个星期三,安康市图书馆的"书香安康"微信平台发出了"安康人周末读书会"本周六的阅读书目,他一看是《100个安康人的阅读故事》,内心立马就兴奋了。因为,书中收有自己的故事。上周,新书发行,他就想先睹为快,但因时间不巧,未能如愿。因此,本周集体阅读此书,自己一定要去!

唉,计划没有变化快!正这么瞅着"约读信息"在心中盘算呢,单位就来了电话,说是修志时间紧、任务重,而单位人手少、排不开,要把一本专业志分给他审阅。他本不想答应,但考虑到单位能审稿的人实在太少,无法推辞,他只好答应了。

多了个硬性任务,便得自己挤时间读书。他立即出门,从小巷抄近路,不到十分钟就奔到市图书馆。本想借一本《100个安康人的阅读故事》回家阅读，图书馆的工作人员说他是作者之一，下周在发行仪式上将给他发书，就让他提前领了一本。

吃过晚饭，与老伴一道忙完家务，他走进书房，开始读书。

一连两夜，他都熬过大半夜。老伴不解，问他忙啥，他说："我本周不能去参加周末读书会活动，但这本书自己又特别喜欢，不阅读、不发言，实在过意不去。所以，我只好在家挤时间阅读，再写个书评，发去做个书面发言。"

老伴皱了下眉头，问他："你不是不当读书会的副会长了吗，咋还这么上心？"

他抬起头来，十分认真地解释道："这个，跟当不当副会长没啥关系！'安康人周末读书会'组建首届班子时，我就被推选为副会长，主要原因是我有图书评论的特长，有利于分管学术工作。现在，我年事已高，力不从心，为了把年轻人推上去，我主动让贤，辞去副会长的职务，是为了让读书会发展得更好。我挂了个名誉会长的名头，那是人家尊重咱，咱也不便推辞，我理应支持他们。但热心读书事业，热爱读书这事，却与那些名头无关，这一是缘于自己的终生爱好，二是我实在热爱这个团队！"

老伴被感动了，给他续了一杯水，说声"我不打扰，你抓紧读"，就退了出来。

星期五晚上十点多钟，经过第三遍修改，一篇三千多字的图书评论终于定稿了。喝一口茶，伸一下腰，老方感觉舒服极了，他心情愉快地哼着汉剧，把稿子发给了周末读书会的会长朱焕之、阅读部长刘全平。

老伴问他高兴啥，他说："文章称心精神爽！"

老伴趁热打铁："那咱们周末到合唱团去唱两曲？"

他的笑容立即减去大半："只能现在，明天不行！我马上去取手风琴，陪你来两曲。因为，明天要给单位审稿。"

老伴想说啥，想了想，啥也没说，摇摇头，劝他少熬夜。

然而，老伴刚走，朱会长的电话来了。听到口齿伶俐的朱焕之在叫了两声"方老师"之后，哼哼唧唧地口吃起来，他立即明白，要搬他出山救火了。

因为，此前曾有几次，由于别人临时有事，实在找不到合适的人选接手这些业余性、义务性的志愿服务工作，朱会长想请他救火，又碍于他年龄大，不好意思派活，便话到嘴边口难开。

他是个爽快人，容不得他人替自己着急，反而主动为朱会长解围："小朱你莫着急，有事尽管安排。我虽然家中有点小事请假了，但是，如果工作需要，我明天一定来！你放心，尽管吩咐！"

果然，朱焕之的单位明天要接受上级检查，他要加班，不能主持活动，但考虑到明天阅读这本书的人多，确实需要他这"老手"出山。

他朗声说着"没问题"，"你放心"，感动得朱会长连声称谢。

当他放下手机，又犯难了：明天的时间又被挤占了，审稿的事情怎么办呢？

唉，老办法，晚上加班吧！

加到半夜两点了，他连老伴进门的声音都没听到。老伴问："还不休息，把自己当成小伙子了？"他一时没有反应过来，却在吩咐老伴："天快亮时我眯一会儿，记得早点喊我起来，还要给我弄点提神的酸菜面吃。我要提前一个小时到图书馆去，好好筹办这一期读书会。"

"唉，你这老书迷！"老伴续上茶水，悄然退去。

老方看一眼左手边的志书送审稿，抚摸一下右手边的《100个安康人的阅读故事》，暗自发笑："老书迷？"哈哈，看来，这辈子只能当个"老书迷"了。人家退休了迷诗迷画、迷棋迷石，也有人迷财迷色、迷名迷利，我这一辈子呀，定然是迷不上别的什么了，就安心当这"老书迷"吧！

阅读者

　　十分庆幸的是,他在退休之后的第五年,找到了自己的人生定位及兴趣爱好,成了职业阅读者。

　　他说自己的前几十年一直生活在"被安排"之中,从学校毕业时被安排到医院,进院上班后被安排到不同岗位,当了中层后被安排在不同部门、赋予不同职责,当了院级领导后被安排分管不同业务、事务及政务……在整个职业生涯,即生命的青壮年期、人生的黄金期,自己几乎没有个人爱好,所谓的爱好就是一次次地承诺与践行"服从安排、听从指挥,认真学习、努力工作",即为了热爱工作而努力去爱,为了服从安排而努力去爱。所以,在漫长的岁月里,他根本没有培养过、发现过自己的个人爱好。深层的原因,是根植于内心深处的服从意识,从没允许自己去挑什么、选什么、爱什么。只要是组织安排的,不会就踏实学,不行就刻苦干。因而,没有爱与不爱,只有"干一行爱一行";没有个人好恶,只有努力干好。公家人嘛,一心为公,无心于私。

　　正因为如此,退休之后,当大把的时间由自己掌控时,他却发现自己没有什么打发时光的爱好,便把自己及自己的时间支配权彻底地交给老婆,你说买菜就买菜,你说领孙子就领孙子。后来,孙子、外孙都由婴儿领成学生了,他便在家赋闲。有老部下来请,有朋友的朋友来请,想聘他到某私人诊所、某私立医院去,他斩钉截铁地表示不去。女儿急了,怕他闲出个三长两短,就劝他也去打个小牌、喝个小酒、泡个农家乐什么的,他摇了摇头,不言妥否。儿女们观察了住宅小区的老人,发现广场舞群体中的退休干部较多,就带他去转悠。不错,熟人不少,他认为这是文明健康的行为,便全身心地投入了。几个月后,细心的女儿又去调研,一提"王文林",无人不知,无人不赞。女儿心想，父亲毕竟当了几十年的大小领导，为人处世定然是一流的。转身一想，刚才他们都说他是"好人"，那他好在何处？是唱、是跳，还是表现在组织领导才能方面呢？她一问，人们七嘴八舌地说了一大堆，什么去时和回时给大家背音响呀，活动时给大家搞服务呀，公益演出时自掏腰包给大家买水、买饭、买道具呀……大家说了一大串，集中起来便是一个词：热心公益。这样也好，只要喜欢，且有益身心，那就让他尽情去干吧！干到年底，儿女们回家团圆，细心的女儿问他喜欢哪些歌舞，他摇了摇头，不置可否。女儿急了，又替他当起私家侦探，满城寻寻觅觅，看有什么适合他去干的。

开年后的第二个星期六，女儿一大早就带他出发，把他领进了安康市图书馆，领进了安康人周末读书会。

这天到场的三十多人中，有十几个新人，所以主持人在开场白中特意宣传了一下图书馆、阅读会，向大家介绍说：这个读书会虽然有时间、地点、阅读方式等"十固定"，但阅读书目、参与人员不固定，即每周三确定本周六的阅读书目，然后在书友微信群及市图书馆的微信、微博、网站上公布消息，让群友、书友及广大读者依据爱好报名参加。同时，每本书集体阅读两次，第一个周六为初读，30分钟到一小时，各人选择性默读，然后轮流分享。第二个周六为精读，除了挑选几个人分享阅读体会外，还有作者的创作谈和专家的专题辅导。除了集中阅读，其余时间大家可在家、到馆阅读，两周一本书，完全可以读深读精。他一听，就脱口而出："这个形式很好！"主持人送他一个笑脸："好就多来！"当听到主持人介绍"之所以把集中阅读安排在每周六上午9至11点，是因为双休日只占用半天，不太影响大家的休息与个人、家庭事务，并且早上9点前多睡一会，中午11点后可去打牌、聚会、农家乐"，一屋人哄堂大笑，他却没笑，严肃指出："我们只说读书，不说打牌！"

这天是阅读已故教育家、作家李春义老师的《教坛随笔》。主持人依据到场读者的年龄、职业、学历等信息，将书中的散文、杂谈和调查报告、业务论文分给不同对象，让大家默读，并依据内容分配了分享发言的关键词，即主题。当然，书的封面、封底、环衬、目录、前言、后记等"公共内容"，是每人必读的。

王文林看完了必读内容,简单翻了下书,就来找主持人。"我想换成这一篇,您看行不?"主持人以目光问他为什么,他说这一篇是谈教风的,只看了一段就感兴趣。主持人点头同意,他连声致谢,走了两步又转过身来,与主持人十分正式地握了个手。

到了分享环节,主持人点了一个人第一个发言,然后从其左边开始,依次发言。同时要求,每人两分钟,不超时,不脱离关键词,只讲体会不言其他。被点之人说还没准备好,请换别人,主持人不愿换,场上气氛有点僵硬。

王文林举起手来,说声"我先说",不管主持人是否同意,就讲开了:"我读了两篇,都与教风有关,从主持人指定的关键词'联系实际'出发,我有三点感悟:一是教风和医风同理,修德为上,我赞同李春义老师以德治校的方略;二是教风来自师风,师风来自师德,如同医德,以德行医为良医,所以必须加强师德建设;三是校风好坏由学生体现,学风代表校风,所以必须加强德育工作。"他一口气讲完三条,又来一段自我介绍:"我是个医生,已经退休了。为了不虚度光阴,今后就来好好读书,希望大家接纳我、帮助我!"一个鞠躬,迎来满堂掌声。

主持人适时表扬,号召大家向他学习,好好把书读明白,把分享讲明白。并由王文林的语言精练、观点明晰,引出了斯大林的名言:"一个语言不清的人,他的思想是糊涂的。"这天读书会结束后,人们因为斯大林而记住了王文林,因为王文林而记住了斯大林的这句名言。有位书友专门写了一篇文章,阐述了自己对这句名言的思考与感悟,文尾写道:"因为王文林的认真阅读、精彩表达,我对这句名言铭记于心。"

回家时,王文林借走此书,一口气读完,第三天便在微信群里发出了他的阅读体会。虽然还不算文章,文体意识欠缺,结构和表述还有一些问题,但他对作者立意的赞同、思想的认同是旗帜鲜明的,他对校园不正之风的痛斥、对教风日下的关注,与作者是高度吻合的。因而,不少读者在微信群评论,认为他读懂了作品,读懂了作者。

自此之后,读书成了他生活的主旋律。每周三读书会公布周六的阅读书目后，他及时到图书馆将书借回，当别人周六才到场阅读时，他已将书读完、将读后感写好。周六到场，听了别人的分享，吸收了不同的观点与认识之后，他将书再读一遍，将体会文章重写一遍，并发到群里征求意见。第二次集中阅读时他再读、再听、再学习、再交流，便得到了提高。回家后经过再阅读、再思考、再写作，一篇成功的读书体会文章便像历经冬雪春雨的禾苗一样，迎着朝阳破土而出。

自此之后，他成了读书会的积极分子。每周六的集体读书日，他提前半小时到场，从打扫卫生、烧水沏茶等事务做起。中途，时而兼顾签到、记录，时而主动拍照、续水，哪里有缺口，他就及时顶上。他见图书馆的微信、微博、网站平台是固定在每周一、三、五更新的，为了当天就能及时把读书会的消息传播出去，他学会了写新闻、做美编，经常在活动结束几十分钟后就能发出文图并茂的动态。

半年之后，读书会实行体制改革，由市图书馆运作，变为自助性志愿服务组织，选举产生了由正、副会长组成的领导班子，任命了秘书处及组织、宣传、活动部工作人员。王文林全票当选副会长，他激动地说："我只是个学生，今后好好学，跟书本学，跟大家学，活到老学到老！"

上周六，阅读路遥的茅奖作品《平凡的世界》，是他主持的。看着他那淡定从容的神态、简洁精准的点评，联想到他最近在报纸上发表的书评，我在内心感慨：读书，不仅可以提升人的学识，而且可以改变人的气质。王文林在退休之后，因为找到了读书这一乐趣，便找到了自己的爱好，找准了自己的发展空间。人的一生，如果没有爱好，如同无盐之菜，便没有味道。然而，你的潜能宜于什么爱好，的确需要找准。如果一时找不准、找不到，那就选择读书吧，因为这是人生的基本爱好，是打开生命乐趣之门的总钥匙。有了这个爱好，你会因为境界提升而成为另一个你。这个神奇的变化过程，不仅会让你痴迷于此，而且会让你收获更多的惊喜与神奇。

如果你不相信，就去咨询王文林吧。

跟书学艺

能把书拆开读,倒着读,打乱读,边读边请人考核的人,定是学必见效的牛人。

初识傅德银时,他只是坐在我们编采部对面办公室的技术员。美其名曰电视股股长,其实就是个为城乡各地转播电视而立杆、架线与安装、维护差转台等基础设施的技术工,而坐在我们这边的广播电台编辑、记者、播音员,基本上不太主动与他们来往。因他夫人郭老师当播音员,他不得不时常跨过那一米五宽的楼道走过来。但我们这边的几位老先生常在他背后做捂鼻状的小动作,有的还开玩笑说他身上机油味儿重,小心着火。

就这么个成天爬电杆、架电线的干活儿人,忽一日却向局长立了个军令状:办电视!

时在20世纪80年代晚期,电视刚兴起,山城安康居民只能收看中央电视台和省电视台各一个频道的节目,农村无此福利。地区广电局办了个电视台,也只是用电影胶片机拍些素材,请在此承修安康水电站的水电部第三工程局电视台协助编辑,于本地转播的省台节目中间每周插播十分钟《安康新闻》。他提出由我们当时的县级安康市广电局承办有线电视台的想法,的确有点超前。为此,局长发问:"咱行吗,你会吗?"他肯定而又自信地说:"不会就学,边学边干! 谁也不是不学成才、天生就会的!"局长问他咋个干法,他说先办插播新闻,每周一、三、五出节目,让市上领导和干部群众感兴趣,咱就能上手建台! 局长问这事谁来干,他说:"我们电视股!"

处事果断的局长,不知用了什么法子要来了钱,很快就给电视股买来了一应俱全的拍摄、剪辑设备,还特配了一台吉普车。

我们这边的穷文人,当下眼红了,纷纷找借口溜过去看。自己看不懂,却要问人家:弄这么洋气的洋玩意儿,会玩吗?傅德银任你咋问,只是摇头。于是,穷文人窃笑着回来,关上门大笑着说:"等着看笑话吧!"

那边也关上了门,响声很脆。这门,一关就是一周。

星期天傍晚,那边来人,把我们几个年轻人喊过去,协助他们做记录,名曰"协考",考核他们这段时间以书本对照设备的自学效果。他们办公室的地面上铺满白底,傅师(大家都这样喊他)盘腿坐在地上,把摄像机放在腿上,一件一件拆解。他拆一件,让我们照着书上的名称写名字、写编号,按顺序放置。拆完了,由我随意报号,由他介绍该零件的名称与用途,由另一人对照书本看他是否回答正确。最后,我们取走编号、放乱零件,由他自己负责安装。他一步到位,很快就考核完毕。接着,是考张师、刘师等人(那时,我们这边互称老师,他们那边兴称师傅)。

把所有设备如此这般地折腾完毕、盘弄顺手之后,他便开始折腾书本。

一个月后的一天晚上,我们几个又被他们请去,协助监考。

他把一本工具书拆成单页,让我们将带有图表的书页随意组合,用来考他。我先上,不知咋考,就顺手拣了三张有图的书页给他,他接过去就说头一张与哪几页连接起来是讲光线的,第二张与哪几页连接起来是讲角度的,第三张与哪几页连接起来是讲电路的。另有拿着书页的二人负责对题,结果是无一差错。然后,由他再去考张师、刘师等人。

他们的特殊"自考"告一段落,便开始筹办插播性质的《金州新闻》。两周后,节目播出,全城轰动。

局长让我们电台的人从各自角度写新闻、写文学作品,把新兴的电视宠儿宣传一下。我依据亲眼所见,写了篇反映傅德银他们读书学习的新闻特写,还在文中发了通感慨:如此苦读书、苦用书、苦钻研、苦拼命的一群"开拓牛",咋会干不出新事、新业、新成就呢?

文章在省、地报刊发出后,引起强烈反响。最触动我心灵的反响有两例:一是县级安康市委书记主动找到我们局长,畅谈兴办电视台的构想;二是地区电视台的领导私下问我:银娃子(傅德银乳名)他们真的这么厉害?我只点了下头,他就敲起桌子赞叹起来:"如此苦读苦干、边学边干的一群'牛',太牛了!这种人,才可敬、可怕!"

不久，安康有线电视台办起来了，傅德银担任了分管技术、制作、播出、发射及安装工程的副台长，成天还是离不开各类设备与书报刊。

一天，他把我喊进办公室，让我和他们台的另一记者一同写个材料，完成《中国有线电视》杂志的约稿。情况谈完后，他取了几本业务书借我翻阅，以便我把稿子写得专业一些。

那天晚上，我翻着那些书，又被他的读书风格震惊了。凡不认识的英文，他都标记了中文；凡不懂的术语，他都写上了注解；凡不认识的生字，他都附上了熟悉的别字。有些句子、有些意思不明白，他就查阅资料，夹上卡片。这功夫，的确深。

次日，我去还书时，顺便请教他是如何读书的，他说："我读的书本不多，但每本必须吃透。"他自我介绍说，论文化程度，他根本不适应电视技术的发展需求，为此，他坚持读书，每天必读。他每读一本书，通常要把汉语字典、英汉词典及专业报刊放在旁边，配合着、对比着、查阅着细读。他说："只有这样，才能读懂、读深。"听了他的介绍，我深感惭愧。自己虽然喜欢看书，一年要翻阅上百本，但没有一本能像他那样读精、读细、读深的，也没有一本能读到像他这样管用的程度！对照他的读书方法，我汗颜，我这不叫读书，只是翻阅而已。

或许因为敬重他及他的团队，不久我便告别三楼的广播电台，加盟了四楼的有线电视台，由李老师变成了李师，在傅师的手下由新闻部、总编室主任干到副总编，读书习惯也有了变化，在文史哲的基础上增加了电视技术与政治、经济图书。

再后来，有线台被无线台合并，我去了安康电视台新闻部，后又创办文艺部、领办广电报。傅师一直在总工办，是本台及全市电视技术的权威人士。那时的他，仍在看书，书仍不多，但能看烂。

后来，我转行到文化系统，他退休了。他退休后竟然也转行从文——收藏瓷器。

这可是个文化含量相当高的技术活儿呀，他跟谁学的、咋学会的呢？我十分惊奇地问他夫人。郭老师见怪不怪地回答："跟书学的！"

研　读

　　重新认识老包,是因古体诗词。

　　2016 年 11 月 12 日至 12 月 3 日,安康人周末读书会利用四周的星期六,连续阅读《安康诗词集成》,并请安康诗坛名人李波、田尔斯、崔兴宽、孙传志分别就诗词曲赋的欣赏与写作技巧做专题辅导讲座。这一下,安康市图书馆引起诗坛、文坛高度重视,被人称为"诗教基地"(真没想到,半年之后,果然成为省级"诗教基地")。

　　头一讲,是市诗词学会的副会长兼秘书长李波做的,他的课因引经据典而知识性强,因通俗易懂而接受度高。但在课间休息时,我却发现他被一位头发花白的大个子先生给缠住了。李波刚说休息一下,大个子就站起身,微笑着走过去,弯腰挨在他的身边,用笔尖指着一张白纸上写的几个问题请求解答。李波用指头指着那张纸,点点画画,表情严肃,看来这些问题不太轻松。我出去回了两个电话、上了个厕所,进来后见他两人还在嘀咕,就上前去,笑着跟二人开了个玩笑:"身体这么好,连厕所都不用上呀?"李波起身就说:"马上去!"大个子紧随其后:"我陪你去,继续讨教!"二人因"厕所研学"忘了时间,以致课间休息超时 6 分钟。我去打探,他俩还在厕所讨论。

　　再上课时,我移位到大个子旁边,特意观察他,发现他有两个特点:一是笔记做得多,八成时间都埋头在写,几乎两三分钟就是一页;二是问题记得多,手边一张白纸,半小时记了六个问题。同时,我还看到,他放在桌上的帽子下,盖着厚厚的两本书。我示意借阅,他微笑点头,伸手推了过来。一本是精装的《唐诗宋词选编》,厚厚一大本,过千页,纸薄字小,他这年龄看得清吗?我打开一看,吃了一惊,里边不仅画有符号、写有批注,还夹有字条。另一本是《安康诗词集成》,十几处都被折叠着,有几首被注了拼音,标了音节,看来是要诵读的。

下课时,他迈开大步,笑嘻嘻地走到李波身边,递上那张白纸。李波笑了:"老哥,让我先喝几口水,润下喉咙,行不?"大个子爽朗地笑了一声,转身提起暖水瓶,等着他喝,等着续水。我望着他俩,点点头,笑了下,就出门送人。和几位老者边走边聊,楼外道别,并将田老师送上出租车后,我从大门口返回一楼大厅,正准备取了自己的笔、本、水杯回办公室,馆员小陈从二楼下来,向我轻声央求道:"都下班十几分钟了,他俩还在会议室……"我立马上去,请他们到我办公室去讨论,李波却说不了,边走边聊。大个子很不情愿地去收拾东西。这时我才发现,他的座位上还有一个书包,里边也是书。李波指着《唐诗宋词选编》问:"听说你把这个大部头都背完了?"大个子回答:"去年是背完了,现在又忘了三分之一。人老了,容易理解,不容易记忆!"他俩说得轻松,我却听得新奇。这么厚的一大本书,定有四五千首诗词,我能读完就不错了,他能背完,得下多大工夫呀!

见我睁大双眼望着他,他上前半步,拍着我的肩头问:"焕龙老弟,不认识我了吗?"

我不好意思地点点头。

"我是老包,包善懋呀!"

哦,我的天呀!他这头发一白,人就变了相,似是而非了。何况,他过去说话是宁陕方言,如今是一口标准的普通话;他过去是个风风火火的急性子,如今却温文尔雅;他过去西装革履,如今是一身休闲打扮;他过去是手不离烟,如今却手不释卷;他过去是篮球场上的奔跑者,如今却是读书会的阅读者……他虽然一头银发,但面色红润,目光有神,气质儒雅,其精神人格已由八面玲珑的记者、四平八稳的领导,变成了动静皆宜的文人。

老包是宁陕县人,二十年前当广播、电视记者时我们是同行,多次见面。他后来当了十几年的副局长、局长,我们基本没见过面。他前年调到市里来,当了广电网络公司的副总经理,由省公司垂直领导。我们虽同处一城,但无缘相见。按说,他还在职,应不到六十岁。那么,咋会白了头发?听说他这几年致力于诗词研究,经常熬更守夜、废寝忘食,可能与此有关。

但这诗词也营养了他,给他增长了精神,提升了气质,内化了力量,外化了形象,他也值了!

他俩边走边聊,讨论热烈。我插不上嘴,只能默默相伴。送到大门口,我对老友李波随便说声"慢走",对老包郑重说声"欢迎有空来坐",但他二人无心与我寒暄,挥挥手,转过身,边走边聊。

走了几步,老包返了回来,见我微笑着迎了上去,他匆匆从我手上接过书包,连声致歉。我说他的书包太重了,他说把书装进肚子里就不重了。

这话,又让我吃了一惊。

连续几次讲座,老包均以白头发最多、提问题最多而出名。他说他对古体诗词痴迷,爱读、爱背、爱诵,现在学了"赏析",就能多些理解,就会在朗诵时领会更深、表达更好,就会在背诵时因易于理解而记忆深刻。

时隔两个年头,当地媒体报道的一则消息,引起全城哗然:老包参加了中央广播电视总台的《中国诗词大会》!

一周后,时逢安康人周末读书会阅读紫阳县诗人陈平军的散文诗集《心语风影》,我建议把老包请来,让他在分享环节谈谈古体诗词的学用体会。他如约而至,只谈了一个关键词:研读。他说,不能浏览式阅读,而要逐字逐句地研读,特别是要弄懂古人用词、用典的含义与意图;要读记结合,读通记熟,融会贯通,不能死记硬背。他告诉大家:作为古体诗词的爱好者,只有做到能背、能讲、能写、能用,才是有效阅读,才算是读懂了、读好了、读精了、读出实效了,否则是白读。

这话说的,让人不得不承认他说得有道理,但又普遍认为他说得太玄、太高,一般人难以企及。

然而,他的理由,无人不服:"这就是我参加央视《中国诗词大会》的深刻体会!"

是啊,那些走上《中国诗词大会》的强手,绝对不是一般意义的朗读者,而是熟能生巧的研读者;不是一般场合的朗诵者,而是成竹在胸的背诵者。

转眼间,到了我们与藏一角博物馆合办的中秋诗会彩排时间。老包一到现场就认真阅读赛诗规则,反复琢磨"盼月""诵月"等几个专题的意境,不停地在心中打腹稿,听说他写了五六首诗,还现场向市诗词学会会长刘继鹏、副会长李波等人请教。但最终出手的,却仍是最初申报的"古诗朗诵"。我问他为什么不拿出自己的诗作来参赛,他嘿嘿一笑:"古人的作品是陈年老酒,越品越有味道,我辈无法企及,只能好好弘扬!"

今年9月28日,我市在影剧院举行"陕西阅读文化节安康分会场启动仪式",他应邀与人合诵《金州好》《安康八景》。那天的60多个朗诵者,他是年龄最大、到场最早的。他一来,就选了角落里的空位子,打开书包,静心看书。我去送矿泉水时,顺带瞅了一眼,还是那本《唐诗宋词选编》。我笑问:"这本书,你看了多少遍呀?"他举着书本,一字一板地说:"这不是看几遍的事情,是我一辈子的事业!"

看到搭档来了,他就急急忙忙将其拉上舞台去走场,一连走了三遍。他那飘飞的白发,在灯光下银光闪闪;他那挥舞的手势,大有"指点江山,激扬文字"的气势。此时,舞台上的这个静为儒士、动若将帅的老包,浑身都彰显着诗情画意。

当搭档坐下休息时,他一人又走了两遍。终于轮到别人走场,他退回后台。然而,即使闲下来,他也不像他人似的聊天、玩手机,而是拿起书来,反复领会,反复吟诵。我逗他:"都烂熟于心了,还下那苦功干啥,又不评奖!"他嘿嘿一笑:"你看,诗这东西怪得很!每研读一遍、默诵一遍,便有新的感悟,越盘越有味道。不好好玩味,还真不敢轻易献丑!"说完,他又坐下看书。

看着角落里那个因为诵诗而摇头晃脑的白发大个子,看着他手中那本时而被打开,时而又合上的精装图书,我想:老包的诗意人生,不是诗神赐予的,而是他因研读诗词而精心创造的。

狠　读

他永远也无法忘记那个因为谈书而被人抛弃的场景。

那是初中二年级开学的第二天，因为是新课程、新课本，大家这两天在课间休息时基本都在讨论新课内容。而他们两个学习尖子、班干部，以讨论工作为名，凑在一起说话。今天的话题是他挑起的：交流假期的课外阅读。

他兴高采烈地说："我终于把'四大名著'中的《红楼梦》读完了，过去因为嫌那里边的诗词多、难弄懂，一直没有读完。"

她很抱歉地说："我也在读，但没读完。"羞涩地笑了一下，她又自信地扬起头来，"我很喜欢《红楼梦》中的古体诗，写风景的让人身临其境，描写心理的让人同频共振。"

她正说着，体育委员来了，根本不顾二人在谈论什么，往她对面一站，就甜蜜蜜地笑望着她："你说《简·爱》为什么这么抓人心呢？"

她嘘了一下，让体育委员放低声音，对方的道歉还没说完，她却急不可耐地开腔了："正因为这个原因，我才又读了一遍。哎呀，越读越抓人心，让人不但手不释卷，而且寝食不宁……"

体育委员插话："是呀是呀，我一连几天都和主人公一块入梦……"

"是呀是呀，我也是呀！"她抢过话头，笑着说，"我昨天晚上还哭醒了呢！还……"

二人你争我抢地谈论着，时说时笑，还相互击掌，完全不顾他的存在。

既插不上话，又接不上话，他只好低头离开。然而，可悲的是，直到放学，他还不知道他们在谈论什么。

一个全校师生公认的学霸，难道就因为一本书而被他人打败了吗？

让他非常难过的是,打败他的,是他非常喜欢的女孩和那个他非常尊敬的男孩。

放学回家后,他无心吃饭,一头钻进自己的小房间,打开了自己的小书柜,一伸手,就取出了《简·爱》。

因为,在放学的路上,他依稀记起,他们谈的是《简·爱》;依稀记起,她作为春节礼物送过他这本书。

那天,他给她送去《唐诗今译》,是精装本,很漂亮的新年礼物。她高兴得手舞足蹈,第一次把他领进她的小闺房,取出表姐刚寄来的《简·爱》,双手递到他的手上。从她那郑重的姿势来看,这个礼物是十分珍贵的。

然而,他的内心是不太喜欢外国文学的。因为,书中不仅有十分复杂的名词,而且有好多东西看不懂。所以,他把这本书拿回家后,和那几本外国小说一样,原封不动地放进了书柜。

他们能看懂,我为什么看不懂?他们看得那么痴迷,我不可能看不进去!认真审视了一下这淡雅的封面,他提笔在书桌的台历上写道:从今天起,阅读《简·爱》,连读三遍!

从这天开始,每天作业完成后他都花费三个小时,鼓足干劲阅读《简·爱》。

头天晚上是从9点半开始的,才看一个多小时就犯困了。确实难读,名词难记,逻辑跳跃,一会儿就打瞌睡了。在书本掉下又捡起、打开又掉下的折磨之中,又撑过半个小时,他已了无兴趣。洗完,上床,睡了十几分钟,想到她和体育委员对聊《简·爱》时的那股热情劲儿,他翻身起床,洗了把冷水脸,又坐下来读书,一口气读了一个半小时,似乎不困也不累了。然而,并没读懂什么。

但是,奇迹发生在阅读第二遍时。当他打开书本,大脑中那些零碎的情节、细节随之跃动起来,他似乎见到一批久违的乡亲,虽不太熟悉,但似曾相识。于是,他便有了认识的欲望,并在这种欲望的支持下,去努力走近他们。

读到第三遍时,书中人物如班上的同学,面对这些熟人,他要做的是既要知道他们在干什么、为什么这样干,又要明白自己想与他们沟通什么、为何沟通。在这样的探究之中，他入了书，书融了他。当他走出书来，那书便任由他来拆解、组合了。

三遍读完，他竟然有了写点什么的欲望。写什么呢？他把大脑里那些零碎的想法略一整理，便在纸上列出了一个大胆的写作计划：一篇谈总体印象的读后感，两篇关于心理描写、景物描写的小评论，三篇关于故事情节的改写。列完后，他把自己吓了一大跳：我能写文学评论了？我能改写小说了？如此发展下去，我能当评论家、小说家？这样想着，他热血沸腾，当晚便完成了一篇改写任务。

第二天，当他把自己的改写稿交给她时，她震惊了。

她问："你把《简·爱》修改了？"

他说："《简·爱》是一部完整的长篇小说，非常完美，无须改写。我只是抽出这个情节，依我的想象重新设置了故事的发展，写成了另一个故事。"

她望着他的眼睛，望了许久，把自己的脸憋得通红，才憋出一句话："你会成功，我坚信，我喜欢！"

望着她跑走的背影，他心脏跳得咚咚作响。那年月的"我喜欢"，相当于现在的"我爱你"。因此，他不仅激动到脸红耳热，而且幸福得几乎要流出热泪、哭出声来。

从此，他把大量时间用于阅读和改写外国小说。白天的不少课堂时光，他偷着阅读；晚上的休息时间，他大多都在写作。一学期下来，他竟然阅读了31部中外名著，改写的小说稿达66篇16万字。这一系列稿件，让她佩服得五体投地。

然而，期末考试时，他却因严重偏科、学习成绩严重下滑而失去了学习委员职务，又因早恋而被班主任把他和家长一同叫去做了警告谈话。

因此，他没考上重点高中。得知她被家长转到省城去读高中了，他对高中生活失去了热情，既丢了课外阅读的爱好，又对学业不感兴趣。高考时，他勉强考了个二本。

真没想到，在大学的图书馆里，他又遇见了她。此时，他们已经长大，能够理性地对待学业与课外阅读、业余兴趣了。他又写了半年，发现写作并非自己的特长,难以成才,便理智地让写作迅速降温,只作兴趣爱好,不为人生目标。

然而,那种阅读的习惯始终保持着:凡是需要读的书,再难懂、再难读,都要设法读懂弄通,有时会反复阅读,甚至改写。

当了县级领导之后,他以理念新、观点新而全市闻名。因而,常被市里委以重任,担当重要材料的主要撰稿人。这些材料,常因立意新颖而成为开创工作新局面的重要蓝图。

现在,他成了县里的主要领导,读书和调研又成了他的工作特色——凡要工作创新时,他就通过阅读来充实大脑,通过调研来提高认识,从而理出新思路,创出新亮点。

据说,他能脱颖而出、担任县里主要领导,缘于市里主要领导对他的发现。那次,他们一行十几人随市里主要领导外出,别人在途中不是聊天、打牌,就是玩手机、电脑,而他只读一本《世界是平的》,去时读头遍,回时读二遍。

据说,一位中央媒体的理论专家之所以数次深入该县,亲自替他调研、提炼党建经验,是因为对他的赏识。这赏识来自他关于基层干部要读中外经济理论书籍的一篇文章,文中列举的几本外国元首的著作正是那位专家的至爱。于是,专家主动与他沟通、加他为友,并与他成了相交较深的书友。

据说,他被母校请回去做了一次"农村是一个广阔的天地"的讲座之后,便一连被请去九次,还成了特聘教授。学生对他的评价是:因为阅读量大,所以知识点多。

当这些"据说"成为共识,人们普遍认为:他的会读书来自于狠读,他的狠读书是为了"书为我用"。

尽管我没写明他姓甚名谁,但知情人已经知道他是谁了。

讲书人

他是我接触最早的讲书人。

他第一次给我讲书,是在我俩以记者身份、同事关系,首次下乡采访的路上。

此前,我是由乡镇调进县城的组织部干事,他是高中毕业的返乡知青。因为都是农村娃,便有共同话题,一同考进县广播站,就成了哥们儿,住一室,吃一灶,人称"同居关系"。因此,在和老编辑跟班学艺编办节目一个月后,我俩主动征得领导批准,一同到他的家乡安康县流水区去采访。

1985 年的正月二十,风大,雪大,雾气大。从大竹园火车站到正义乡政府的公路上,无车,无人,连狗都没有。我们在寒冷的风雪中行走着,所聊的话题却热火朝天。

那天在火车上,我们各读各的书。临下车收拾东西时,我发现我只带了一本《优秀外国人物通讯选》,他却带了《中国古代文学选》《外国文学选》《新闻采访技巧》三本书。因此,一告别难走的铁轨,我就问他爱读哪些外国文学,他从高尔基说起,一口气说了俄、英、美、德、法等国九个作家的二十多部小说、诗歌、散文著作。我说我不太喜欢外国长篇小说,因为人名复杂,记不住,容易搞乱,严重影响阅读效果。他也承认这个问题,但他有他的解决办法:记住主角。

于是,他从《童年》《在人间》《我的大学》开始,讲起了高尔基的自传体小说三部曲,从而解析了自创的区别人名、地名及人物关系的方法。听了这些,我得寸进尺,提出一个很过分的要求:"高尔基的成名作《母亲》我早就买了,但读了几次都没读完,你能不能给我讲下故事梗概?"

他抹了抹头上的雪水和脸上的汗水,微笑着说:"《母亲》的文学地位很高,是高尔基优秀的作品之一。因为深刻地反映了 20 世纪初俄国无产阶级政党领导下波澜壮阔的群众革命斗争,第一次塑造了具有社会主义觉悟的无产阶级英雄的形象,所以受到列宁的高度称赞,成为影响世界文坛的红色经典。"

我很惊叹他的高度提炼和精准概述能力,他却谦逊地道出缘由:"因为参加大学中文自学考试,这是必看、必背、必考的内容。"

关于内容提要,他讲得简明扼要:"《母亲》描写了老钳工伊尔·弗拉索夫的一生以及他的儿子的变化,通过这一家的遭遇,表现了工人阶级从自发走向自觉的过程。母亲的形象在这部小说里非常重要,母亲的觉醒过程,充分表现了广大群众在党的教育下必然走上革命道路的历史趋势。"

关于主角展示,他讲得精练、精准:"《母亲》的重要人物,是巴维尔的母亲尼洛夫娜。她像千百万受压迫的妇女一样,被繁重的劳动和丈夫的殴打折磨成逆来顺受、忍气吞声的人。丈夫死后,当儿子走上革命的道路时,母亲也在儿子以及他的同志们的启发、帮助下,逐渐接受革命的真理。在'沼地戈比'事件以后,母亲为了搭救儿子出狱,接受了散发传单的任务。'五一'游行时,巴维尔高举红旗走在队伍的最前列,在武装警察面前英勇不屈。这使母亲进一步懂得了真理的力量,也使她更自觉地参加革命工作。巴维尔再次被捕后,她搬到城里,和革命者住在一起,坚决担负起革命工作,完全献身给共产党。她常装扮成修女、小市民或女商贩,带着传单奔走于市镇和乡村。巴维尔在法庭上的演说及斗争,进一步提高了母亲的觉悟。"

脚步停在公路拐弯处的山坡上,望着冰冻的土地和炊烟袅袅的村庄,他长长地呼出一口热气,神情凝重地说:"《母亲》的结尾,写得十分感人:母亲冒着生命危险去传送印有儿子在法庭上的演说的传单,不幸在车站被暗探围住。这时,母亲勇敢地把传单散发给车站上的群众。在被捕时,她庄严地宣称:'真理,是用血的海洋也扑不灭的!'每次看到这儿,我都热泪盈眶,并在泪水中看到了一个不屈、不死的母亲形象!"

他讲得真好。

自此,我们在喜欢读书这一共同爱好的基础上,又添了一个乐趣:讲书。无论讲全书、讲选段,或者是讲述其中的一人、一事,我们总是乐在其中。这样的读书分享,让我们在互补中获益:通过讲述,他读的等于我读的,他学的等于我学的,他思考、认识相当于我也思考了、认识了。

这种一加一等于或大于二的读书方法,让我们在 20 世纪 80 年代那个物质匮乏、知识爆炸、求知欲望很高的特殊时期,读了不少书,明了不少理,知了不少事,也因此学到了不少知识,写下了不少文章,干成了不少事情。

有一次,安康日报社的副刊编辑打来电话,说我们俩就同一话题写的杂文,虽各有千秋,但毕竟论据相同,他不便取舍,让我决定用哪篇为好。我很干脆地说,不发我的。但我也没有浪费自己的稿子,把它投到《法制周报》发表了。年底,两篇稿件分别被所发报社评为年度优秀作品。在与安康日报社那位编辑共餐时,我说了两稿"撞衫"的缘由:因为他给我讲书,所讲观点产生了共鸣。于是,这个故事在安康文坛传为美谈。

几年之后,因为工作单位变动,我们不再是同事了,交流的机会自然减少了。但我们还是同行、还处同城,并有相同的爱好,所以,哪怕十年不见,一旦相聚仍会谈书、讲书,有时还会相互推介新书。

这不,后天本馆要和宣传部、团市委联合举办"我是讲书人,讲述《梁家河》"演讲大赛的决赛活动,我在拟定评委推荐名单时,头一个写的就是他:张治理,主任记者,安康市文化文物广电局党组成员,安康电视台副台长。

虽然,他因出差不能出场,但我仍向请我改稿的旬阳县领队推荐了他。我建议旬阳县领队给张台长发电子版,请他在外抽时间帮助改稿。因为,他不仅有三十多年的讲书经历,而且会读、会写、会讲,请他出手,凭着他对书的精深把握,定能马到成功!

那位领队高兴地说:"好,要出彩,请张台!"

选书高人

傍晚下班后,脱下警服的胡经环释放出女性天生的柔情,做出香喷喷的饭菜,让丈夫和儿子吃得满脸绽笑、满头冒汗。收拾完毕,丈夫到城关派出所加班,儿子进书房做作业,她漫步到五峰广场边的 24 小时自助图书馆给儿子选书。同时,也翻阅一下自己爱读的图书。

这是她每天身心最自由、精神最愉悦的美好时光。

从住宅小区到五峰广场,只有五百米远,看书、借书非常方便。加之是 24 小时开放、自助借还的智能化图书馆,就在时间、空间上更便利了。以前到平利县图书馆去,要跨越穿城而过的月湖,往返一个多小时,很占时间。加之自己下班人家也下班,便影响了借还速度和阅读心情,常常想读书而怕跑路。为了孩子读书,她只好上网去买,可花了不少钱呀。孩子幼时,生怕他不好好读书,就用这样那样的绘本去引导,到了六七岁时,儿子的阅读兴趣总算提起来了,但购书投入着实不少,每年在书店买的、网上买的、各种培训班买的,加上亲朋好友送的,图书的总价最低都要超过五千元,以至于家里的书架,七成以上都是儿童读物。

她最初结缘图书馆,是因为亲子阅读活动。孩子所在学校和县图书馆合作,采用小手拉大手、大手拉社会的办法,邀请三年级以上学生的家长"走进图书馆、了解图书馆、使用图书馆"。从此,她便和众多学生家长一道,一次次地走进平利县图书馆,直到如今,孩子都上了六年级。

头一次陪孩子到图书馆,为参与活动而选书,她很费脑筋。拉着孩子的手,转了十几个书架,仍不知道选择哪本为好。

不是书不好选,而是她压根儿就不知道该选哪本书。

书有那么多类,哪类最适合孩子? 每类有那么多种,该让他读哪种?

当天的讲座上,听了图书馆阅读推广专家的讲解,她获得了一条经验:儿童阅读课外图书,除了培养阅读能力,更为重要的是完善知识结构。她想了想,认为孩子的课程学习不成问题,教辅材料不必关注,最当让他阅读的是三种读物:传统文化、儿童文学、红色经典。由此,她得到的最大实惠是:孩子的智商、情商明显提高,不仅在写作文时会叙述、善说理,而且在阅读分享时显露明显的正能量的价值观。

孩子上五年级后,课程负担重了,活动少了,到图书馆去借还图书,多数情况下由她代劳。这时,她依据孩子的兴趣与成长需求,结合与家长、馆员们的探讨和学来的知识,引导孩子重点阅读四类图书:人文地理、传统文化、中外名著、人物传记。尽管这几种书都是帮助孩子成长的,但她觉得,前三种有益于孩子的思想长厚度,后一种有利于孩子的思想长高度。把握好了这两个度,她所选的书,就能让孩子读出兴趣,读出营养。

慢慢地,她所选的,便是孩子想读的。阅读兴趣的高度契合,成了母子俩增进感情的黏合剂、共同成长的催化剂。

现在,平利县图书馆广场分馆开到了身边,她就成了每晚必到的常客。

遇到蔡宁馆长来巡馆,她建议:低幼儿童读物中,应当加快绘本的流通、调换频率,因为有十几个孩子,只用一周就把这里的上百册绘本翻阅完了,现在他们只能很不情愿地选择其他图书了。

遇到陈政副局长来调研,她建议:夜间人多时,应让有经验的馆员来做导读,因为不少中老年人在这转了半天也不知道选读什么书好,既浪费了自己时间,也影响他人阅读。

遇到一位中学生匆匆进入,逐个书架地盯着书脊选书,选得一脸茫然,她主动上前,问清书名、书类,立马帮他选定。

她说,自己非常喜欢在这儿翻阅,因为这既是一种速读法,也是一种优选法;既能帮助自己了解图书,又有利于精准选择图书。所以,她每次借回去阅读的书,都是孩子乐读的、自己爱读的。

她说,爱什么,就泡什么,这是人们的生活习惯。在阅读吧里泡吧,让自己浸润于书香之中,不光是学会了选书、读书,更为重要的是学会了过文化生活,爱上了过知识生活。

今天晚上，时间稍微宽裕一些，她就在阅读吧里转了一个多小时，想多选一些书。

她给孩子选了人物传记类的《周恩来传》、文学类的小说《北上》、随笔类的《孔子如来》等11种书，给自己选了茅盾文学奖系列的《主角》等6种书，但只借了两本，孩子一本，自己一本。她说，一本一本地看了还、还了借，才符合公共图书馆的借阅逻辑。

临出门时，听到有人在议论当地作家捐赠新书的事，她马上转身，走到"地方文献"专架前，细细浏览一遍，取了一本《平利文学》。她说，让孩子阅读家乡书，了解家乡事，不仅能增长地方知识、社会知识，而且能增强爱家乡、爱祖国的意识。因为她坚信：一个不热爱家乡的人，很难成为一个爱国者！

有几本地方作家的诗集、散文集，也不错，翻一下就不想放下。但她有自己的原则：不能贪占公共资源，影响他人阅读。

在自助借还机上办完借阅手续，她从衣服口袋里掏出塑料袋子，恭恭敬敬地把书装好，才匆匆回家。

因为，这个时间点回去，刚好孩子做完了作业，自己完成了散步和选书任务，正好安下心来，静静地阅读。

敬书之人

1

来到岚河书苑门口,他已是气喘吁吁,毕竟年近八旬了呀!何况,从汽车站到这儿来,步行了半个小时呢。他站在门外的台阶上,摇摇臂、晃晃腿、扭扭腰,感觉呼吸均匀了,四肢有力了,便从上衣右下方口袋掏出读者证,到门口刷了卡,看着玻璃门自动打开,才抬脚进门。

走到西边第三个书架,瞅见了自己钟爱的一排一排的传记类图书,他便停下脚步,从上衣左下方的口袋里掏出一条毛巾。

这是一条雪白的小毛巾,宽一尺,长二尺,相当于两张 A4 纸。毛巾上那雪白的绒线如同雪白的兔毛,浅浅的,密密的,让人禁不住想抚摸一下。

他把毛巾打开,轻轻地抖了抖,便坐下身来,伸出左手,张开五指,轻轻地擦着手掌、手指。接着,又伸出右手,张开五指,轻轻地擦着每一根手指。

他擦手指,十分细致,从指尖开始,旋转着擦,似乎要把每一丝毫毛都擦得干干净净。

擦完了双手,他将毛巾叠成一个巴掌大的四方块,放进口袋里,才戴上眼镜,走到书架前,一本一本地选书。

他取书很慢,很轻。瞅准的那本书,并不直接取出,而是先将其两边的书轻轻分开,再用手指捏住所选图书的中部,一厘米一厘米地缓缓抽出。

当书到了手里,他不急于打开,而是双手捧着,先把封面、封底、书脊的内容看完,再轻轻打开,把前后勒口上的内容看完。然后,坐下来,把毛巾铺在桌子上,把图书放在毛巾上,再缓缓打开,细细地阅读前言、后记、目录。看毕,合上书本,放在毛巾上,静静地思考一会。

如果不理想,他便把这本书放下,再选另一本。

如果是理想的图书,他就打开毛巾,把书整整齐齐地包好,再从上衣右下方的口袋掏出一只塑料袋,装入包好的图书,抱在怀里,如同抱娃一样抱回家去。

2

回到家里,他把包书的东西一层层取掉,然后在书桌上平铺一张白纸,把书放到白纸上。

他把塑料袋抖了抖,卷成了一个小圆卷,夹在书桌边第三格书架的第二、三本书之间,以便下次使用时随手取出。

他把毛巾拿到卫生间,用清水冲了下,再用洗衣粉清洗。洗净之后搭在晾衣架上,便泡了杯茶水端进书房。

他把左手、右手分别举起来,岔开五指,在玻璃镜前看了又看,证明确实干净了,他才挪开凳子,端正地站在书桌前,捧起了书本。

他把图书捧在眼前二尺远的地方,细细地看着书名,感悟着书名的含义。过了一会儿,他把目光移到封面的人物照片上,静静地端详着,那微笑的神情似乎是在与主人公对话。

终于,他与主人公达成了共识,便端正地将书放在白纸上,自己端正地坐在椅子上,将眼镜戴上。然后,翻开封面,翻开扉页,翻过前言,翻过目录,翻到第一章,静静地开始阅读。

他读书,一字一字地读,且用左手的中指引导着目光,从书页上一行行划过。这动手的阅读,似乎是一种手语与文字的交流方式,有着丰富的行为语言。

你看那指头,时而匀速驶过,时而柔情抚摸,时而轻轻叩击,时而草草书写,像一个舞蹈演员一样动作多变,表情丰富。

当你仔细观察,便不难发现:他那手指,并没挨书,是在离书一厘米的空间自由舞蹈着。

3

老人名叫徐崇树,是岚皋县四季镇中学的退休教师。

他于2016年从电视上看到岚皋县图书馆的借阅业务信息后，就来办了读者证，坚持每月两三次到馆借还图书。自从岚皋县图书馆在县城正中的大桥路中段建起名为"岚河书苑"的24小时自助图书馆，他不畏往返20多公里的路途劳顿，坚持每周一次搭乘班车到馆，看半天书，借一本书。

他用毛巾包书的举动，成为传奇，传播于岚皋城乡。

然而，这对他来说却是习以为常的，是必不可少的。

他说："我们读书人，必须敬书！"

不是我们日常所讲的爱书，他说的是"敬书"！

他说："敬，是敬畏。因为书是知识的载体，是为人开启智慧的钥匙，是我们理应敬畏的贤师。只有心存敬畏，才会以恭敬之心去阅读，以感恩之心去求学。只有这样，才能从中学到知识，才能让书为人开慧启智。反之，我们要书干吗？读书干啥？"

正因为这样，他每读一本书，那书就藏入了他的知识库。当你听他讲解时，那"知识"就成了他与书共同孕育的语言，没有了书上文字的枯燥，显得温情可亲。而此时，他一改日常的沉默寡言，是那样的和颜悦色。只听他娓娓道来，激动时声情并茂，甚至手舞足蹈。

有人问他，为什么喜欢用雪白的毛巾包书？他从书柜里取出还没开封的一打毛巾，神情庄重地讲："我亲自到商店去选的，只选这一种。唯有纯白，方能代表我对图书的敬重！"

有人问，为什么要把书用毛巾包着？他反问："人为什么要穿衣服？"

继而，他微笑着问那小伙子："如果她是你最敬爱的人，你是不是要把她打扮得漂漂亮亮？是不是要尽情尽力地敬着她、护着她？"

于是，人们理解了这位老先生的敬书之情。

备读之功

　　每到周三，朱焕之就要采用统筹法，系统安排"安康人周末读书会"的所有事项，以及与自己相关的单位工作、家庭事务、社会活动，以利自己安心办好读书会。

　　作为汉滨区瀛湖中心小学的党支部书记，她不仅有党务工作任务，而且有教学任务，还要负责多项相关事务；作为家庭主妇，她不仅要相夫教子、孝敬老人，而且要处理家务和娘婆二家两大亲族的琐碎事务；作为职业女性和文艺青年，她还有学习、教研、写作等业余爱好。当然，还有闺蜜和各种交际，也有友情和各类应酬。更何况，这周还有参加同学聚会、去局里开会、迎接市里检查、看望生病的表叔、参加表姐孩子婚礼、完成报社约稿、给长辈们置办换季衣物等必办的杂事。

　　作为"安康人周末读书会"的会长，朱焕之深知这份兼职虽属志愿服务，但涉及面宽、责任重大。因为周末读书会采用约读方式，每周六为集中活动时间，所以她把每周一、三、五定为信息平台固定推送日：周三发布约读通知，注明选读书目、内容提要、作者简介、时间地点、预约方式，以供读者选择；周五重发，并刊发书评、前言、后记、作者评介等相关内容，以激发人们的阅读兴趣；下周一刊发阅读活动报道、读者书评及体会文章，以扩大社会影响，推动全民阅读。每本书原则上阅读两次，第一次为初读，每人分读一部分，便进行口头式、两三分钟长的交流发言；第二次为精读，程序为请作者谈创作体会，请专家做导读，请骨干作者依着上周的提示交流发言。这样，自己就要做好全程策划、安排和沟通、协调工作。

　　周一上午的第一件事，是抽空与市图书馆的联系人、创文办主任吴兰沟通，确定阅读书目；下午下班后的第一件事，还是读书会的事——邀约的筹备工作。待一切就绪,周三推送到平台,进行第一次邀约。因为读书会的工作是志愿服务性质的,只能在业余完成,她最讲究"认真"二字,生怕耽误了本职工作,也怕误了读书会工作,真是难为她了。她利用农村学校作息时间早 8:20—11:40,午 12:40—16:00 中间的时间与吴兰联系,尽量不占用上班时间。这不,一放下电话,她立马忙起本职工作来。

周末读书会主要阅读中外名著、文化经典、上榜新书、地方文献,并要围绕地方文献开展"两城同读一本书"活动,即由周末读书会代表安康城、由该书作者所在地的阅读团队代表其县城,联合开展头一周分别读、第二周集中分享的"同读"活动。上月读的《草医肖老爷》,把该书及作者炒红了,两城读者一致叫好。这个月,该读哪本书呢?

吴兰查了一下,半年来本地作者捐来、供读书会使用、每种 30 册以上的图书有 26 种,已读 8 种,数量较多、宜于大众阅读、方便两城同读的还有 9 种。

中午休息时间,二人商量后,决定选择杨志勇的散文集《江湖边上》。原因有二:一是杨志勇虽在《陕西工人报》工作,但他是安康人,其散文、诗歌、纪实多写安康,作品属于地方文献,且是全省知名的青年作家,近年已出版作品 9 部,宜于大众阅读;二是他热爱家乡,关注安康的全民阅读工作,上次他在自己的纪实文学《秦巴魂》阅读分享会上表示:"安康的读书会活动如果能办到西安去,我不仅组织老乡参加,邀请媒体报道,而且会包揽吃住行用等所有杂事!"

想到这儿,她便拿起电话与杨志勇沟通。经过半个小时、三个回合的商讨与上下联络,定下了六件关涉全局的具体事项:一是此次读书会的地址放在西安市莲湖区的金桥酒店,食宿均在这里;二是主办单位为陕西省散文学会、安康市图书馆,实施单位为金桥书房书友会、安康人周末读书会;三是所需图书由杨志勇捐赠,读后由安康市图书馆收藏并提供给市县各阅读团队使用;四是此书阅读两周,头周六读者各自分享,第二周六两城各自选出十名代表在西安集中分享交流;五是赴西安的交通、在西安的午晚两餐由安康市图书馆承担,会议室及茶水、服务由金桥酒店免费支持;六是赴西安的读者要统一行动,当日往返,自办保险。

把这些情况与吴兰反馈后,二人当下商定了两件公务:一是草拟内容,在市图书馆的网站、微博、微信平台发布约读信息;二是起草文件,向各参与单位和参加人提供《安康市图书馆关于举办第四期"两城同读一本书"活动的通知》,以利各方协调及在职书友请假。

忙完这些,午饭时间早过了(中午时间短,老师们在学校集体用餐),她只好饿一顿,又拿起手机给市图书馆李馆长打电话,商定"专家点评""特邀嘉宾"两件大事。待电话往返几次,敲定细节之后,距上班时间只有十分钟了。

她匆匆赶往办公室,途中又接到杨志勇电话,说是省散文学会会长陈长吟、省职工文协主席周养俊等文化名人及陕西工人报社、文化艺术报社等有关媒体领导答应出席会议。她爽快、干脆地答复:"我马上请市图书馆制作电子版邀请函,发你邮箱,由你确定西安方所有嘉宾,并直接发函邀请!"

上了一节课,她便去与开会回来的校长碰面,研究了几项工作。把自己该落实的事项分头找人落实后,又到了下班时间。她一打开手机,就见到了市图书馆发来的文件校样,看到名单中出现了李馆长、孙书记的名字,感到很温暖。又看到文件中增加了李馆长致辞、孙书记给杨志勇颁发赠书证书两个环节,觉得更完美。签了审稿意见后,当下给李馆长、孙书记发去短信,表示要从实从细筹备,努力办好首次跨市的读书会活动。想了想,她把这条短信稍做修改,发给了在瀛湖镇工作的丈夫。

下午回家的路上,收到了丈夫一连三条回信。志同道合、体贴入微的丈夫,发的第一条微信是表态:"本人已在网上报名参加本期读书会,并亲自给会长当车夫";第二条是分忧:"下半周的家务我全承包,不用商量更无须你审批,特此通知";第三条是祝福:"预祝安康和西安两城同读一本书活动圆满成功!"

看完了信息,她轻轻擦去眼角的热泪,给丈夫回了个笑脸和拥抱,又在心中告诫自己:"这次读书会,一定要办圆满,绝对要办成功!"

悦读乐业

先知道她是读者,后知道她是馆员。因为双重身份,唐承芹便在我的心中有了很重的分量。

两年前的一个周六,我到安康人周末读书会去做辅导报告,刚要落座,便看到了角落里的她。这个我二十年前就认识的女子,还是那么秀气,似乎岁月与她无关。初识时,她还是安康第二师范学校(现已并入安康职业技术学院)的学生,是个文学爱好者。后来,她留校了,结婚了,出书了,我们却没见过面——尽管她老公是职院的副院长,是我的好朋友。我只是从她的书中得知,她在做学问,而且钻得很深。

我几次向她望去、对她示意,她都在埋头做笔记。墙角里,几个人坐的是塑料独凳,又没桌子,只能将本子放在膝盖上做笔记,且要将腿交叠才行。看她如此认真而又很艰难,我有意叫她挤到屋中间会议桌的桌边来,但考虑到自己早先定的"以来的先后为序,读者一律平等"的入席原则,就没好意思自破规矩。

中场休息时,我们不约而同地走拢,互致问候。此时,我方得知,她已到这儿参加周末读书会大半年了,每次都写一篇体会文章,现已积累了30多篇。我当即来了兴趣,让她发来交流。

她很乐意让我阅读,但说要改改再发。一个月后,我便收到她发来的12篇文章。我梳理了一下,可以分为三类:其一是读书体会,其二是活动心得,其三是活动纪实。从体会文章看,她读书很细,一点一点咀嚼,品出什么味了就写出感悟,很有个性;从活动心得看,她是个耐心的倾听者,会静心听取每个人的交流分享,吸收后形成自己的养料,用以丰富和提升自己的认知;从活动纪实看,她是个有心人,把每次活动的精彩片断、轶闻趣事记录下来,让每一次约读过程成为自己心灵深处、书友之间的"悦读"美景。

因为体会文章具有很好的交流作用,对于各县区春潮般涌现的读书会具有一定的指导作用,我便选了几篇,交给本馆的"书香安康"微信公众号编辑,以书友分享的方式陆续推出。真没想到,阅读、点赞、转载率很高,不仅本市各县区图书馆、文化局、阅读团队的网媒爱用,而且传到了省外。一日,安徽省宿州市图书馆的李大鹏馆长寄来馆刊,我见上边登有唐承芹的文章,惊奇地问他:"她给你投稿了?"李大鹏大笑:"我在你微信朋友圈发现的,还给你留了言,说要转发的,难道你没注意?"

因为引起了外省图书馆的重视,自然也就引起了她所在图书馆的重视。当其馆长带着她来,就如何开展阅读推广活动进行交流时,我才得知:她本为同行,是安康职业技术学院图书馆的馆员!

于是,我知道了她的另一种阅读分享:系列纪实作品《在图书馆的日子里》。

这是一种散记式的随笔,其中有记人叙事,也有书评。最有阅读快感的,当属阅读活动记事、读书体会散记。说其为"散记",因为那都是随心所欲的思想火花,是零星的、发散的、未经修饰的毛坯。从篇章结构上看还不是严谨的文章,但生机勃发,鲜活灵动,读来很有味道。

从中,我不仅得知了她的阅读偏好,而且看到了她的励志情结。励志类的图书,她读得多,读得细,体会文章写得激情澎湃、扣人心弦。

于是,我与本馆的"王庭德书友会"负责人协商:能否在某一场励志报告中,加个唐老师的环节,请她开个中小学生应当阅读的励志图书目录,并加上导读?

我还没有想好如何与她联系,她却主动找上门了。

2018年11月17日,既是星期六,又是路遥逝世纪念日。所以,周末读书会安排的阅读书目为《平凡的世界》。我们于周三提前发出约读通知,在本馆的微信平台上刚推出十几分钟,就有数十人响应。

次日清晨,我一打开手机,就收到了唐承芹的短信,一连几条。她说她想来做个导读式的讲座,分享自己阅读《平凡的世界》的思考与体会。她说她为此想了半夜,终于确定这个主动请缨的行为不是"出风头",才给我发的短信。她说她为此把讲于十年前、改于三年前的课件又看了两遍,直看到东方破晓,直看到以泪洗面。她说读书会的书友们太可爱了,那么无私地为自己分享了那么多,自己一定要去奉献一次、回报一次!

只可惜,那次读书会我因到北京开会而没能参加。但从当日的网媒消息、读书会的微信群、书友们图文并茂的分享中,我看到了当时气氛之热烈、效果之喜人。一位书友发了两段视频:头一段是中途,画面上是讲到泪流满面的唐承芹与流泪聆听的众书友;第二段是结尾场景,唐承芹鞠躬致谢,众书友鼓掌起立。看到这儿,我在心中为她点赞。

时隔不久,我在朋友圈翻出她的《在图书馆的日子里》,找到了其中记录讲解《平凡的世界》的那一篇,点了一个赞,留了一句言:"如能公开出版,我愿义务协助整理稿件。"

又过不久,她当上了安康人周末读书会的副会长,分管阅读活动。我问朱焕之会长:"推选唐老师当副会长,理由是什么?"朱会长脱口而出三个理由:"一是她爱读书,会读书;二是她善分享,吸引人;三是她热心公益,影响力大!"哦,如此三条,足矣足矣。

她上任不久,我就从新闻报道中看到安康人周末读书会的阅读活动,由安康市图书馆开进了安康职业技术学院图书馆,读的是他们学校姚华教授的新书《茶道智慧》,并且有他们馆长热情洋溢的致辞,有姚华教授深入浅出的导读。

为此,我从外出采书的书库,给安康职业技术学院图书馆的馆长打电话致谢,馆长却要感谢我,说周末读书会进校园,是院地合作的良好开端,受到领导表扬,得到全馆称赞。聊着聊着,我们便聊到了唐承芹,聊到了馆员阅读问题。我们从唐承芹的实践中,得到一个共识:馆员阅读,不仅有益于提升个人修养,而且有利于发展图书馆事业。尤其在业务社会化、服务知识化的今天,要想推进图书馆业务向社会的广度、知识的深度科学发展,务必下大力气,培养一支爱读书、会读书且有内涵、敢担当的知识型馆员队伍。

或许正因为如此,一年之后,安康职业技术学院成立"知行读书会",首批入会的师生有三百多人,唐承芹被推举为首任会长。

我受邀出席读书会成立仪式,并和院领导一道为正、副会长颁发聘书。当她笑容满面地走上主席台时,我恭恭敬敬地递上证书,十分郑重地喊了声:"唐会长!"

快乐时光

她说她最快乐的时光是每个周六,这我坚信。

今天,又是周六。她清早一起床,就打开手机,查看昨天自己发的《约读通知》有哪些人回复。

作为安康人周末读书会的骨干成员,柴晓每个周六不仅按时参加读书会,而且积极转发约读信息,希望更多的人能看到、响应,能相约读书。

有一则留言,问她到读书会来怎么读书。她担心自己发微信打字慢,就打电话过去,详细解释说:"时间是每周六上午9点到11点,两个小时,既不影响咱们周末早上多睡一会,也不影响中午出去休闲娱乐或亲友聚会;书目的名称、简介,于每周三发在微信平台的《约读通知》中,供大家选择,有兴趣的就来;书源由图书馆解决,到场才发,集中阅读是为了导读、分享,个人阅读可以将书借回去使用;地点一般不变,在安康市图书馆的二楼会议室……"她还没说完,就被对方打断了:"柴晓阿姨,您好热情哟!您别说了,我这就起床,今天一定去体验阅读的快乐!"

能用自己的努力发展来一个书友,她感到很有收获,心中像喝了老家的木瓜酒一样甘甜、爽快。

走进厨房,见侄女已经做好了早餐,她的心中立刻涌出一股甜丝丝的暖流。

侄女柴正芳,今年19岁,因为自幼患病,大脑发育不良,导致吐字不清,至今还是五六岁小孩的智商。加之四肢行动不协调,上街走路都有困难,所以,她只在家门口的白河县茅坪镇勉强上到小学毕业,其实也只有小学二三年级的语文水平,其他功课等于白学。因此,小芳在家乡老遭他人白眼,在集镇也无伙伴玩耍,就爱上安康城来找姑姑玩。只因这个姑姑同情她、理解她、疼爱她,并能千方百计地帮助她。

上月初的周五,小芳又搭乘熟人的小车来了。周六早上,柴晓去参加安康人周末读书会活动,怕小芳一人在家孤单,就把她带进了读书会现场。没想到,小芳静静地坐在会场,听着听着就听进去了,读着读着就读进去了。活动结束时,小芳还不想走,柴晓把刚看的那本书替她借上,她兴奋地抱着书,咧开嘴,一个劲儿地呵呵笑。于是,柴晓就到图书馆一楼的服务台,替她办了个读者证。

有了这本书,小芳就在姑姑家待了一周、读了一周。

第二个周六,姑侄二人手拉手、肩并肩地走进读书会的现场。大家交流阅读体会,小芳也要分享。她写了300多字的读书体会,是她一人用半个夜晚起草,修改六遍才写成的。她递给姑姑,示意请她替自己宣读。柴晓看到侄女的文章,泪水哗地一下子流了出来。她从没听说、更没见过侄女写东西,因而哽咽得无法阅读。当身边的一位书友接过去,替她朗读时,她趴在桌子上,边听边哭。她一边轻轻地、偷偷地哭着,一边用双手抓着小芳的双手,紧紧地抓着,似乎抓着一缕稍纵即逝的希望。

散会时,熟悉的书友都围上来恭贺她,夸她用爱心、用书香,在侄女身上书写了一个奇迹。她却奔到朱焕之会长的面前,握着朱会长的手,兴奋地说:"我没有慧根,但我会跟。跟对了你们,我就成了读书人,成了有聪明智慧的人。今天,我侄女也因为读书会而开了慧眼,我很高兴!我想好了,今后,我们姑侄俩,就是读书会的忠实志愿者!"

从此,小芳就住在她家,成了安康市图书馆的"专职读者",平时由她抽空陪着来借还图书,每周六上午两人一块参加读书会。

其实,在她这个单亲家庭,女儿在外上班,家里就她一人生活。作为下岗女工,她虽然依靠个人努力实现了再就业,但每月两千多元的收入,除了房租、水电、物业和生活费,几乎就没有穿戴、装饰和人情往来经费,日子需要精打细算。如今添了个小芳,不仅多了一张嘴,而且多了一个成年姑娘的吃穿用度。所以,她不得不多打一份工,用于成就这个可爱女孩的阅读梦。

无论生活再紧张、打工再苦累、就业单位要求再严格,她都设法保证每个周六的阅读时光,雷打不动。

因为,在生活、精神压力最严重的那几年,她是因了朋友的邀约,走进图书馆,坐在书香中,用阅读打开了慧眼、增强了自信。由此,图书馆成了她的精神天堂,书成了她人生的充电桩。回味这几年的幸福,她把第一声感谢送给读书。是呀! 正因为读书,她才实现了精神解放、压力释放;正因为读书,她才有了战胜困难的信心和力量,才有了走出困境的自信和希望,才有了单位的尊重和社会的美誉,才有了精神的充实和生活的乐趣!

她刚坐到餐桌前吃饭,朱焕之会长的电话来了,说今天读书会活动结束后,请她留下来,开一个小时的会。

她问:"需要会场服务?"

朱会长笑着说:"不是让你服务,而是请你参与选举。安康人周末读书会运行三年来,人事变化很大,所以得重新选举正、副会长,正、副秘书长,推举和任命各部门正、副部长。关于副秘书长人选,大家认为,你勤于服务、精于事务、热心公益、乐于助人,具有强烈的求知欲望和良好的群众基础,所以,大家一致推举你……"

朱会长还说了些什么,她几乎没有听清,大脑里嗡嗡嗡地响着"副秘书长"几个字。

过去,这个名词是多么高不可攀呀! 如今,怎么就属于自己了呢?

想了半晌,还是想不明白。不想了! 她一头冲进卫生间,痛痛快快地让泪水流淌了两分钟,才用冷水擦了一把脸,长长地舒了一口气,便开始化妆。

小芳过来喊她吃饭,见她正在化妆,便疑惑地望着她。柴晓郑重其事地说:"既然大家这么信任我、尊重我,我一定要尊重大家,对得起大家!"

小芳不明白她说这话的含义,但从她的神情中看到了自信的光彩、自尊的色彩,便认认真真地点了一个赞。

刚到八点,她和小芳已收拾整齐,相携出门。

走了两分钟,手机响了。听到叫"妈"声,她便问:"是小丽丽还是小莉子?"对方哈哈一笑,她也笑了。

"柴妈,我想您了! 正好今天休假,就来看您。您好像没在家?"

小丽和小莉,都是她原来在亿佳酒店当保管兼宿管时交的小朋友。当时,七八个山区女孩,初中毕业就来打工,好多事都不懂,经常自称"人生迷茫"。柴晓既帮她们借书看,给她们讲人生感悟,又帮她们建立读书会,在共同学习中成长进步。因而,她由"柴师傅"转身成为"柴阿姨",后来被这些曾经瞧不起她的人尊为"柴老师"和"柴妈妈"。

如今,相处过的小同事从安康城散开,分布于神州大地的四面八方。经常对她以"妈妈"相称的小朋友,与时俱增,现已超过20个。对于那些走远的,她用两种方式关心阅读:一是分享自己的读书体会,增强交流;二是在微信群里做话题讨论,互相激励、相互监督。对于身边的,她看望、送书,以"送阅读"的方式,用自己的务实搭建起阅读的桥梁。

如今,她到四季酒店当了后勤总管,小丽也去附近酒店当了大堂经理。但她却主动兼任宿管,因为,小朋友们的阅读学习离不开她,她和小朋友们一道,把宿舍办成了图书馆。

小莉也到另一酒店,当了客房部经理。这些小朋友,都把成长的秘籍归于读书,把"柴妈"视为生命中的贵人。

手机里又传来一声"柴妈",她断定是小莉,便说:"你自己开门,自己玩吧,咱们中午见!这会儿,我要到图书馆去,参加读书会。"

小莉惊叹:"咋去这么早? 不足十分钟的路程,你咋要走这么早?"

她说:"有事,有些事务,还有……喜事!"

她实在抑制不住激动的心情,便对着小莉这个"开心果",嘻嘻嘻地笑出了声。

小莉也不问,说声她也去,就匆匆挂了电话。

不一会儿,三人会合了。柴晓左手拉着侄女,右手拉着干女儿,三个人说说笑笑、兴高采烈地朝图书馆走去。

书是她的爱

关于她爱读书的故事,在安康新闻界传了很多。我亲眼所见的精彩片断,说来能写大半本书。

有次在紫阳县采访,数十名各路记者,受县文广局之邀于农家乐共进晚餐。别人忙着敬酒与笑闹、聊天或交流,她却不时侧着身子,去瞅几眼拉开一半的小坤包,瞅得时而皱眉,时而浅笑。局长不解,扭头问我:"她在偷看录像?"时在十三年前,那时虽有手机,但无收看影视功能。看录像,需录放机,但也不至于那么小吧?我对局长说声找她议事,便来到她的身边,朝那坤包一指,她便拉开一点,露出一本书。我悄声问她:"有这么偷偷摸摸看书的吗?"她反问我:"人家热情招待,大家热闹相聚,我若在这儿公开看书,岂不大煞风景?"

有次在黄洋河拍摄电视诗歌,她把一切调度顺当,大家忙了起来,她却如闲人般坐在岸边的麻柳树下看书。一个小时后,这边活儿干完了,徒弟过来喊她转场,沉浸于书中的她被喊声惊吓,猛地站起来,但因坐得太久,双腿发麻,身子猛抖一下,眼见就要倒向河里,徒弟一头扑过去,把她拉住。她却不领情,冷不防地推了徒弟一掌:"你拉我干啥?书,书,咋不救书?"徒弟一头扑入河中,猛游十几米才抓住那书,但因用力过猛,把被水泡湿的书页抓破了几张。她又发火:"看你笨的!"徒弟不解,闷闷不乐地跑来问我:"她今儿个吃了什么火药?"我哈哈一笑:"当人迷入书中,书比人还重要!"

有次坐火车去西安采访文化名人,刚刚上车坐定,就来了个县里的领导,他见到我们,就站在过道上聊个不停,弄得我们都陪站。徒弟知礼,赶紧让座,那人便与我并排,坐在她的对面。我们有一搭没一搭地聊着,另一人也时不时地应付几句。她却根本不望我们,目视窗外,如在无人之地。

半晌，领导在我耳边轻声发问："她是否信佛？"我一惊，望她一眼，又望一眼领导，并用目光反问他：咋说她信佛呢？领导轻声回答："你看她，面无表情，双目似睡，口中念念有词，定然是在念经！"我笑了，问她是在背诵唐诗还是宋词，她说是《道德经》。领导啊呀一声："当播音员的，把稿子好好儿念好就行了，还背什么书呀！"她告诉他："十年前刚一入行，就因为有人说了这句话，我才下决心要好好读书的！"

领导把这一见闻当作励志故事，回到县上到处宣讲，并以此教育该县的广播电视播音员："你们不光要有好脸蛋，更要有好本领；不能只当花瓶，还要腹有诗书。只有像她那样刻苦读书，勤奋学习，努力提高，才能成为既好看、又能干，更出彩的播音员、主持人！"

自此，她那爱读书的美名传遍全市。自此，我又听到一些别人讲述的故事。

同事王希平说："要不是她读书多、知识广、善应变，这次到西安采访文化名人就会泡汤。"那次，他们刚在一个会场边的休息室里采访完著名作家高建群，好心肠的高老师喊过来到此抽烟的另一位知名作家，向双方做了介绍，便推荐道："他到过安康，写过安康，几十年来写了不少！"但那作家一听是小地方来的小记者，就不情愿，但又不明拒，呼了口浓浓的烟雾，扭着腰身，用关中方言慢慢说："昨天到省台去接受访谈，嗨，谈啥呢嘛！那美女脸上有色，肚里没货，根本谈不了文学嘛！后来一问才知道，她既不搞文学，也不懂文学，唉，胡扯淡呢嘛！"她听后却笑脸相迎："我也不搞文学，不懂文学，但我很爱阅读文学作品，比如您的第一本书和上个月刚出版的新书，我都读过。"那作家连自己的第一本作品集是何时何处出版的都忘了，没想到这个不约而见、首次会面的女记者却记得十分清晰。于是，二人坐下便聊，一聊便是一个多小时，摄像师趁机拍录下来，便是一期声情并茂、血肉丰满的好节目。为此，那位同事感叹道："没文化，真可怕；有知识，走天下！"

一天傍晚，在香溪洞公园步道散步的诗人李爱龙，因为没带雨具，被突然降临的大雨淋得仓皇逃窜。但在奔跑中却听到，前边有两位女士在从容不迫地边走边对诵《诗经》。他跑上前去，擦一把脸上的雨水才看清，是她和安康学院教授王英。因是熟人,他便大吼一声:"你们是有病呢,还是不要命了! 这么大的雨,咋还在这儿悠闲地诵诗?"她笑道:"你这诗人都跑成了湿人,还不如与我们一道背诗。"李爱龙后来给我说:"虽然我爱写诗,爱读诗,也多次看过《诗经》,但背不下来。由此,十分佩服她!"

今天,当我捧读她的新书《文化名人与安康》,回想她从读书到出书的递进过程,便得出一个结论:因为爱书!

书是她的药

　　朋友圈中出现了她的一组照片,构图精巧,画面唯美,一看便知是有专门用意的专业摄影作品。

　　第一幅,她坐在长安河北岸桥头的长条木椅上,将徐志摩的诗集《再别康桥》抱在胸前,扬起头来,仰望苍穹。远山近水是绿,天空大片白云,橙色的木椅上,她着一袭白裙,拥一本蓝书,这巧妙的色彩组成的诗情画意,似乎在说:读书,让我拥有诗与远方。

　　第二幅,她匆匆行走在大秦岭的小路上,左脚方落,右脚又起,弯起的左手捧着一本《宁陕县志》,摇晃的右臂奋力甩动着。一个行进者,以她手上的道具向人宣告:青春是用来奋斗的,奋斗者是需要读书学习的。

　　第三幅,她站在乡间一座土房子的土墙边上,身后是木头与竹片组成的窗格,窗纸上贴着一只山鸡造型的剪纸画;身边的土墙布满裂纹,还有几个脱土的小洞。但她却十分淡定地读着一本《中国通史》,并以其自信的神情向世人宣称:山鸡若想变成金凤凰,除了读书,还是读书!

　　第四幅,她靠在一堵砖墙上,墙上贴着一组宣传画,名曰《国学经典阅读画廊》,每个画面均由每本书的封面、简介与作者画像构成。她手抚其中的《道德经》,仿佛以深深的沉思询问世人:如果不读这些经典,我们何以走好今天、走向明天?

　　第五幅,她坐在花前月下,身边的桃花红白相间,映出一个粉色美人;头顶的弯月挂于左角,为她送上了柔和的银光。手上的《红楼梦》是打开的,仰面朝天,双眼微闭。这画面,给人以明示:通往梦想的道路,在你的阅读当中!

　　第六幅,人在鲜花之后,花儿半遮人面;双手将一本《爱美之心》伸向镜头,让书挡住了身子。在两边侧光的映衬之下,露出的半个左脸肤嫩如脂,那圆润的双肩、似藕的双臂,让人读出一句古训:书中自有颜如玉。

还有十几幅,在水中、在山中、在花丛中、在学生中⋯⋯每一幅都有一个主题,每个主题都是一句倡导读书的心语。

当我读懂了她的画面语言,便明白了这组照片的用途:为阅读推广代言。

于是,我想到了她的一篇散文。

五年前,我担任安康市文艺创作研究室主任,兼任《安康文学》主编,有幸读到了她的第一篇来稿。

稿子不长,千字文,但只读了第一段,我就放不下了。

"半夜无眠,起床读书。虽是周末,但大雪封山,不能回城。困在我就职的学校里,作为教师、身为女子,若不读书,能做什么?"

寥寥数语,暖暖情怀。不是无奈,而是自救。因为,"书是我最爱的药"。

如此用心用情与恶劣生存环境抗争的弱女子,定是生活的强者。如此强者之文,定有励志作用,定有教育意义。本着这种"先入为主"的念头,我一时兴起,提笔写了个"发"字。过了好久,才抬眼阅读开来。

她说她本来是个不爱读书的贪玩者,想过无忧无虑的生活,有着天真烂漫的理想。但当她参加特岗教师招考,考到秦岭深处的宁陕县旬阳坝小学时,父母因她有了铁饭碗而喜极而泣,她一去报到却绝望到无泪。

"我的青春,我的前程,从此就交给这高山之巅的冬雪夏雨了吗?"

头一周,她茫然无措,周末也不想回城。第二周,她无所事事,头发一缕缕脱落,青春在沉寂中失色。

无课时,长夜里,无聊到无人聊也无话聊更不想聊时,她发现了一个比她还寂寞的好去处——校图书室,她便一头躲进这里读书。不料,这一躲,便是心静如水地过了一周。周末回家,还背了两本书。那一周,她平均每天有八个小时在读书。也就是说,除了工作、吃饭、睡觉,她时时都在读书。

周末回到城里,父亲问她学校环境咋样她不知道,同学问她学校伙食如何她不知道,闺蜜问她学校生活苦不苦她不知道,她只在日记中记她阅读的书，后来那日记就变成了读书笔记。

后来，她与学生一块读书，一块写作。他们班的作文全校领先，常被本校、外校当成范文，有的还被报刊发表，有的还在省、市、县的大赛中获奖。

后来，她为自己制订了一个"完善知识结构"的阅读计划，列出了相关书目。从此，她既在本校借书，又到网上买书，简直成了"书虫"。一年下来，成效大增，教学工作受到学校表彰。两三年后，她形象大变。在她经常出现的市、县各种教学能手竞赛、交流活动当中，人们看到了一个爱说爱笑、一脸阳光的小宋老师。

后来，她边读边写，写诗歌、写散文、写论文、写新闻。她说："写诗歌是我热爱命运，写散文是我热爱生活，写论文是我热爱工作，写新闻是我热爱学校……"随着作品发表量的增多，外界渐渐知道了秦岭深处有个爱读能写的小宋老师。

这是她这篇散文告诉我的基本信息，自此我记住了这个读写并进的女老师，但因无电话、无微信，又不好意思向一个女作者索要，我便时常通过宁陕县作协主席阮杰先生，向她约稿。

真没想到，如今我到了图书馆，她竟然成了阅读推广代言人。

我通过微信，给宁陕县图书馆的刘晓慧馆长转发一幅图片，问她是否认识小宋老师。刘馆长回答得很干脆："不仅认识，而且熟悉；她几乎每天到馆，不仅是我们的常客，而且是绿都文友读书会的重要成员！"

我纳闷了，从旬阳坝镇到宁陕县城，五十多公里的山路，她天天去图书馆，方便吗？

刘馆长哈哈大笑："这么优秀的自学成才的模范，能被埋没吗？"

她告诉我，小宋老师调到全县条件最好的宁陕小学，已经三年了！

那年夏季，我由文研室调到图书馆。

那年秋季，她从旬阳坝镇调进县城。

虽然三年来因无文稿创编关系我们失去了联络，但今天我们又因书重逢。

她还是那么青春洋溢。

她还是那么一脸阳光。

再三翻阅她那组既光彩耀眼又寓意深刻的宣传图片,我忽然心生一计:让本馆的宣传员通过刘馆长与她联系,争取她的同意,将这组照片发在本馆的官方微信、微博、网站上,让她成为我们的阅读推广代言人。

她因读书而可爱

我不知道书有多大魔力，会让一个柔弱的小女子变得如此充满活力，活得如此富有魅力！

头几次见她，是在"安康阅读会"的微信群里，为她办的几项读书活动点过赞。尤其是去年12月26日，毛泽东的诞辰纪念日，她在旬阳县吕河镇毛公山下组织的活动，令人为之心生敬意。那天傍晚，我走在下班回家的路上，因接来电而翻阅了一下手机，便在阅读会的微信群中看到一组图片：十几位安康阅读会骨干，应邀来到旬阳县吕河镇，与旬阳阅读会的朗诵爱好者会师于当地的毛公山下，举办"毛泽东诗词诵读暨《毛泽东选集》阅读分享会"。我立即打车返回办公室，以名誉会长的名义，打电话称赞安康阅读会。我问明情况后，要来文图，略做修改，便向熟悉的报刊、广电、网络媒体发了个题为《安康读者毛公山下诵毛公》的消息。巧得很，一个小时后，我再次步行到刚才看手机的地方，恰遇来电，是报社的记者朋友打的，说是刚在腾讯网上看到这条消息，让我添些活动细节发给他。网媒真快，文图处理精当，鲁玲形象突出，让人当下记住了她，并因此而敬重她。我看了下微信朋友圈，已有几十人转发了。当下，打电话给安康阅读会负责人，请他转告活动策划、发起人鲁玲："你为安康阅读界争了光，我代表图书馆人和广大读者向你致敬！"

那次，我问当天在活动现场的一位文友：鲁玲挺会抓机遇搞活动的吧？回答是："因为她对毛泽东诗词和毛泽东写的书、写毛泽东的书，爱到骨髓！"

或许正因为如此，第一次接她电话，我二话没说，只是一个劲儿地重复一个字："好！"这是6月下旬的一天深夜，在由旬阳经安康到西安的高速路上，鲁玲像老熟人似的打电话给我，说她要到西安去参加由省作协、安康市委宣传部等单位联合举办的"王晓云小说剧作集《绿野之城》研讨会"。她说她把这部书读了好几遍，越读越激动。她说她要在旬阳县城举办《绿野之城》阅读会、分享会和作家见面会、交流会，她邀请我去参会、讲话并做点评，并希望我能协助邀请几位安康城的书评人、读书人和阅读推广人，而且让我帮忙思考一下活动的内容、议程以及市、县有关领导出场的方式……真没想到，我俩第一次通话，就如此投机，她竟向我提出了如此之多的要求，而我竟一连串地回答着一个又一个的"好"字。

那次，我电话询问安康女作家王晓云："鲁粉丝"为何如此喜欢你的新书？王晓云十分肯定地回答："因为她深读了，读懂了！"

与她的首次相见，是个特别好的日子：7月1日，星期天。上午忙完本馆及市区的"七·一"活动，我中午即与友人驱车去旬阳，赶赴由鲁玲策划并牵头，于当天下午举办的《绿野之城》阅读分享会。一进场，我就有惊喜，心中自然哼出一句唱词："这个女人不寻常！"

惊喜之一：她不仅爱读书、爱文艺，而且讲政治、讲规矩。她把当日活动分为两段，上半场是"庆祝建党97周年"活动，安排了一个歌伴舞、三个诗朗诵和六人诵读《梁家河》，共十个小节目，1个小时的时长。其间的她，既是主持人，又是朗诵者，与她那上初中的儿子分别诵读了《梁家河》中的《近平回来了》选段。

惊喜之二：她不仅懂书，而且懂人。她深知，作家阅读作家的书，是"文人相亲"的具体表现，所以在主角王晓云讲述创作心得，到场读者交流阅读体会之后，特意安排了王晓云与旬阳作家的对话环节。几位当地小说作家经向王晓云面对面请教，明白了结构设计、情节设置等创作技巧，兴奋得既要签名，又要合影，把活动气氛推向高潮。旬阳作家程根子激动得当场挥笔，为王晓云写了一幅字，王晓云感动得热泪盈眶，现场读者发出了长时间雷鸣般的掌声。

惊喜之三：她的人缘好，队伍强。当天到场的，除了安康与旬阳两城的作家诗人、读书团队代表及市、县文联领导，其余人都是她的阅读团队成员，她称这些人为"阅读文化志愿者"。这些志愿者，有工人、农民、教师、学生,有的还是县级、科级干部,还有专门请假从建筑工地、商场、酒店赶来的打工者。他们不仅爱读书、会朗诵,而且个个主动当义工,从场地布置、灯光音响、捐书送物到烧水泡茶、迎来送往、拍照写稿,样样干得到心到位。

因为惊喜,所以点赞。活动结束时,我对鲁玲说,要点这三个赞,她不假思索地回答道:"正常事,正常做,必须的!"

那次,我对旬阳县文联主席魏连新说:"旬阳阅读会干得不错!"魏主席回应:"因为有个热爱阅读的鲁会长!"

更没想到的是,这次见面,我们相约了一件大事:利用各自阵地,合力推介本地图书。鲁玲说:"我读了不少本地作家的作品,比如李春平、陈欣明等人的小说,李小洛、姜华等人的诗歌,李娟、郭华丽等人的散文,曾德强、王庭德等人的纪实,戴承元、孙鸿等人的评论……这些的确是好书!而且,我们的地方作家,群体很大,好书不少。但是,因为缺乏宣传推介,不仅在外界影响不大,本地人也知之不多。我虽然做不好评论与推介,但可以发挥我的优势,利用读书会这个团队、读书活动这个平台,来组织、发动、倡导大家阅读本地作品,宣传本地作家!"听了这话,我伸出双手,与她相握:地方作品,属地方文献,征集、阅读与研究、推介,是图书馆的本分。我们合力而为,共同做好宣传工作!

那次,我们排了个书目清单,商定各自组织阅读,适时互动分享。临别,又补了十分关键的一条:每季开展一次"两城同读一本书"活动。

因了这一约定,便有了这个活动:《汉调二黄口述史》读后感交流会。这个周末,我将奔赴旬阳,与鲁玲携手联办这一读书活动。

书香使她柔情似水

因为遇到她,我看到了法官的柔情。

而这柔情,来自书香。

元旦的正午,安康阅读吧挤满了读者。在窗外看到这一美景,我便立即开门进来,期望与可以聊的人随便聊一聊,了解一下他们为何放假不休息而来看书。

聊了三个成年人,都说因为喜欢读书,有点官腔,缺乏趣味儿。

第四位,是个清瘦的小男孩儿,他手捧绘本,坐在桌边,偏着头,眯着眼,专注于看书。我问他咋不跟大人在家里玩,或者外出玩耍,他一本正经地回答:"家里没人玩,因为爸爸要加班,妈妈要到这儿来,所以就来陪妈妈读书。"

顺着他手指的方向,我看到一位红衣女士,正蹲在墙边那排书架旁,双手麻利地收拾着图书。

我进来时,她就这样蹲着。起初,我以为她在选书。我在与人聊天的间隙,细看了几眼,才发现她是在整理图书。

我轻声询问随行的流通部主任:"是志愿者吗?"孙主任摇头。另一位工作人员悄声接话:"是个读者,但她习惯于边找书、边整理,包括随手整理卫生,挺自觉,挺自然的。"我点头称赞,心生敬意。

孩子见我们在议论他妈妈,就轻声喊了声妈妈。她抬起头来,见我在翻看孩子手边的图书,就微笑一下,解释道:"凡是要借走的,我都按你们的规定办,一次最多只借两本。这几本,是我们娘儿俩今天的到馆阅读任务。"

哦,她认识我,知道我是图书馆的工作人员?

她说:"知道,你是馆长。昨天在电视上见过,今早8点钟又见你在馆门口迎接读者。"

对,8点钟至8点半,我在馆门口迎接新年第一天的到馆读者,并向他们赠送节日礼品。因为人多,我没记住她。

他们选择的图书,一共4册绘本,母子二人要一道看完,至少需要3个小时。

她看懂了我眉宇间的问号,解释说:"我们母子俩同读,挺快的,两个小时就能完成。"

对,我赞赏这种方式!看绘本,亲子阅读,效果更好。尤其是在认字、析意及"看图说话"上,定会因大人的陪读、导读、助读,而提升孩子的阅读效果。

她说:"我也只是双休日、节假日和下班后才能挤出时间陪他读书,单位工作忙得要命。"

这时,我才知道,这个每次来都要做一会儿公益的美女,已经与儿子在这里阅读一年多了。

她说:"安康阅读吧开办得好,因为智能化管理、24小时运行,让读者随时进出、自助借还,十分方便。所以,开馆当天我们全家都办了读者卡,方便随时来看书。"

她说:"当天晚上,我就领孩子到这儿来,教了他自助进出、借还图书的方法,以及电子读物的读取技术,他就随时可以来了。"

她说:"我和孩子是互为陪读。平常的夜间,是我陪孩子读;节假日,是孩子陪我读。"

静静的、随意的闲聊之中,我得知了三条信息:

其一,这里是她的业余生活之家。她叫李颖,是市中级人民法院的审判员。作为一名青年法官,她把个人素质的提升放在业余生活之首。因而,她最大的业余爱好就是读书,最好的业余去处就是图书馆与安康阅读吧。

其二,这里是他们家的生活驿站。因她在江北上班,丈夫上班和孩子上学在江南,住家也在江南,且孩子下午4点放学,大人下午6点下班,他们便把回家的会合点选在位于江南城市中心的安康阅读吧。孩子放学直接来看书、写作业，她和丈夫下班后也到这里来，谁来得早谁先接孩子回家。

其三，这里是她儿子的成长乐园。这个名叫乐乐的小学二年级学生，一年间在这里读了200多册绘本，知识面和口语、写作能力大增。同时，交了上十来个爱读书的小伙伴，为人处世与社交能力大为提升。

这三条信息，让我不仅得知他们的温馨小家是个书香之家，而且使我从中看到了家庭阅读的好处与前景。

我诚恳致谢，为有这样的书香之家。

她却感谢我们，为有安康阅读吧这样的读书好环境。

她声音温柔，话语流畅自然，似乎流淌着缓缓的书香；她笑容灿烂，表情语言丰富，浑身洋溢着"腹有诗书气自华"的风采。

为此，我向她表态：马上采购一批绘本，满足孩子们的阅读需求！

我向她透露：市政府已经决定，在中心城区兴建20个这样的24小时自助书房，让市民们能够更便捷、更舒适地享受阅读之乐！

我向她介绍：本馆将把今年的阅读推广主题定为"倡导家庭阅读"，通过创建书香之家，助推书香安康建设！

听了这些，她扬起笑脸，声音柔柔地说着"好"，道着"谢"。

从她那温柔又温暖的目光中，我看到的，不仅是袅袅升腾的书香之气，而且有润物无声的书香之力。

你读书的样子如初恋般美好

友人发来一组随拍：不同的环境，不同的服饰，不同的光线，不同的角度，但所拍的都是同一个你。

一个阅读着的你。

或站，或坐，抑或是与人交流，给人讲书，你的眼里总是秋波荡漾，你满脸都泛着恋爱般的光泽。

头一张，只你一人。身后，是高大、宽阔、书架上顶的书墙。虽被虚化处理，但仍能看见那一排排图书顶天立地，成了你巨大的、高尚的、坚强有力的靠山。左侧，是一个与你并立、竖直敦实的书柜，那一排排彩色的封面告诉我们：这是精装的、崭新的高档图书，这是图书馆视为宝贝、特别重视的推荐图书。面前，是一方从书架上伸出来的木板，约有一米长、半米宽，正好展示新书。而你，则从平平展开的四本书中挑出一本，轻轻打开，细细赏读。是因看得入迷，看得生情，还是有什么情节、什么故事、什么句子打动了你，那表情，明明是在非常享受地静读情书呀！而且，是初读情书，怯怯地、羞羞地欣喜着。

第二张，有五人。在书架与屋墙之间，有阳光、有书香、有条凳、有沙发。你与一位小学生挨着，坐在巨大的、透明的玻璃窗前。条凳式的沙发不宽，却很长，学生这边还有空位，虚位以待的样子，显示着你们的文明礼让，不贪占，讲公德。你的那边紧挨着两位读者，似是凑在一起研读着一本共同心仪的图书。尽管他们的头部被对面一位小姑娘手捧的图书挡住了，但那同样躬着的腰身、挨在一起的脑袋,告诉我们:他们的心已经入了书、入了神。你和小女孩共同展开的,是一本大 16 开本、文图并茂的横开本图书。虽然书铺在女孩的膝上,但你那既似指认、又似指点、更似指导的手指,却让你成为摄影师的主角。这嫩乎乎、柔乎乎、热乎乎的手指,因为弯曲着,显得内敛、素雅,且在秀气中与书香相融。而你那目光,是恬静的、包裹着微笑的。之所以要把微笑包裹住,是因为那展示在冬阳下、书香中的励志故事,隐藏着你心中的秘密。哦,故事中的那个少年英雄,是你的初恋情人,是你至今提起来就热血涌动、说起来就心跳加速的心爱之人!

第三张,主景两个人,你和你的闺密。背景若干人,形象不太清晰,但都在选书、看书。你和闺密站在一起,背靠书架。四层书架上,那些色彩鲜艳的封面、朦胧可辨的书名,让我们可以推断出:这些图书是青春读物。闺密的左手捧着一本打开的图书,右手被你轻轻抓住。她在轻声讲述着书中的故事,似在解读着你的心事。因而,她讲得动情,你听得生情。她讲着讲着,从书中引申开来,似在讲述着你心中的秘密。但她点而不破,触而不透,就那么满面含笑地含在口中,含在心中。你望着她的笑脸,听着她的讲述,淡淡的红云正在脸上缓缓荡开,一双软手也在她的右手上轻轻抖动。你那纯洁如水的眸子,是多么渴望她把你心中的故事像书中的故事一样讲得明明白白、透透彻彻呀!但你手上的抖动却让她欲讲还羞。

哦,你的阅读这么甜蜜呀!

哦,阅读使你如此甜美呀!

欣赏着你的阅读美图,我发现阅读是一件美事,我品出阅读是一种美味。

他的书山他的书

与他相见,在高大巍峨的凤凰山上。

与他相交,在顶天立地的书墙之下。

因朋友相邀,我等乘周末的休闲之机去凤凰山林区,陪伴一位退休老同志爬山、登高、晒太阳。一出城,我们便把导航设在了"南山云见"。这是一趟十分不便的郊游,从恒口下高速,走村道,爬山道,在村庄七转八拐,在山林左盘右旋,直到混凝土道路的尽头,才达目的地。我问为啥跑了这么远,召集人袁女士说是因为有趣。我问请客吃饭需要客人如此费时吗,她说到此的乐趣不仅仅是为了吃饭。

这话,便使我们置身的密林有了仙境的意趣,更使我们的问答有了禅的味道。

正笑闹间,听到一声"李老师",便见年轻、帅气、一身汉服的诗人杨麟来到身边。我问他咋在这儿,袁女士说他是老板。

我当下蒙了。一个那么浪漫的青年诗人,怎么退隐山林当起了民宿老板?

杨麟笑而不答,只是一个劲儿地招呼客人进院子,说是茶已沏好,还有山果等候着。

进了土墙、瓦顶、木廊、石阶组成的开放式大院,老少客人均被这古色古香伴现代气息,农耕工具配时尚用品的精巧组合而折服。而我所叹服的却是飘散于花香、木香与酒香、菜香之外的满院书香。

杨麟见我不时瞅视客厅的内置照壁,就使了个眼色,引我入室。

照壁正中有其店名"南山云见"四个大字,苍劲、古朴,见落款是"杨麟",我大吃一惊:"你还是个书法家呀?"他轻声笑道:"少小写诗,难免年少轻狂;习书练字,有益怡情养性。"我点头望他,实为刮目相看。

从照壁东侧进入,见东墙悬挂的四扇屏古风扑面,其间山水既有古人风格飘逸的写意,又有今人钟情生态的写实,其天高云淡的诗意与山重水复的乡愁融为一体,别具风韵。一看落款,又是杨麟,我又吃一惊。见我忽而看画忽而看他,他便含笑轻答:"不想成名成家,只为怡情养性,养诗。"

古代文人追求的诗、书、画三才兼备,在当代青年诗人杨麟身上得到了如此充分的体现!因何,为啥?不会仅仅是他所轻描淡写的"养诗"吧?

转身之际,目视西墙,视觉更受震撼!这一架上顶的高大宽阔的书墙,立马让我因仰视书山而仰视主人。

我缓缓走近,慢慢伸手,抚摸着一排排中华文化经典、国外文学名著和一本本获茅盾文学奖、鲁迅文学奖、柳青文学奖等奖项的当代佳作,还有本省、本市文友的著作。当我的目光盯住了杨麟的书,心弦再次震颤。

在并不醒目的位置,杨麟的诗著格外引人注目。一个生于1983年的青年诗人,在诗人都不太读诗的年代,竟然出了这么多诗集,真是安康诗坛之奇迹!

诗集《当一切暗下来》,作家出版社2005年6月出版发行。

诗集《词语的暴力》,中国文史出版社2008年1月出版发行。

诗集《我几乎只看见光》,中国炎黄文化出版社2015年4月出版发行。

诗集《石嘴河的黄昏》,九州出版社2018年4月出版发行。

看了这些,我又问:"你当年在师范上学时,就是一书成名的少年诗人,那本诗集呢?"

他说没了。

"那本著名的情诗集《红色的心》呢?"

"没了。"

"那本青春四射的《杨麟五年诗选》呢?"

"没了。"

"还有,你们几位青年诗人的合集……还有,你的散文集呢?"

"没了。"

没了,也就没了。他回答得淡然、淡定,不拖泥带水,不依恋,不怀念。

见我因其藏书缺了他自己的书而可惜，而叹息，他宽慰道："书不为作者自拥，而广泛分散到了读者的手上，应该是个好事。"

一语点醒梦中人！

此语正合我意！

身为图书馆馆长，这正是我的追求！既希望各级各类图书馆的藏书能为广大读者所读，又期盼公私藏书都能飞到各位读者手中。书是供人阅读的，读者拥书，才是书的价值所在！

为此，我恭贺杨麟"断书"。

为此，我为杨麟在凤凰山的半山腰上营造的这座书山而感动。

于是，我建议他把这供大众阅读的书舍取名"伴山图书馆"。

他的意思却是：伴山伴人均好，只要有益于人，无名亦可。真要命名的话，"静养"便可。

他说："因寄情山水而到此休闲的人，是为静度慢时光而来的，无论半天整天还是三五天，不管工农商学仕，只有茶香、酒香定然不足，唯有书香最能让人静心静身静养。"

我环视室内外，看到了茶几旁读书的美女，藤椅上翻书的童子，门墩上阅读的母女，院子边倚树看书的帅哥，就连我等所陪的老领导也在翻阅着杨麟的诗集。

我和杨麟立即出门，来到老人身边。我主动介绍："这是老板，诗人杨麟。"

杨麟补充："这是我的业余生活，平时在企业上班，节假日上山，既打理店子也打磨自己。"

有人打趣插话："办个民宿，是为挣钱出书?"

杨麟笑对："养心养性养诗。"

老领导听了这活，竖指点赞："年轻人，情趣高雅，志向高远，很好！"

接着，几位老者要参观住宿用房。

登上木梯，踏上木楼，看着木床上的传统棉被和室内的现代化空调、卫浴等配套设施，老领导拿起床头柜上的《平凡的世界》，推开木窗，遥望山林，缓缓落座，自言自语："有一屋一床和一窗天地，有一书相伴和一院书香,我想,我会住上三五天的。"

下楼后,人们伫立于书山之前,许久许久。

开饭时,人们带上了杨麟的诗集和鲁迅、艾青、贾平凹的书,还有本地作家的著作,共 11 种 16 册。

杨麟的脸上,弥漫着书香。

室内、院内和园中、林中的客人,都沉浸在这满屋满园满山的书香之中。

融会贯通

因为她能把一本书读成一个城市的文化盛事，我不仅佩服，而且敬重。

三年前的那个"五一"劳动节，为落实上级关于组织阅读优秀传统文化经典图书的指示精神，我加班赶材料赶到十分疲累，就半躺到沙发上，顺手取来必读书目《道德经》翻看。看到第六页，又看不下去了，于是便算账：这是我收藏的第几本《道德经》呢？不算不知道，一算吓一跳：近30年来，自己买的、他人送的，已有20多个版本30多册了，但一册都没有完整地读过。那么，既然多年以来相当喜爱，却又没有认真读过，其故何在？仔细想来，原因也很简单：因为艰涩难读。

但是此时，我却萌生一个强烈的愿望：一定要借这次阅读优秀传统文化经典图书活动的机会，把《道德经》读懂、读深、读透，以此促进我对其他国学经典的阅读、学习。

我给安康市道教协会会长刘诚穹打去电话，希望她能给我讲解一遍《道德经》。她不仅满口答应，而且支持我的想法："正因为艰涩，才要下功夫读懂；攻下了这个高峰，就有一览众山小的感觉，再读别的古代文化经典著作，就只有乐趣，而无难度了。"

她一点化，我恍然开悟：怪不得自己对国学经典阅读虽有兴趣却难持久，全怪这个拦路虎呀！为此，我表态，要持之以恒，攻此高地。她先点了九节内容让我精读，简单谈了自己的阅读体会，激发我的阅读兴趣，然后约定次日上午到她办公室交流心得。

第二天，我如约来到安康市道教协会办公室，见她正在默写《道德经》。一张张斗方纸上，写着一段段方方正正、清清爽爽的《道德经》原文。我看了十来张，便冒出一个想法：如果办个以书写《道德经》为基本内容的专题书法展览,那该多好呀!她含笑问道:"如果参观者看不懂,岂不是既浪费了书法,又浪费了《道德经》?"我点头称是,并指出:《道德经》作为中华优秀传统文化的经典,不能只是少数人来研读,而要加大阅读推广,搞好辅导、宣讲与学习、运用,并能通过编写注释本、解析本、普及本等方式,使其走出庙堂和学堂,成为大众读物。她微笑点头,又凝神望我:"的确,是得大众化。但那得大平台,我们做不到,也尽不了力呀!"我想到自己办读书会的经历,便涌出一个念头:抓小众,带大众,进而走向公众,逐步团结广大群众!听到这儿,她叫声"机缘巧合",便笑道:"我刚完成本月的二读《道德经》,对于弘扬优秀传统文化生出许多想法,正想请你相帮策划一下,看能否办个大活动呢。"

于是,我们端上茶杯走出会议室,坐在东药王殿道观的银杏树下,与几位来宾一块讨论《道德经》的阅读推广方法。有人说开座谈会,有人说办读书会,我想了片刻,建议由市道协牵头,东药王殿提供场所与服务,市图书馆和诗词学会协助,找几个人脉广泛、公益心强的文化人参与,开办一个学习《道德经》的讲堂。有人问:"主讲请谁?"我说:"主讲是刘会长,以本意阐释为主;再请两三个专家学者,从传统文化及文学、哲学、养生等社会意义方面做专题导读。"

听了这话,有人说刘会长业务繁忙、时间紧张,刘会长却斩钉截铁地说:"弘扬优秀传统文化,做好《道德经》的阅读推广,是我们道协和我这个会长的本分、职责。我们办,我来讲!"

于是,我们数人齐心协助她,开始筹办"安康市《道德经》讲堂"。

在此期间,她出了两次差,到省城和北京出席陕西省道教协会、全国道教协会换届大会,光荣当选为省道协副会长、中国道协理事。消息传来,群情振奋,而她却说:"既然肩上责任更大了,就更应当把《道德经》的学习宣传抓好!"

从北京回来后,她连开几个会,学习传达、贯彻落实道协会议精神。半个月后,她率我们筹备组成员奔赴湖北武当山,就开办《道德经》讲堂一事,向中国道协新任会长,她的师父李光富先生汇报,征求他的意见,并去武当山道学院取经。

　　一个月后，"安康市《道德经》讲堂"在东药王殿开讲。她把《道德经》的81章内容分为20讲，头一讲5章，其余均为4章。形式为：领读、诵读、讲授、座谈交流、解疑释惑。讲法为：她先从本意上解读，安康学院教授孙鸿从文字、文化、文学意义上辅导，安康职业技术学院教授姚华从人生修养与养生角度做引申性导读。

　　学制为每周星期日上午9至12时，人员为会员与临时报名者，约读方法是每周三发布本周末约读信息供大家报名，额满为止。教学设施和教材都由道协提供，学员免费学习，中午还享受一顿免费午餐。

　　她第一次讲课就与众不同：不看原文，倒背如流；不拿讲义，侃侃而谈。而且，事例丰富，通俗易懂，就连其中的历史掌故、时代背景都讲得一清二楚，且逻辑严密，环环紧扣。

　　课间休息时，市诗词学会副主席兼秘书长李波，以老友口吻开玩笑说："原来只知道你是个会长，今天才知道你有如此深厚的国学基础，但不知你是咋学的？"刘诚穷会长听了，笑而不答。

　　这段时间因参与教务而与刘会长亲密接触的青年女诗人陈春苗接话："你知道师傅（指刘诚穷）是如何阅读《道德经》的吗？依我对她桌上摆放的读物、笔记来分析，那叫相关书籍配着读——左右打通，边读边写边思考——融会贯通！因为发明了如此这般的通读法，她才能在自学中读通，在讲学中讲通。"

　　哦，这就叫"通读"？我望了望陈春苗，又看了看刘会长，继而环顾大家，发现众人都望着刘会长。我确认，那眼神应叫"仰望"。

　　因为头一堂课就让人打心眼里佩服，所以《道德经》讲堂才能半年一期地接连举办，并有省内外各地道友前来考察学习。

　　上个周末，我正与团市委的朋友忙着筹办"我是讲书人"大赛活动，刘诚穷会长打来电话，说是知道我周末不休息，在馆里干事情，就抽空到馆，给我送书。我问什么书，她说自己把"《道德经》讲堂"学员的学习体会文章选编了一本书。我连声称好。从读书、讲书到编书、出书，刘诚穷会长把

《道德经》做成了一道亮丽的文化景观，做成了安康名片。我自当叫好，定当称赞。

　　我即放下手上杂事，奔向大院门口，迎接刘会长及她所送的新书。

父亲读书

父亲是个文盲,却酷爱读书。

他 20 岁那年,新中国成立,他的命运因此发生了翻天覆地的变化。当他由一个上无片瓦、下无立锥之地的长工,变成了有地、有房、有家的一家之长、合作社社长时,青春的热火激荡得他浑身都有使不完的劲。因此,他便用劳力、劳动去拥抱这个崭新的社会。正因为劳力好、劳动好,他当上了劳动模范,光荣地加入了党组织。入党宣誓前,合作社党支部书记让他在志愿书上签字,他说不会。书记笑了笑,替他写了姓名,让他盖了指印。活动毕,临走时,书记送他一本《党章》、一个牛皮纸封面的笔记本、一支钢笔,吩咐他:"使劲蛮干是对的,但不光要蛮干,你得学文化、学政治、学理论,这样才能干得更好,进步更快。"

回到自己所在的生产小组,他白天带领社员劳动,晚上参加扫盲夜校,学了两夜,却学不进去,一坐下来就打盹。支书听了别人的介绍,就刺激他:"你刚入党,就不听党的话了吗?《入党誓词》咋说的? 入党宣誓忘了吗?"

"这个……坚决不能忘,绝对不会忘!"于是,他当晚请人教他,硬是用一个通夜学会读、写、背《入党誓词》。说来也怪,他连天、地、人都不认识,连自己的名字都不会写,学起这个却见效很快。

从此,他就用这几句话作为自己的文化学习、政治学习的内容,不仅时时默诵,而且处处对照。年底,乡上来检查扫盲工作,他在黑板上默写出《入党誓词》。扫盲专干一看,这还了得! 马上将他作为脱盲典型,整理材料上报。于是,这个能将《入党誓词》倒背如流的先进典型,便成了支部发展党员的领誓人、上党课的讲课人。每次带领新党员宣誓前,他都亲手用粉笔将《入党誓词》工工整整地写在黑板上，然后字正腔圆地朗诵。是的，他不是照本宣科地领读，而是声情并茂地朗诵。次数越多，领会越深，感情越深。从第三次开始，每次他都是热血奔涌、热泪盈眶。

组织上看他党性强、觉悟高，对党赤心忠诚，就决定让他当党支部书记。乡党委书记来谈话，征求他的意见，他说"执行党的决定"；问他工作打算，他说"对党忠诚，积极工作"。书记十分感动，伸出双手握住他的双手，使劲摇了几下，把二人摇得亲如兄弟。

书记临走时，送他一本《党章》，两个本子。本子一大一小，大的是《党支部会议记录》，小的是《工作笔记》。他问这是干什么用的，书记说大的让他在开支委会、党员大会时作记录，小的让他记录日常工作事项。他问别人记录行不，书记说可以，但得你看了之后签字。他犯难了：当了支部书记，不学文化不行了。

他又问《党章》是干什么用的，书记说是供支部、党员学习和践行的，尤其是支部书记要带头学、带头讲、带头用。他想，这下，不仅要学文化，而且要把文化学好。

本组扫盲已经结束了，他就参加第三村民小组的扫盲学习，每天晚上都打着火把赶夜路，到6公里外去上夜校。三个月下来，360个生字他一字不落地会认、会写、会用了。毕业那晚，回到家里已经是半夜，他兴奋得睡不着，把《党章》捧在油灯下，从头至尾通读了两遍。虽然有39个字不认识，但其意思多数能够理解；虽然有11个词的意思不太明白，但不影响他对全文及各个章节精神的领会。

第二天晚上，他跑到乡政府，找到文书，捧出《党章》，请求人家给指认生字、讲解词意。待自己会认字、知词意后，又让文书给朗读了两遍。他边听边读，边听边记，返回时，又在路上默诵了两遍。之后几个夜晚，他把群山、森林、田地当会场、当听众，用上党课的方法一遍遍地讲解。他就这样反复阅读，反复领会，反复默讲，反复默记，下了半个月的苦功夫，终于将一本《党章》滚瓜烂熟地背了下来，并能文字、标点符号一个不错地默写下来。

公社化那年，他的身份刚由合作社支书变为大队支书，上级一纸公文，任命他为公社党委委员、武装部长。临走时，他给支部班子做移交，大家发现，那本《党章》，被他画了192个圈圈、点点、杠杠。于是，有人开玩笑：你到公社当领导了，就给我们找一本新的供大家学习，这一本让我们存在大队部做史料吧！

他当公社领导那些年，为了干好工作，他的挎包里经常放有书、本、笔和煤油灯。那灯是由墨水瓶做的，煤油装在一个小小的拧紧盖子的军用水壶里，灯捻用一小块塑料布包着，整个灯具是用一个塑料袋子装好、扎紧，放进挎包的。这样，下村入户，无论借住谁家，都不占用别人的油灯，却能随时随地夜读。不过，那只印有"红军不怕远征难"的黄挎包，自此有了很浓的煤油味，再也没有我所喜爱的糖果香了。

他白天总有忙不完的活儿，晚上无论多晚，他不读书就睡不稳觉。

退休那年，我和姐夫帮他搬东西，所有办公用品不动，自己只扛走卧具、洗漱用具、衣物和书籍。他的书，几乎都是政治读物，且有《毛泽东选集》《马克思选集》《恩格斯选集》《列宁全集》等不少套书。我边收拾边翻看，发现每本书、每一页都有圈圈点点，不少地方还有批注和心得、提示。毛泽东的《为人民服务》标题边，他写着"本月每天起床前读一遍，睡觉前读一遍"；《实践论》的页眉上，他写着"一周内熟读，一月内熟记"。看到这儿，我对曾为文盲的父亲肃然起敬。

当月，我参加工作。临走那天，父亲把两口炸药箱改成书箱，装入《资本论》《列宁全集》《毛泽东选集》《毛主席语录》《毛泽东诗词》和《党章》等政治读物，亲自挑上，送到我工作的茨沟区景家乡政府。

次月，他这个退休干部又接任了村党支部书记，重新挑起20年前的担子。上任那天晚上，他邀集支部委员和村委员、团支部、妇联会、民兵连、村林场负责人召开支委扩大会，头一件事就是组织大家学习《党章》。

因为乡上找不到合适的接班人，他又干了15年的村支书，彻底退下时，既因培养出了接班人，更因身体累垮了。他从村部办公室搬回家里的东西，只是书，三大纸箱，106本。他用一只大信袋单独包装的，是三本翻了又翻、画了又画、不同版本的《党章》。

父亲临终前，双唇不时嚅动，口中念念有词。别人不明白，以为他要交代什么却因病痛而无法表达。但我知道，与病魔抗争的父亲，定是在默读着、背诵着他心目中最有精神动力的书。我俯耳聆听，似乎听到了"对党忠诚……为共产主义奋斗终生"的铮铮誓言。

二爸的书箱

　　直到参加工作,我才得以登门拜见二爸。直到打开他的书箱,我才走进他的精神世界。

　　时在 1985 年,我一当上县广播站的新闻记者,就争取了一个去叶坪区采访的机会,才有了去见二爸的便利。

　　那时,县以下有区公所、乡政府、村委会三级基层政权。我老家和二爸家,虽然都在安康北山,但因不通公路,来往不便。记忆中,二爸到我家来过两次,是翻山越岭走小路,背了馒头做干粮,步行四天才到达的;我父亲也到我二爸家去过两次,是搭便车去安康城住一夜,再乘班车到大河镇住一夜,然后步行一天半,才到叶坪区马坪乡屈家河村第二村民小组的二爸家。

　　我这次来,也不容易。头天搭乘县委领导的车,跑了一整天才浑身灰尘地来到叶坪区公所;次日上午紧赶慢赶地忙完了采访任务,下午领导们在区里继续参加"三干会"(区、乡、村三级干部春训会),我请了半天假,请区广播站的小柯骑了摩托车颠簸两个小时把我送到马坪乡政府所在地马坪街,他又请乡上驻村干部小刘领着我步行一个小时来到二爸家。天快黑了,小刘水都没喝一口、气都没歇一下,打个招呼转身就走,而二爸一家看到两个干部模样的年轻人推门进屋,一时不知如何招呼。

　　坐了一会儿,眼睛适应了土房里灰暗的光线,我才看清,围在火炉边吃晚饭的二爸一家,共有 5 口人:他和二娘,还有已成人的大姑娘、上初中的二姑娘和一个上小学的男孩。

　　重新做了晚饭,我们围在火炉边,边吃腊肉土菜,边喝拐枣土酒,边聊家常。这时,我才明白,二爸是三岁那年与我父亲分离的,当时因为爷爷去世，奶奶被迫改嫁，我父亲被送给邻村的亲戚，我二爸被一远房亲戚送给了远在叶坪的另一个亲戚。自此，亲人分离，我父亲找了十几年也不知他的妈妈、弟弟在哪里，只从旁人口中得知包河、叶坪两个大地名，再问谁都问不出他们落脚的小地名。直到新中国成立后，父亲参加工作、脱了盲，能写信了，才几经周折，查找到了亲人的下落，又用省吃俭用积攒下的钱，跑了东西两条山路，才见到了生命中最渴盼见到的两位亲人。

而二爸的书箱，正是从我父亲到来的那天开始建起的。

那天傍晚时分，父亲刚走到二爸家门口的院子边，兄弟二人远远望见，各瞅一眼，就认了出来。他们二话没说，丢下手中的东西，像小孩儿一样扑到一起，抱住就哭。

那次，父亲给二爸带来的礼品中，有手刻油印版的《农民识字简本》《农民扫盲作业本》和一本正规出版的《农谚》、一本红纸黑字的《农历》。父亲让二爸学识字、学文化，二爸说不会、不学、学不进去。父亲说识字了就能写信，就能读信，兄弟俩就能"见字如面"。二爸笑了，表示愿学。那两天，二爸向生产队长请了假，没出工，说是陪我父亲，其实是在跟我父亲学识字。三天三夜，教材上的字二爸基本会认了，不好认的都被标了动植物之类的记号，我父亲才放心告别。

临别时，天没亮，父亲边吃早饭，边在油灯下告诉二爸：《农谚》里的内容，都像"头熟荞麦二熟菜，三熟的萝卜好吃得怪"一样，是咱日常挂在嘴上的现成话、顺口溜，所以既是咱生产生活、为人处世的好帮手，又是咱识字、学习的好助手。《农历》既有阳历、农历对照的日历，又有节气、农事的说明，还有生活常识、文化知识。这些书既能指导我们把生产、生活盘明白，又能帮助我们学文化、学知识，有助于我们当个对他人、对社会有益的人。

二爸把这些书及父亲给的本子、铅笔收起来，让二娘把陪嫁箱子腾出一角，郑重地保管起来。

那天黎明，兄弟二人话别十里山路，约定一件人生中从未有过的新鲜事：每月至少通信一次！

就这样坚持了三年，二爸写的信，由头一次的"哥好，我也好"、第二次的"你的信我收到，这是我给你写的信"之类的一两句话，到第二年的能叙事、说理，到第三年的叙事、抒情、议论并行，基本达到小学毕业水平。从这一年秋季起，他们开始交流读书体会。

由父亲写给二爸的信中可以发现，这一年，他读了《毛泽东选集》《人民公社好》等6本书，并把这两本书连同一本《新华字典》寄给了二爸。

从此，二爸有了专用的书箱，就是二娘陪嫁中被他全家最看好的那口棕箱。

那天晚上，首次看到二爸的书箱，我目瞪口呆，久久不语。

这口棕箱二尺高、二尺宽、四尺长，里层夹的是香樟木板，木缝压的是樟脑丸，打开后冒出一股冲鼻的药香。很明显，这是旧时大户人家放置贵重衣物的箱子。

如此贵重的物品成了二爸的书箱，二爸就将它放置在客房兼书房后墙窗边的书桌左角，且用一床破旧的粗布搭在上边挡灰尘、避光照，还用一把铜锁将其整天锁上，连家人也无法打开。

那天晚上，二爸陪我睡在客房，目的是聊这山水相隔的思念、时空难隔的亲情。我们披着棉衣、偎着棉被、靠在床头，话题十分杂乱地热聊着。聊到鸡叫三遍，聊开了书信、读书和学文化，二爸嘿嘿一笑，翻下床，他把酒瓶做的煤油灯，换成了有玻璃罩子的台灯，在明亮的灯光下，轻快地打开了铜锁，缓慢地掀开了箱子盖。

我披衣下床，看到了里边的内容：

39本图书，有36本是我父亲寄给他或送给他的，里边有赠言、签名和日期；

31本《农历》，除了第一本是我父亲送的，其余都是他自己买的，每年一本；

那本《新华字典》，已经旧了，破了，72处用纸补着，上面还有二爸补写的原文；

191封书信，整整齐齐地装在信封里，压在字典下，放在箱子角。除了我的6封、二姐的3封、大姐的2封，其余都是我父亲写的……

我取出那本二爸提得最多的《农谚》，就着桌上的煤油灯和窗外透射的月光，轻轻打开这本他已修补了多次的旧书。

当我看到第一页的两个问号、两个叹号时，二爸解释："头一个问号是这个'播种'不认识，第二个问号是我以为人家把'收割'写错了。后来弄懂了，就有了这两个叹号。"

当我看到第 9 页的"雁子"边画了个鸟头时，二爸解释："雁子低飞蛇过道，大雨即将要来到。那时老是记不住这个'雁'，就画了只雁子。"

当我看到第 16 页的左上角有铅笔写的"五九六九，阳坡看柳"时，二爸解释："书上写的跟我们这儿说的不一样，我就把我们这儿说的写在这儿。"

当我看到第 31 页的标题边，写了"队长""文人"和"九月初一"几个关键词时，二爸解释："那天，大队长来我们生产队开社员大会，先是让我宣讲了这个《科学养猪》，后是选举我为生产队长，还说我有学问、懂农事、知书达理威信高，是乡间文人。"

……我正翻看着，二爸正讲解着，二娘喊吃早饭了。因为我昨晚已经与他们约定，今天必须赶在九点前回到区公所。

从这天起，二爸的书箱就成了我记忆深处最有温度的所在，成了我们家族老少皆知的励志故事。

今天，当我想起二爸的祭日，便又想起了这口书箱、这个故事。

惠爷说书

将他称作惠爷,只因为他不是我父亲的亲生父亲,仅仅是我奶奶丧偶后改嫁的男人。

这男人一字不识,却是说书的高人,你相信吗?

不信,请你拿一本《水浒传》来,坐在他面前,边听他说,边查对内容,看他说得如何。

当然,说书不是背书,不能原文照搬,而是依其原意,用现场需求和自己方便的语言、语调、语气去即兴演说。比如,一场"武松打虎",若是说给儿童听,你不仅可用儿童爱听的童音,而且可以把成人语言变成儿童语言,通俗易懂地讲给他们以及他们的父母。

惠爷的功夫,在于语言丰富,他能用大量的方言、土语去演绎名著。因其用得恰到好处,你不仅有种身临其境的生动感觉,而且绝不会怀疑他所说的历史事件就发生在咱的身边、这些历史人物就闹腾在咱的生活之中。

当他讲到"智取生辰纲"时,手指比画着喝酒的动作,高扬着光头,微闭着双眼,山羊胡子一翘一翘地慢声说道:"这贼拐贼拐的店家呀,烤得就是咱们这种拐枣酒嘛。看到要招待的客人多,就接得时间长、水分多,酒尾子嘛,味道寡淡的。品一口,不咋样,就灌一大口。嗯,能解馋,还解渴,就大口喝吧。哦嗬,一大碗酒,咕咚几口就完蛋了。来,老板娘,再给表哥来一碗!老板娘媚眼一挤,来了一碗。他就死眼盯秤样的盯着老板娘眼窝里的那一汪春水,三口便是一大碗……嗨呀呀,一人三大碗,三碗不过冈!"

他年轻时当过兵,打过仗,回来又当着镇上运输队的马夫,经常在寂寞的山路上打猎。因而,他具有一些军旅经验、打斗功夫,一讲开武戏故事便善用肢体语言,常让听众把他当成了主人公。

当他讲到"景阳冈武松打虎"时,自己成了武松,板凳成了老虎。只见他讲着讲着,一头蹦起来,蹦到板凳上,双脚"啪"的一下落在板凳尾。眼见无人的那头猛然翘起,人将倒地,他的双手"啪啪"落下,左手拍打两下,压住板凳,将其压落着地;右手猛击一掌,便五指为刀,指着板凳头部,双目圆睁,声若洪钟:"瞎怂老虎,好你个东西! 你吃了豹子胆呀,胆敢犯我! 伙计们,该不该打?"场子里,喊打声、鼓掌声轰然响起。

他身材修长,眉清目秀,瘦臂长手,天生的男扮女装坯子,又是一脸的书生气,便时常既演男、又演女,甚至男女双角一身兼,兼到神形兼备时,竟有男人上来摸他的脸、捏他的手。

当他讲到潘金莲与西门庆偷情时,轻轻地扭摆着"水蛇腰",缓缓地伸展出"兰花指",款款地迈动着"莲花步",眼睛一眨一眨,嘴唇一鼓一鼓地上到场子中央,先是扭过半边身子指着桌子说:"哥哥,我亲亲儿的哥哥! 你一来,就有好吃的。你看这:红艳艳儿的爆炒腊肉片片儿,脆生生儿的醋熘白菜板板儿,绿油油儿的凉拌芹菜杆杆儿……哟哟呀哟,说不成了,说得我小嘴儿要流水水儿了!"撒了个娇,她又侧过身子扬起脸,声音更柔更颤地指着脸蛋说:"亲亲的哥哥,你莫急去吃菜,你看这儿,不擦胭脂也粉扑扑儿的,不打粉来也白乎乎儿的……"正当场子鸦雀无声,个个入迷时,他忽然身子一抖,亮出男儿声色:"各位看官,这叫我先吃哪个才是好呢?"场子里呼叫声、口哨声哗啦啦响起,一片哄然。

如此生动的说书,让他在20世纪的50年代至70年代间闻名乡里,成了很早的"文化志愿者"。因而,惠爷说书,给那个年代的山乡生活带来了快乐,给他的乡亲们带来了文化享受。

然而,十有八九的听众都不知道,惠爷不识字,是个文盲。

那么,一个文盲,怎么去读四大名著,去读红色经典,去读革命现代样板戏的剧本呢?

惠爷为人豪爽,交友广泛,眼界开阔,自有办法。

他从小记性好,又爱听人说书、讲故事,听一遍便能记住八九成。从部队回来后,他常把在队伍上听人讲的故事讲给乡亲们听,听得大伙一夜一夜乐到天亮,乐不思家。忽一日,他想到在部队驻地常去一个茶馆听人说书，就萌生了给乡亲们说书的想法。可是，他那时听着最美的是四大名著，而每一部都是人物众多、情节曲折、故事复杂，他实在是理不清、说不成。

于是，他趁着赶马车进城拉货的机会，毫不犹豫地掏出自己的血汗钱，买了本《三国演义》。可是，厚厚一本书，自己一字不识，有何用呢？走南闯北、见多识广的惠爷自有办法。他买了一包花生米、一瓶白干酒，回到货栈，拉上同行的运输队文书进了客房，每人半碗酒下肚后，他朝床上一躺，举起书说："表叔喝醉了，读不成了，请你把一到第十回给我念一下。"

就这样，今天在城里，明天在镇上，今天求这个，明天请那人，一年还不到，他便间接地阅读了四大名著。

那些年，为了读书和说书，从县城到镇上到村里，凡是有文化的人，不管高中、小学，不论干部、农民，他都毕恭毕敬地尊重着。

一天，他赶马车上一面坡，由于坡陡、货重，老马拉不动，他就到前边去抓住绳子负在背上，面朝黄土背朝天地拉车。实在累了，他伸了个懒腰，在抬头喘歇之间，发现前边有人。他几步跨了上去，见是杨庄村的杨会计，就招呼一声"上街呀"，转身走了。晚上，他怀揣两本《红灯记》连环画，来到杨会计家，一本送给杨会计的小儿子，一本递给杨会计，请他给自己念。杨会计念一遍，他试讲一遍，三个轮回下来，他上场说书，把杨会计一家听得乐了半夜。自此，他和杨会计成了至交，光在杨会计手上读的连环画故事书就达 19 本。当然，杨会计的孩子们，自此也成了爱书之人，杨会计的家庭由此也成了"书香之家"。

惠爷病逝前，还想读书。可是，当村办小学的柳老师半夜赶来，给他读他最爱的《红楼梦》时，他已病到连最大的朗读声都听不清了。停了一会，他挣扎着，伸出了瘦长瘦长的左手，展开了皮包骨头的五指。儿女们问他要啥，他不予理睬。奶奶知道，他是要说书了。于是，垫起两床被子，将他扶起，靠着，又在他床前布置了桌子、茶壶和茶碗，还让大伙安安静静地坐在板凳上、椅子上。奶奶用竹筷子在陶瓷碗口上当当当地敲一阵，惠爷奇迹般地听清了，他微微睁开双眼，缓缓伸开左手，平平地招了招，算是和众人打了招呼。然后，他眯上双眼，打着手势，开始无声地说书。奶奶看懂了，说的是《红楼梦》，是"黛玉葬花"。柳老师赶紧打开书，站到床边，但他并没读书,而是对着惠爷的右耳,学着惠爷曾经的神态,大声说起书来。惠爷的神情,演绎着书中的情节。不一会儿,他就闭上双目,神情安详地在说书声中走了。

惠爷的"惠",依当地方言,读"戏"而不读"会"。所以,每次想到惠爷,我就想到"演戏"和"不会"两个词,这是惠爷生命中的两个关键词。他闻名乡间的口碑,是读书多、说书好。但是,读书,他不会;说书,他说得美如演戏。惠爷说书,一人就是一本戏,生旦净末丑集于一身,难也,乐也,皆因爱也。

工地上的阅读者

一排二层楼房刚刚封顶,那平展的楼面如同刚刚架好的桥梁,水泥板一块接一块地拼着,且有水汽、灰尘冒着,还有不少木杠、铁丝、钢架之类的工具随意丢着。

一位中年男子端坐于楼面的正中。

这里,有两块剩下的水泥板没有挪走。此时,它们码在一起,正好坐人。

可是,在这烈日高照的夏日正午,你以为坐在水泥板上舒服吗?

此时,室外温度已经超过摄氏 40 度。周边那些水泥板上,泛着忽闪忽闪的亮光,光与水汽、灰尘相映时折射的光线也忽闪忽闪地泛着白花花、蓝莹莹的光影,形成了海市蜃楼似的热浪盛景。

直射的阳光如长剑、长刀,刀光剑影在他的头顶激烈打斗。

而他,端坐在水泥板上,静静读书,静如雕像。

左边,正在建造的高楼已经 22 层了,塔吊还在升高。那高高的脚手架上,不时有灰尘、沙粒飘落。

右边,仿古的 3 层楼房也刚封顶。从洒水车顶上升起来的水管,俯身对着楼顶喷水。那水雾,随着微风缓缓飞来。

前边,一条马路的路基刚刚打好,两台碾压机相对而开,发出的碾压声尖锐、刺耳。

后边,是个小广场,就是他身下这个商场的配套项目。挖掘机在为花卉、树木、奇石、铁艺、灯饰、广告架等绿化、亮化、美化工程开渠挖坑,轰隆隆的机声震耳欲聋。

他坐在如此杂乱的环境之中读书,读得安静、平静,静如雕像。

这本书,叫《人生》,不厚,不大,平装,朴素。但他见了,眼睛一亮。

这书,是工友小刘从楼下带上来的。当时,小刘沿楼梯爬上来,肩上扛着一根木头,木头下垫着一本书。

起初,他只看到是本书,但不知道是什么书。因为,从太阳曝晒的水泥路面到楼面,扛根七八十公斤重的木头,实在难受。因而,小刘脱了上衣,裸着上身,赤膊上阵,只用一本书放在肩上,垫着木头。当走到楼面的东头,走到位了,小刘扔下肩头的木头,同时掉下了那本书。

哦,《人生》!

他一头扑上去,当脚尖就要触上书时,他伸出了左手,正要弯腰捡书时,却又伸直了腰板,用伸直的左手指着小刘,问:"《人生》呀?"

小刘偏过头,望一眼书,又望一眼他:"嗯,对,这两个字你认得呀!"

"你的?"

"捡的。"

"捡的?"

"对,材料库房都堆成杂货堆了,啥都有!不仅有木头、水泥、钢筋、工具,还有书本,还有字画,还有美女像呢!"

"哦,这个值钱!"

几个人的目光投了过来。

"这个,值……"小刘侧过身,伸过头,瞅了一眼,放声大笑,"值一百万!"

几个人的身子,哗啦啦地凑了过来。

他猛地弯腰,下蹲,伸手捡起图书,捂在胸口,足有两分钟。

当他抬起头,睁开眼,那几个人已不见影了。小刘吹着口哨,走到楼边,又转过头来,冲他喊了一声:"开饭了!"

楼下也在喊:"开饭了!"

他听到了,没应声。

听到小刘的口哨声完全下楼了,听到楼下的吵闹声被开饭声给引走了,他露出一丝笑容,先是用手拍掉书上的灰尘,接着用中指弹掉书封上的一粒沙子,然后就抱着书本端详着,微笑着。最后,他轻轻地笑了两声,就坐在热乎乎的水泥板上读了起来。

他的头上还戴着安全帽,嘴上还戴着口罩,一副安全施工的样子。双手上的手套已经取下,一只垫在屁股下,一只用来扇风。

那书就铺在两条大腿的腿面上,他看一页,用手指翻一下。那翻书的手指,每翻一次,都习惯性地在舌尖舔一下。第四次时,舌尖感到了咸咸的味道,他把指尖竖在眼前,细细地瞅一眼,轻轻地笑一声,就戒了这个不卫生的小动作。

又看一页,额上的汗水流到了眼眶里,他眨一下眼睛,把汗水挤出来,继续看书。

再看半页,那汗水流到了上嘴唇,漫到了下嘴唇,他的舌尖感到了咸咸的味道。他抬起手背,擦了汗水,继续看书。

找他吃饭的工友柱子,找了好几分钟才找到这里。看到他这静如雕像的样子,柱子走到他左侧,掏出手机,拍了一张。见他没反应,柱子就走到他的正面,又拍一张。见他还没反应,柱子就迎着他的正面朝前再走两步,蹲下身子,来个平拍,又来了一个仰拍。

拍完,见他还没反应,柱子不知是不想叫他还是忘了叫他,竟然站在他的身边欣赏起了照片。

那张仰拍最好,不仅有书名,而且有他凝神静气、目不转睛的专注神态。看了两眼,柱子便十分得意地将其发在了朋友圈,还写了一句话:工地上的阅读者。

不一会儿,这幅图片就在工友中传开了。

书香与饭香

几乎每天下午六点左右，我都会看到本馆阅览大楼西侧墙边上演的情景剧：母子三人围着一辆摩托车吃饭、读书。

今天稍早，下午五点半，我起身沏茶时，抬眼从办公室的窗口望见了楼下的院子，看到了那位年轻的母亲。

她上身所着的黄色外套，是美团外卖的工装，色彩抢眼。高挑、挺拔的身材，像个军人，永远干净利落。只听一阵摩托声响，那辆大踏板的摩托车便被她轻巧地骑到墙头，车头一扭，就稳稳当当地停在窗台下边。

她身子一转就下了车，头盔朝车头一挂就转身走了。

不一会儿，她便从前院领来两个孩子。

我知道，这是常在本馆门前24小时自助阅读吧读书的两个小学生，女孩上四年级，男孩上二年级。学校下午四点放学后，不到十分钟，姐弟俩就背着书包，手拉手地走进了阅读吧，先做作业，再看各自喜欢的图书。

有一天，市长来视察，看到这两个小学生正在做作业，便问我："他们咋不回家，在这儿写作业？"我回答："周边小学、初中都是下午四五点放学，而孩子们的父母是六点以后才下班。所以，家里没有大人的学生，不少都选择到图书馆以及阅读吧来待着。"市长正点头沉思，局长接着介绍："这里有桌椅、有空调、有水电、有阅读氛围，而且安全有保障，是孩子们读书、学习的理想场所。"赵市长听后，点头笑道："图书馆在学校与家庭之间，弥补了一个真空地带，做了一件有益于学生成长、成才的好事，做了一件有益于教育发展、社会进步的善事！"

此事经过媒体报道以后，产生了强烈的反响。此后，在中小学下午放学后到晚饭期间，市、区图书馆和阅读吧、各类分馆人满为患，一度引起成年读者的不满。令人哭笑不得的是,有些带小孩的妈妈、奶奶、保姆,也抱着一两岁的小孩子挤进了图书馆。

在那段艰难劝导的日子里,听说这对姐弟没来了,我还有些操心他们。

不久,秩序好了,他们又来了,而且他们母亲的身影也时常出现。

我听流通部的馆员说,那位母亲着实不易,为了照料孩子的学习、生活,她辞去了在外地的企业财务工作,回来选了一份苦差事——送外卖。其理由是:靠力气挣钱,成本低、见效快,还有时间支配上的自由,方便接送孩子上学放学,并能照料孩子的学习、生活。

我得知,他们是从农村进城来的,目的是追求更好的教育资源和学习效果。但因家庭条件有限,便只好租居在郊区。这女子便和丈夫做了分工:她挣钱供养孩子上学,维持这个小家庭的生活用度;他挣钱赡养父母,并要争取在五年之内进城买房。由此,我对这位年轻的妈妈十分敬佩,并多次向人讲述她的创业故事,她的战略眼光。有人发问:"她创的什么业?"我说:"养儿育女是她的大业,以身教子是她的伟业!"

我得知,她和孩子们的作息时间是这样安排的:早上七点前,吃了自己做的早餐,她就骑车送孩子们到兴安西路阅读吧;然后,她去送外卖,孩子们在此读书;八点前,孩子们自己走到三百米外的学校;中午,她把午餐带到校门外的梧桐树下,一家三口急急吃了,孩子们到教室去休息或者学习,她去送外卖;下午,孩子们放学后就到兴安西路阅读吧来,做作业或者读书;下午六点左右,她把晚饭带来,一家三口在图书馆阅览大楼西侧墙头共进晚餐(她之所以选择这里,是因为上有雨棚,下有台阶,并且避风、安静。据说,这是她找了好几个月才选定的);晚饭之后,孩子们又进阅读吧读书,她去送外卖;晚上九点前,她来接孩子,一辆摩托,一家三口,说说笑笑地回家去。

她说,这样的日子过得很规律,她和孩子们感觉很好,她的老板和客户也很尊重、很习惯她的这种作息安排。

她说,这种规律性的生活,对孩子们的成长很有好处。以往,把孩子丢在老家靠爷爷、奶奶带,自己和丈夫外出打工,孩子们不但缺失了父爱、母爱,关键是缺失了文化教育和德育、美育。现在,孩子们不仅有了好学校和好成绩,而且身心健康。最让她高兴的,是孩子们的知识营养十分丰富,每周能读十几本书,知识面宽了,理解能力强了,比同龄人显得成熟!

今天,我看到的一家三口其乐融融、共进晚餐的场景,不仅证实了她所说的话,而且让我羡慕起他们的美好生活。

你看,孩子们多懂事呀!一走近摩托车,女孩就从后备箱里取出一块塑料纸,平平展展地铺在窗台上,先把自己的书包放上去,继而接过弟弟的书包放上去。男孩从口袋里掏出餐巾纸,先给妈妈、姐姐发了,再到水龙头前打开凉水洗脸洗手,又取一张餐巾纸擦脸擦手。妈妈把坐垫一翻就变成了小桌子,铺上塑料布就成了桌布;然后,从后备箱中取出三个大小不一的保温桶,姐弟俩一人半桶米饭,外加两盒炒菜。而她,是桶玉米碴稀饭。听说,她的胃不太好,每天以流食、素食为主。那么,她为何有如此健美的身材,如此饱满的精神?据说,这与她的辛勤劳作、风雨奔波和有规律、有亲情、有乐趣、有奔头的生活有关。

男孩吃得快,三下五除二吃完,就掏出一本书,翻两页,合上,仰头背诵。

女孩吃完后,收拾了姐弟俩的饭桶,到水龙头下清洗了,装进后备箱。然后,拿过弟弟的书,指导他背诵。

女孩见妈妈也吃完了,便接过妈妈的饭桶去清洗。妈妈从后备箱取出水壶和一次性水杯,给每人倒了一杯热水,三个人边喝边聊,发出阵阵笑声。

男孩从书包里拿出两册绘本,在妈妈面前摇晃。封面发光的条码显示,这是从阅读吧借来的。妈妈翻了一下,停在中间一页,用指尖指点着。男孩看了一眼,似乎没有看懂,便抬头向姐姐求助。姐姐接过书,讲解着,边讲边看看弟弟。

妈妈收拾好摩托车,向孩子们交代了几句,就骑着车子笑嘻嘻地走了。

姐弟俩收拾好书包,朝着阅读吧方向走去。弟弟边翻书边走路,姐姐拉着他的袖子,一边走路,一边说话,像个小老师。

看着这一家三口相继远去的背影,我想,他们是充实的,是快乐的,是幸福的。

图书馆的自己人

　　我调到安康市图书馆上班的第一天,于早上八点整到岗。阅览大楼的门刚刚打开,便见他在大厅里拖洗地板,眼睛的余光看见了我,他便送个微笑,问声早安,又埋头干活。

　　我第二天早上到馆,是七点半钟。他与门卫老张各执一把大扫帚,一块儿清扫大院。见我进来,他扬起笑脸,挥着大手,朗声叫了声"早上好!"。

　　第三天早上,我又是七点半到馆。他已把阅览大楼一至三层的过道和楼梯道拖洗完毕,提着拖把过来问我:"去给你拖办公室?"我说声不用,就走了。

　　这天早上,开馆半个小时之后,我到阅览大楼去巡察读者入馆情况,见他端坐在文学阅览室靠窗的位子上,聚精会神地阅读着长篇小说《长征》,连我在他面前走来走去转了两个来回都没注意。我便想:他如此醉心于个人阅读,怎能服务好读者呢?

　　流通部主任孙庆敏听说我在这里,也赶了过来。我指着他,悄声问:"这是谁? 怎能在上班时间只顾自己读书呢?"孙主任皱了下眉头,继而笑道:"这是个读者,名叫涂春晖。"

　　我大吃一惊,介绍了近日所见他的劳动表现,感慨道:"这样的好读者,真是主人翁呀!"我提议孙主任要表扬他,原因是他爱馆如家,每天早来、迟走,主动打扫卫生、整理书架,不仅勤奋、礼貌,而且热心公益、热情服务,值得馆员学习,也应倡导到馆读者向他学习!

　　孙主任叹息一声:"只可惜,他是个精神病患者!"

　　见我一脸疑惑,孙主任解释说:"他年轻时在岚皋县教书,患病后无法正常工作、学习、生活了,就辞了职回到安康,住在果园小区,和他母亲相依为命。他白天只在家里吃三顿饭,其他时间都泡在图书馆里,边读书,边帮忙,乐在其中。"

听了孙主任的简短介绍,我内心对他既同情,又尊敬。又问一遍他的姓名,我就走过去,伏下身来,轻声问道:"涂老师喜欢军事题材作品?"他脱口一句"不喜欢",就放下书本,站起身来。见是我,笑了下,点个头,又一脸严肃地指着书的封面说:"这是革命历史题材,塑造的是革命英雄群像,弘扬的是革命浪漫主义精神,歌颂的是革命……"见他越说声音越大,影响了其他读者,孙主任赶紧打个手势,让他打住。他住了声,坐下来,眼神复杂地望了我一下,又指着书名,一字一顿地说:"这是革命历史,不是军事题材,我不喜欢战争,不喜欢!"孙主任连忙制止了他,轻声介绍说:"这是新来的李馆长,也是个作家。"老涂咧嘴一笑:"我早就打听清楚了,李馆长还是市作协副主席呢。我昨天就把你过去捐给咱们馆的书全部借回去了。等我研究完了,咱们好好交流一下!"

见他声音又高了,我说声欢迎,赶紧告别。

一个月后的一天早上,我正从城堤上往单位走,被人叫住了。我上前一看,是上初中时的班主任张老师,她在这里晨练,顺便等我。

我把张老师拉到堤边的花坛前,陪她在条椅上坐下来,聊了一会儿才弄清:老涂见我的散文集《感恩笔记》中有篇文章写的是张老师,读完之后便去问他们的街坊张老师,这个张老师是不是她。张老师看后回答:"虽然我没有书中的张老师那么完美,但这个作者是我曾经的学生。"老涂便认认真真地告诉他我出了多少书,何时调到图书馆,还特意介绍:"这个馆长有意思,不仅能写书、爱读书、会评书,而且不用公车接送,每天早上从河堤上步行一小时来上班,总是提前半小时到岗。"正因为如此,张老师才散步到河堤上,会见我这个多年未见的学生。

临别时,张老师叮嘱我要照顾好涂春晖,因为书是他的清神剂,只有待在图书馆,或者钻进书本里,他才像个正常人。

我把老师的嘱托带到馆里,告诉孙主任和流通部、电子阅览室的工作人员以及门房等与老涂接触较多的人。大家都认为他是个优秀的读者,自然要尽心关照。

但对"优秀读者"这个称谓，老涂却很不舒服。

年底评选表彰优秀读者，流通部和共享办都上报了老涂。名单初审后便让入选者填表，老涂不仅不填，还冲着孙主任翻白眼。孙主任笑着说："不仅我们部门的工作人员都推选你，而且你的到馆数、借阅量名列前茅，别的读者也推荐你。更何况，李馆长时常夸你优秀！"他把我的名字在嘴中反复念叨几遍，就说要来找我。

过了十几分钟，他来敲门，我开门请他进来，他却不进，站在门口就其不当"优秀读者"的理由说了三条："其一，我爱馆如家，不是外人，不必评我；其二，我是冲着读书来的，不是冲着先进来的；其三，我应当感谢图书馆，而不是让图书馆来感谢我！"

三条理由，头头是道。我很佩服他的境界，便很赞同他的观点，因而迈步出门，握住他的手说："对，咱是自己人，不评了，评别人！"

他说声理解万岁，哼着小调走了。自此，他常跟我说"咱是自己人"，这句话似乎成了他的口头禅。

安康人周末读书会成立后，每周六上午在二楼会议室举行阅读分享活动，老涂不仅每次都参加，而且在扫地、烧水、擦桌椅等志愿服务上表现积极，受到广大书友的一致好评。但是，半年之后，读书会便有人向我反映，说老涂近来爱发言，老跑调，不受限时约束，令人相当反感。他们希望我管一管，最好不让他进入读书会。

当周的星期六上午，我来到读书会，通过观察发现，老涂在别人发言时爱插话、好指正，原因是他把《平凡的世界》认真读完、真正读懂了，所以容不得别人说错观点、用错情节与细节。但他的严肃纠正，又与各抒己见的交流气氛不符，弄得人家很是别扭。更严重的问题是，因为他自己对那个时代的城乡生活很熟悉，一说开就联想，一联想就拉长，兴奋起来根本不听主持人劝阻。还有一个严重问题是，他教过中学语文，善于分析作品，一旦谈及主题思想、人物形象、语言特色等专业问题，便是古今中外混杂，人们自然反感。

弄明情况后，我提示他：咱是自己人，是来服务的，是来听读者交流发言的……没等我说完，他就认错了。从此，他只听，不说。有了想法就写出来,因此养成了做读书笔记、写心得体会的习惯。

今年元月份,他连续一周,天天向我道别,说是要陪母亲回江西老家过年。可是,流通部的孙主任却说,她母亲决定叶落归根,回去就由侄子负责养老,不会再来了。那么,老涂是否一去而不复返了呢?我当下心中一紧,有点舍不得他了。想了想,就请孙庆敏去问他:本届"优秀读者"奖是否给他评上?孙主任过去一说,他先是愣了一下,继而嘿嘿笑道:"好呀,留个纪念呀!"看来,他知道此去将不再回来了。看来,他很在乎图书馆的阅读生活。

可是,半年之后,他又出现在图书馆,出现在阅览室,出现在各类阅读推广活动中。有人问他咋又回来了,他嘿嘿笑着不做回答。

今天早上,我到阅览室例行巡察,他从书桌后站起身来,提了咱们这儿人太拥挤了、咱们这儿又有三本书被人弄破了、咱们这儿有两个老读者接打电话声音过高等几个问题。听着这一声声"咱们",我在想,他已经把心交给图书馆了,他已经真正成为"自己人"了,他此生可能离不开这儿了!

书中自有甜如蜜

听贾氏兄弟聊养蜂,你看到的是农民形象,感受的是专家学识。

晚饭过后,兄弟俩从各家出门,相约于农家书屋。一进门,贾仕元径直走到东墙那排书柜前,顺手从第二柜第二排取出三本书,转过身来,左手托书,右手指书,轻声讲道:"啥是致富路?这是!在哪儿找财源?在这儿!"

这是石泉县熨斗镇板长村的文化中心,农家书屋有两间阅览室、三千多册图书、十几种报刊。和安康市其他村的农家书屋一样,都是"总分馆"体制下县、镇图书馆的服务点,这里的村民也和城里的市民一样,享受着与县、镇图书馆阅读资源"通借通还"一样的便利服务。

贾仕元把《蜜蜂养殖技术》《蜜蜂四季养殖》交给身旁的哥哥,一边打开《蜜蜂病虫害防治》,一边说:"你今儿个重点看看第四章。"翻开书后,他前行两步,将书平摊在桌子上,十分自信地说:"你看,这种病害,不仅与咱们这儿的气候相关,而且与花粉有关!你看,这些花儿,虽然名字洋气,好像不认识,其实就是咱们那一沟二山的野花。"哥哥贾仕斗将手上的书放下,将桌上的书拿起,坐到墙边的椅子上,静静地阅读着。

贾仕元冲他哥哥笑了下,转身到书架上取了一本《蜜蜂养殖实用技术》,翻了下内容,再瞅一眼封面,对他哥说:"书名一样的,可这个版本好,图片多,实例多,通俗易懂,适合农村,适合刚入道的新手。咱上次看的那一本,像是讲课用的教材,太专业了。一会儿走的时候,你顺带借回去,慢慢看。"

两个中年农民,穿着粘满土腥味儿的衣服,却在书香四溢的农家书屋探讨着养蜂经。专用名词夹杂着方言土语,一听就是一对学有专长、业有专攻的土专家。

贾仕元扬着笑脸，语气平缓地介绍说："我过去不懂养蜂，还害怕蜜蜂，因为小时候被野蜂蜇过。去年正月间，遇上新冠肺炎疫情，困在家里，既不能外出务工，也无法在镇上经商，闲来无事，就到农家书屋看书。就是这本《蜜蜂养殖技术》，一下子把我给看醒了。我们满山的养蜂资源，天然的生态养殖农场，而且不受疫情干扰，咋不干上一场！春暖花开时，蜜蜂来了，我就上山去收蜂源，就地上蜂箱，一鼓作气干了起来。上半年，我给村上的合作社一次性卖了两百斤蜂蜜，挣了两万块现金。多好呀！本小利大，风险低，销路畅，只要你吃苦好学，就能干成！"

"吃苦好学"，多好的金点子！那么，咋个学法呢？贾仕元说："白天钻山，晚上钻书。这儿的这些与养蜂相关的图书、杂志，我都翻了多遍，还把中央这个'公共文化服务共享工程'配的视频讲座看了个遍，又通过报刊信息和湖北、贵州等地的专家有了联系。翻书本学，看电视学，跟专家学，学得烂熟于心了，咋会养不好个蜜蜂哩！"

哥哥贾仕斗伸了下腰，抬起头来，指着弟弟介绍道："他跟书学，我跟他学。"

贾仕元笑了笑，风趣地说："他在家里是我的哥哥，论养蜂却是我的徒弟。"

贾仕斗原来在外打工，干得好了年终能落一两万纯利润，干得不好就没钱回家过年。去年夏天，见弟弟养蜂成功了，他就放弃了外地的营生，回来跟弟弟学手艺，现在也务起了养蜂业。

又向弟弟咨询了几个问题，贾仕斗不好意思地笑着说："我肚子里的墨水不多，看书看不深入，对知识消化不良，学习进步很慢。看来，怕是得到这儿来学习一辈子了！"

贾仕元打趣道："那这农家书屋，岂不成了你的黄金屋！"

哦，书中自有黄金屋，书中自有颜如玉，书中自有甜如蜜！

一对蜂农兄弟，聚在农家书屋，学着养蜂技术，聊着甜蜜事业。他们的眼角、眉梢，都荡着甜滋滋的笑意。

书中自有黄金屋

熨斗镇的山水美，
青山绿水好致富。
青山美在燕翔洞，
绿水美在燕栖湖。
4A 景区游人多，
金山银山造幸福……

歌声从农家书屋飘出，飘散在集镇社区，飘荡于绿水青山、蓝天白云间。

唱歌人是社区居民蒋学富。作为开饭馆的老板兼厨师，他虽然忙碌，但每天饭点过后，于上午、下午各有一两个小时的空当。这时，除了吃喝、备料、算账及整理环境卫生，他总要抽出个把小时，到农家书屋来充电、聊天，并与大伙热闹一通。

在他的心目中，这些书是他的生意经。烹饪类的书让他的厨艺不断提高，交际类的书让他在为人处世上广受好评，经营管理类的书让他的生意红火、家庭和睦，文学艺术类的书让他的业余爱好变成了受人欢迎的演艺特长。

在他的意识中，能到农家书屋来读书的人，多是有文化、有素质的靠谱之人、可信之人。因此，他常到这里读书学习，既向书本学，又向他人学。在这里，既能从与这些读者的交流中获得生意指点、人生经验、社会知识，又能借他们的口碑传播自己的经营信息。

在他的日程中，农家书屋赐予的时光，才是既能提神、又能放松的舒服时光,是能书写记忆、留住记忆的温柔时光。在这里,他们静下来能读书,聊起来能议事,闹开来能笑、能唱、能奏乐、能歌舞。

提起演唱,他从读书时的静如处子,一下子变得动若脱兔。口中说声"热闹起!",就和大伙从左边的阅览室,移师于右边的活动室,操起锣鼓家什,一阵花鼓打法,他便现编现唱开了:

> 锣要打来鼓要敲,
> 人要读书米要淘。
> 米淘干净蒸好饭,
> 人勤读书素质高。
> 我们欢欢喜喜乐陶陶……

罗大爷夸他这"五句子"编得好,既有做人的道理,又能抒发情感,是生动感人的活教材。他说这是发自肺腑的生活感受,是现身说法的人生感言。

据他自己介绍,他过去也爱唱山歌,但不会创作,单凭听人唱时跟着学,死记硬背学不好,还经常听错记错、以讹传讹地闹笑话。打从前年在社区干部的引导下走进农家书屋,在管理员的协助下找到了、阅读了《紫阳民歌选》《旬阳民歌精选》《镇坪五句子歌》《安康民歌集萃》等书,学习了地方民歌的词曲知识后,掌握了规律,找到了窍门,学会了按曲调作词,他慢慢的可以临场发挥、即兴创作,渐渐地成了现编现唱的高手,成了群众喜爱、小有名气的能人。

罗大爷夸赞他:"学富很是了不起,是游客追捧的民歌艺人。他用唱民歌来做营销、来给游客逗乐子、来给熨斗做宣传,外来游人、本地群众都很喜欢!"

蒋学富微笑着打趣道:"学富学富,学而致富;不学不富,好学好富!"

大家听了,哄笑一片。他兴趣来了,歌又来了:"我给农家书屋唱个歌,道个谢!"

在大伙的叫好声中,蒋学富拉过农家书屋管理员,先请其上座,再行礼唱歌：

农家书屋是个宝，
给我知识变钞票。
给我口碑名声好，
给我品德威信高。
给我能力会唱歌，
给我文化生意俏。
我今唱个感恩歌，
谢过书屋谢领导……

歌声中，一张张笑脸都荡漾着祥和，书写着美好。

老人们的小人书

这是一座坐落在秦岭深处的书香四溢的敬老院。然而,当看到一个个老人争抢着一本本小人书时,我十分不解地问了一连串的为什么。

同行的宁陕县图书馆馆长刘晓慧反问我:"是问我们为什么要送小人书给老人看吗?"

筒车湾镇的女副镇长章玉婷反问我:"是问这个阅览桌上为啥只有小人书吗?"

敬老院的图书管理员小梅反问我:"是问他们为啥要看小人书吗?"

还是老院民周大爷回答干脆,一语破题:"不为别的嘛,只为咱这些老年人需要看嘛!"

这个区域性敬老院,服务周边三个乡镇,收养院民过百人。为了丰富院民的文化生活,镇政府帮助敬老院办起文化室、图书室、娱乐室和小球场、小舞台,每天都有不同形式的文化活动。县图书馆主动送书下乡,在这里设立分馆,配备了两千多册图书、二十多种报刊,还有电子阅读资源,定期按需更换。

可是,前几次刘馆长带人来更换图书时,总听到周大爷等人在说风凉话:"你们这书,没啥用,没人看,看也不当饭,看了还心烦!"

刘馆长以为所配图书不对路,就向几个正在看书的老人征求意见。大家说好着哩,你送来的书和报刊,都是我们填报的、需求的。

后两次,她经过仔细观察,终于明白:周大爷不识字,看不成书。

于是,刘馆长就选了老人爱听的《女娲补天》《董永行孝》等民间故事,和同伴分别读给他听,老人听了半天,高兴得呵呵直笑。

这一下,"送阅读、听故事",成了院民的首选。因为,这里有四成老人是文盲。

然而,他们的阅读需求和识字人一样强烈,光听不行,还想看,而且希望看的时间比听的时间长。

又一次试验,解决了文盲们的阅读问题。这就是:翻阅小人书!

周大爷高兴了:"这才好嘛,一看就懂,懂了能记,记了能聊,美扎咧!"

于是,给老年人送小人书,成了宁陕县图书馆的一个服务创新项目。

我们正聊着"小人书,大服务"这个话题时,周大爷拿着一本《闪闪的红星》,凑到刘馆长身边,兴奋地大声喊着:"找到了哇! 你们咋个找的,咋个给我找到的呢?"

刘馆长微笑着介绍:"起初,很难,我们在县城找了书店找学校,又到乡镇和农家书屋找,还到喜欢藏书的私人家里找,找了四五个月都没找到。再后来,就向外馆找,向书商找,还委托书商向出版社找,找了两个多月也没找到。这本书呀,简直愁坏人! 嗨,说容易也容易,上周大家议论这事时,说要满足每一位读者的个性化需求,实在太难了! 我顺口提了一句查下旧书网如何? 我们小刘当下上网,立马查到了。你看看,大半年都觅而无踪,得来全不费功夫!"

众人哈哈大笑,周大爷却不笑,他板着面孔,一本正经地说:"谁说不费功夫,咋不费? 为了我这一点小小的请求,你们劳了大神,费了大力! 我……我……我给你们鞠个躬!"

老人说着,就立正,弯腰。刘馆长立马上去,扶着他说:"使不得,使不得,您老人家这样做就折了我的寿了! 只要您爱看,喜欢读,这就对了,我们就知足了!"

"好好好,我读!"老人打开书,边翻边说,"我读,读给你们看!"

周大爷翻着翻着,翻到了潘东子站在竹排头,迎着朝阳,指点江山的那幅图画,兴冲冲地展给我们看一下,又冲刘大爷等人展一展,然后,稳稳地站到屋子中央,脆脆地清了清嗓子,才打着手势,开了腔:"我不仅要读,而且要唱! 今天,为了报答图书馆的送阅读之情,我就唱这本书里最好听的那首歌儿。哈哈,什么歌儿呢? 就是我年轻时电影演到哪儿就追到哪儿去看,返回时一唱几面山、一唱大半夜的那首歌儿!"

看着屋子里的人围满了,周大爷挺挺胸膛、清清嗓子,放声唱开:

　　小小竹排江中游
　　巍巍青山两岸走……

七八个老汉、老太婆,咧着嘴,露着不太整齐的牙齿,打着拍子,边笑边听,边听边和,不一会儿就形成了大合唱:

　　红星闪闪亮,
　　照我去战斗。
　　革命代代如潮涌,
　　前赴后继跟党走……

一本小人书,在老人们的手中传递着。
一首流行了半个世纪的老歌,在秦岭深处的群山之间回荡着。

晨曦中的读书人

　　白河县的狮子山社区,是移了汉江边的狮子头山而建的新城。所以,从火车站到环江路的中段,便有了新城广场。

　　清晨,我走出宾馆,来到广场,本是为了跑步,却被环绕广场一周的阅读者给吸引住了。

　　他们三五个一堆、七八个一伙,围坐在一棵棵香樟、桂花等常青树下,或翻图书,或阅杂志,有的各自静读,有的互相探讨。

　　细看他们,多为中老年,六七十岁的男子占主流,也有四五十岁的女性。看那三位穿着运动服,身边放着彩扇、提包的大嫂,八成是在等待来此跳舞的伙伴。此时,她们共同看着一本《家庭》杂志,你指一下,她说一句,似在轻声议论着什么共同关注的话题。

　　白河人,怪得很,为啥一大早跑到这里来看书? 这些书刊,又是从哪里来的呢?

　　只见一位满头白发的老者,左手倒提一本《秦风楚韵》杂志,右手挂着银色金属拐杖,慢慢从树下的条椅上起了身,我便上前搀扶着他,准备了解一下聚此读书的缘由。

　　他看我一眼,微笑着点头致谢。之后,转过身来,将拐杖靠在树上,伸出双手,扬起双臂,右手打开树枝间的一只铁皮箱子,左手把杂志放了进去。然后,关上铁皮门,后退两步,伸伸臂,扭扭腰,说声"散步去了",就向我挥手告别了。

　　我返回树下,打量着这只铁皮箱子:高二尺,宽一尺,厚一尺;能放国际标准开本大 16 开杂志上十本、大小不一的图书十来本;箱子装有锁;箱子的正面,印有"白河县图书馆"六个醒目的大字。

哦,这是白河县图书馆在此设置的公益书箱。

见我左右看、打开看,还取出书刊一本本细看,一位七十岁左右的大叔站起身来,从裤子口袋掏出钥匙,将书箱给锁上了。

我送上笑脸,自我介绍说我是市图书馆的,出差路过这里,住在前边那个宾馆里,清早来运动一下,却被这些读书的人给吸引住了。

老人连忙伸出双手,紧紧地握住我的手说:"你们图书馆的人好呀,处处为老百姓寻方便,下苦力、使巧劲在推全民阅读呀!"

从邓大叔的介绍以及老刘、老涂的补充中,我得知,广场修成十多年了,过去人们在广场中间跳舞、健身、散步,在边上的树荫下打牌、聊天、摆杂货;去年县图书馆在这儿设了小型"绿树图书馆",慢慢让这个广场变成了书香广场,人们坐在这儿读书、看报,谈吐雅了,话题文了,广场的风气也文明起来了。

顺着邓大叔的手势,我看到,每个围有座椅的树身上,都有这样一只铁皮书箱。

邓大叔介绍:"每只书箱都有一名志愿者义务管理,我就管这只,人们戏称我为邓馆长。我们义务负责箱子的开与锁、书刊的借与还以及和县图书馆联系更换书刊。"

我俩正聊着,说话风趣的老涂挤了过来:"邓馆长,把县文联的那本杂志递给我,让我老人家再翻上一翻。"

邓大叔给老涂取了《秦风楚韵》,关了箱子。他甩了甩膀子,指着广场说:"人老了,干不成啥事了,就到这儿来看看书、聊聊天、健健身,美哉,美矣。"

看着他伸开双臂准备练拳的样子,老涂冲他背影赞道:"老有所为呀,能文能武的!"

我走上去,问老涂喜欢看哪些书,老涂举起手中的杂志说:"最爱文学,尤爱本地的。"

听他说话文绉绉的,想必是个文学爱好者,便问他喜爱文学中的什么文体,这下他来了劲儿,自己率先坐下,拍了下身旁示意我坐下,便一五一十地讲起了自己的阅读史:

"我过去在企业上班,要养家糊口,忙得很,就丢弃了自己的文学梦想,荒废了自己的写作爱好。退休了之后,闲下来了,我不喜欢打牌,不爱闲逛,就到图书馆去看书。看了半年,激情重燃,我便边看边写,照猫画虎地搞起了文学创作。先是写了十几首诗,投出去如泥牛入海。后又写了三四篇小说,寄出去如石沉大海。我这种人,文化低,脑子笨,学来不易呀!才这点儿东西,就写了小半年。眼看没戏了,想收手了,那天在图书馆翻农民报,看到别人写的清明节文章不咋样,民俗知识不丰富、民间故事不生动、文字表达不精彩,我就重写了一篇。抄给馆员小刘看,小刘说美,但又说清明都过这么久了,报纸可能不会发了。几个老读者在一块议了下,认为端午节马上到了,建议我写下端午习俗。我当晚就写了七张纸,第二天,小刘说现在不兴寄手稿了,她当下坐在电脑前帮我打好,又照着报纸副刊版的邮箱发了稿,确认对方收到了我才走。没想到,第四天我的文章就被发表了,虽然只选择了'白河端午赛龙舟'那一部分,三百多字,但是,这一下子大大激发了我的写作热情、阅读欲望,把我变成了图书馆的铁粉!"

跟迎面走来的一对老夫妻打了招呼后,老涂又坐下来,取下身上挂的保温杯喝了两口水,又指着广场给我介绍:"大前年春天,我搬到这儿来住,到图书馆去呀实在就不容易了!从东到西,穿越大半个城,路远不说,关键是有一面长长的上坡呀!起初,我坚持天天去,早出晚归,中午买着吃,还跟老婆子犟嘴,美其名曰健身、读书两不误!可是,走一身臭汗,别人难闻,自己还感冒,这就糟糕了。后来,只好变个法子:不泡馆,只借阅,每隔三五天去借还一次。可是,在家读书、写作,闲事多,干扰大,不太专心。现在好了,图书馆在狮子山社区设了分馆,在广场布了这么多的书箱,方便多了!"

老涂从自己说到别人,兴致高,事例多,听得我都忘了时间。

道别时,看着树上的书箱、树下的读者,我伸出手来点了个赞。

地处秦头楚尾的陕南边城白河,有此书香广场,便能滋养小城雅趣,便为山城营造了一道文化景观。

在宾馆看书

我一走进大厅，就被书香吸引。

在正阳酒店，一楼大厅是高大、宽阔的公共空间。而最引人注目的是吧台左侧开架型、开放式的公益图书馆。

同车到达白河县开会的专家团队，因与刚刚入店的一个旅行团碰上了，就让他们先办理入住手续。我们一行等待登记时，便三人一群、五个一伙地扎堆聊天。我不知是职业使然，还是对书敏感，一看到吧台左侧的一排排书架，就信步走了过去。

这是一片雅静的休闲空间，东边的开口处是空旷的，西、南两边为书架，北边是茶叶、咖啡等饮料的商品货架，正中放着几排桌椅、条凳，既可供人读书、喝饮料，也可让人休闲、交流。

我进入时，已有六人读书、五人选书、四人喝茶、二人议事、一人煮制咖啡，都是静悄悄的。那两个议事的，似在讨论一份材料，相互用笔在文件上指点着，轻声商讨着，三米之外的我根本听不到他们的声音。

我转到书架边，看到这是分类排架的，书脊上有张贴得很专业的标签。抽出一本，见是白河县图书馆的，我的内心涌出笑意，为我的同行点赞。

一个瘦高的中年妇女转到"地方文献"书柜前，弯腰瞅了一眼，侧身招了下手，便过来一位富态的中年妇女。瘦高个抽出一本书，说自己在她家看过这本书，富态的说里边收有她的作品。瘦高个眼睛一亮，做惊喜状。富态的那人取过书来，轻轻打开，柔声道："一篇散文而已。"

我瞟了一眼，见是我当年做安康市文研室主任时主编的生态旅游采风作品选集，不禁好奇。上前一步，那女作者我只识其名字，不认识其人，就没去打扰。

待她们坐下，就着条桌翻看那书，我也凑到"地方文献"前，竟然看到不少我编的、写的书，比如编著的《安康导游词》《安康书评》《安康非遗剧目研究》《汉调二黄获奖剧目研究》《100个安康人的阅读故事》，比如文学艺术著作《感恩笔记》《龙腾汉江》《城事随笔》《阿龙说事》《阿文的故事》《安康女作家散文评介》《安康女作家随笔解读》等。

当然，里边还有一些本县作家的书。我认识的人中，就有两本胡黎明的诗集、两本蒲小茶的散文集、一本刘惠芳的自传体纪实文学等作品，还有老干部刘明及县委宣传部、文旅局汇编的摄影作品集。

我正翻看刘明先生拍摄的白河风光、水鸟花卉，听那两个女士议论开了蒲小茶的散文。

富态的那人轻声说："他这乡村生活写得细节到位、笔法轻松、语言幽默、故事丰满。"

瘦高的那人递过手头正翻着的书本，笑了下，压低嗓门儿说："你看，他对城市生活的观察多么用心、用情……看，看这儿，看他把这女子的神态描写得多么出神、多么细腻呀！"

"是呀，是个情种！"

"无情不为文嘛！"

"对，对呀！"富态的那人指着一段文字说，"他是多么的热爱生活呀！只有爱得深，才会体验深，才能写得深！"

过了一会儿，二人停了交流，各自看书。我便翻看着县政协的两本文史资料。不一会儿，两人又聊开了。

瘦高的那人感叹："看当地作品，不仅是读作品，而且有利于了解当地文化。你看他写的白河风情，多么具体，多么形象。对我们而言，这就是导游词，窥一斑而知全豹。"

富态的那人说："是啊，你看这篇，寥寥数语，就让人了解了白河的名称来历和县情概况。"

瘦高的那人说："所以，咱们这种每到一县先阅读当地文史、地方文献的做法，才是鲜为人知的成功之法！"

两个窃窃私语的女子，轻声嬉笑开来。

听着她们的对话，我想到了公共阅读资源的特色性、分众性、丰富性等关键词。

见我在这边儿翻来找去的，那个煮咖啡的女子就走过来，主动给我介绍："这是我们安康的地方文献，最受外来游客、住店旅客的欢迎，好多书都被翻烂了。今天早上有个从襄阳过来考察汉水文化的老先生，要借这本《龙腾汉江》，我说没有复本，不能外借，他就用手机拍，硬是把整本书都拍了下来。"

我脱口而出："我手头还有一些，回去就给你快递 10 本。"

女子瞪大双眼看了我一下，很快露出笑容，指着书上的"李焕龙"问："您是李老师？"

我点了下头，自己却不自然了，说声"这些书嘛，我都给你配上复本"，便匆匆告辞。

刚走了上十步，却被一排线装书吸引了目光。扫了一眼，看到了《论语》《老子》《孟子》《鬼谷子》和《三字经》《弟子规》《孝经》等国学经典。我问这些书是否有人看，女子说："有人看，我们酒店是白河县城新区最早的涉游酒店，外来游客多，晚上看书的人也多，尤其是中老年人，不少爱看国学书。"

半个小时后，同伴喊我去刷脸登记。我刚办完入住手续，就见白河县图书馆的赵诗武馆长来了。我一笑，肯定是那女子给他"告了密"。

据赵馆长介绍，这个分馆开办三年来，服务了二十多个省、市、自治区的客人，真正成为文旅融合的窗口。

正说着，见楼上下来一对关中口音的情侣，来到图书区，各自还了一本书，又各自借走一本书。看着他们持书上楼的背影，我对赵馆长赞扬道："你这事做的，真叫敬业有心、服务无界！"

民间馆长

仓上镇是个有文化的地方。

西营河、裴家河于此交汇,地理上形成了上游仓山、下游粮仓之势,其地名便由此而来。集镇位于月亮山下,对面又有魁星山,便形成了自然与人文交相辉映之势,遍布山乡的民间文学使这个古镇文脉悠长。因河川地势开阔,两山盛开红花,此处有"红花川""红花村"的地名。兵匪为患的明清时期,此地数度被县令看中,差点于此建置县城,也差点把"白河县"更名为"红花县"。因当年有一县令在此许过如此大愿,"红花县"的地名流传至今,镇上因此就有了更多文史掌故。

我到仓上,不是观赏美景,而是检查文化。

从老集镇的东头跨桥过河,但见道路越走越宽,街道越看越直,楼房越来越高,行人越来越多,街景越来越新。正观望间,社区农家书屋到了。

一个脸膛黑红的汉子迎了出来,一见同行的赵诗武就喊馆长,赵诗武连忙侧身介绍我,又拉过汉子介绍道:"这是朱馆长。"

农家书屋还有馆长?

我疑惑地望着老朱,热情地握着他的双手。

老朱把来宾迎进书屋,自己穿梭于书架、报架、书桌之间,用近于湖北方言的普通话,如数家珍地开始讲解。

赵馆长把我拉到屋角,轻声介绍:"为了让农家书屋的设施用起来、活起来,我们从构建保障体系出发,与镇、村两级联手,设法解决用人问题。因地制宜想了多种办法,比如由财政拨款设公益岗位,由村干部兼职,请志愿者当民间馆长等。"

民间馆长?

我问："这种机制，咋个建法？"

他说："自愿报名，自定服务时长，有干上午的，有干下午的，有干夜间的，也有干全天的，还有干周末的，干假期的，也有全包的。这个老朱，就是个全脱产的固定岗，从前年到现在，每天上班，无节假日，义务服务。"

了不起！我竖起大拇指："了不起的制度，了不起的老朱！"

见参观者就总分馆制和赵诗武展开了讨论，我便与老朱交流。

听到我的赞扬，老朱十分平静地说："无所谓为公，也无所谓奉献。从我个人的需求出发，我认为，自己爱看书，恰巧这儿既有大量的图书报刊，又有海量的数字资源，来这儿既当全职管理员，也当专业阅读者，一举两得。我还爱好写作，就合理分配时间，人多时忙服务、陪阅读，人少时或者无人时就写作，两全其美。同时，人老了，干不成啥事情了，与其在家干闲事，不如到这儿干正事！这样看来，是它利用了我的时间，我利用了它的资源，各得其所！"

哦哦，这境界，这认识！

那么，他在这儿，除了工作以外，都读些什么、写些什么呢？

墙角的旧桌子，是他的办公桌，桌上放有《民间文学》《安康文学》等杂志和《中国传统文化》《山海经》《大秦岭》等图书。见我翻看，老朱介绍："平时嘛，自己最爱看的是传统文化、地域文化、民间文学之类的书籍。除了这里的，我还搜集了不少湖北、陕西的汉水文化资料和本省、本市、本县的地方文史资料。最喜欢读的是地方文献。"

哦，他知道"地方文献"这个专业术语！那么，是县图书馆培训的吗？

他说是的，还举例说，为了收集地方文献，他动员亲戚、朋友帮忙，还拿出自己读过的一些藏书与人交换，从而收集了一些家谱、族谱和民歌、民谣、民间故事的刻本、印本、抄本，十分珍贵。

他很喜欢地方文献的收集与收藏，认为这也是个一举两得的好事：既为公共文化积聚了公共财富，又满足了自己的阅读需求。他说："读这些东西，作用很大，不仅长知识、长见识，而且能了解各姓氏、各户族村民的来龙去脉与社会关系，掌握地域文化的渊源、特色与交融、传承，对我做好公共文化服务工作很有帮助。"

我问都有哪些帮助？他说很多，大到调解家族内外、村民之间的民事纠纷，小到为各户针对性地撰写春联，有这些文史知识就有了脉络、有了思路，有了令人信服的方法。因此，他便拥有了受人尊重的发言权、被人爱戴的社会地位。

我信了，我服了。一个"民间馆长"，如此好学、会学、博学，且因学以致用而具有如此广泛的服务能力，定然是个合格的、受人欢迎的好馆长。

当话题由阅读而进入写作时，我以为是读写一致的，他说其实不然。他的阅读多是为了社会服务，因而多与传统文化、民间文化、地方文史相关，因为这些是农民、农村需要的基本文化知识。而他的写作，则是写诗。

诗词曲赋，雅文化也！一个满身泥土气息的农民喜欢写诗，怪不怪？一个浑身充满书香气、泥土味的"民间馆长"喜欢写作，也不怪。

翻看他的习作本，我看到他的诗作不少，体裁不一，风格各异，既有如同《董永行孝》《王祥卧冰》之类的叙事诗，又有如同《汉江船歌》《兰草花开》之类的民歌体抒情诗，还有如同《三字经》《增广贤文》之类的哲理诗。透过各类诗作可看出其创作缘由、用途，便是：来自民间，服务民间。由此，更显"民间馆长"的作用与情怀。

看着，想着，我感受到了"民间馆长"的了不起。

他却说："不是我了不起了才做这事，而是这事需要这样做，你做到了才会发现这事做得了不起，做好了才会感到咱做这事真是了不起。因此，便有了职业自豪感，便有了履职责任感。"

从阅读者到管书人，从志愿服务到"民间馆长"，老朱这个当地有名的"读书人"，活出了大境界，活出了硬口碑。

都说民间有高人，像老朱这般高风亮节之人，才是真正的高人！

由此，我在心灵深处记住了朱正富这个值得铭记的名字，记住了"民间馆长"这种切实可行的体制，记住了仓上镇这个民风淳朴、兴文重教的地方。

慈善读本进校园

位于汉江北岸的岚皋县大道河九年级学校,因为没有平地,便在山坡上开辟梯地,建成了拾阶而上的串珠式校园。如此建校,真可谓"条件恶劣",但一走进校园,却有一种文明之风扑面而来。

因为协助拍摄"慈善读本进校园"主题电视纪录片,我得以与师生们深度交流,并从该校的实际工作中深切感到:校园弘扬慈善文化,不光是写在墙上的校语口号,更是化入学生行为的文明,融入学生灵魂的爱心。无须听汇报,不必看材料,单从下列八位同志的成长感受中,我们便会真切地感受到:慈善读本进校园,进入的是学生的心灵,收获的是学生的成长。

他们虽然每人只讲一个"一",但每个"一"的相加,就是"慈善读本进校园"的强大力量,就是品学兼优的栋梁之材的成长史。

七年级学生吴小红:每学期阅读一部慈善读本

第一学期,我只是当作一项任务来完成,虽然也读完了,但实质上是不想读、读不进去、读不懂、读不完。原因有两个:一是学习任务繁重,我不想分心;二是我认为我当前的任务是学习,而不是去做慈善,认为慈善文化与我关系不大。直到有一天,我读了特蕾莎修女的故事。当我知道她将一生献给人类消除贫困的伟大事业,在给予中快乐一生,荣获诺贝尔和平奖时,我的眼睛为之一亮:这就是爱,慈善是可为之奋斗终生的伟大事业!

从此,慈善不再与我无关,而是我的日常养成,是我学做品学兼优好学生的基础课与基本功,是我每天早上提醒自己、晚上检查自己的基本修养。

从此,我不仅爱读慈善读本,而且能自觉去做。如今,照顾身边的人,去陪空巢老人聊天,帮助父母做家务,已经成了我的习惯。

现在,周围的人都夸我懂事了、长大了,而我要感谢的,就是慈善读本。

八年级学生燕西濛: 每月讲一个自己的慈善故事

同学们,今天讲的这个"慈善故事",是我自己的故事:罗大爷成了我的忘年交。

罗大爷是我们街道的环卫工,今年七十岁整,工作十分辛苦,也很受人尊重。以前,虽然我们天天见面,但从来没有搭过话,形同路人。

去年一个周六的正午,艳阳高照,满街热气,我坐在家里的客厅看电视,还吹着空调,吃着西瓜,生怕中暑了。

此时,街上传来了扫地声。我循声望去,是罗大爷在打扫地上的渣土。

我走到门口,高声问他:"罗大爷,这么热的天,你不怕中暑呀?"

他说:"刚才过了几辆渣土车,把街道弄脏了。我不打扫干净,你们上街不方便呀!"

我心里一热,立即捧起一块西瓜递过去:"罗大爷,赶快吃下,解解暑!"

罗大爷刚接过西瓜,我就抢过扫把,帮他打扫去了。

从此,他成了我心目中有爱心的好大爷,我成了他心目中有善心的好孙女。

此后,我俩成了忘年交,成了受人夸赞的爷孙俩。

六年级学生刘媛: 每周做一件关爱他人的事

从教学区到生活区,这么长的慈善文化长廊,过去我只是把它当成连接学习区与休息区的通道,如今却真正把它当成了慈善路。

这种变化,得从本周一吃早餐说起。

当时,我和往常一样,在长廊口排队行走,忽然看到张子浩同学一拐一拐地走来了。我想:他腿不好,要从如此陡立的长廊上,一个一个台阶地走下去,再一拐一拐地走上来,肯定是非常吃力、费劲、痛苦的。于是,我微笑着赶上去,扶着他往下走。

见我扶着他走,其他同学也围了过来,我们轮流扶着他,让他轻松愉快地走了下去。

从这天起，扶张子浩同学上下台阶，成了我们全班同学的自觉行动。

四年级学生许振宇：每周做一件孝敬亲人的事

星期六下午，我一回家，奶奶就在门口支好桌子，打来温水，让我快洗脸，快吃饭，生怕我累了饿了。

当我开始吃饭时，奶奶便提起竹篮，到屋后的园地里去拔菜。我刚吃完饭，就见她把一大篮子杂菜，倒在门口的台阶上，认真地摘着。

奶奶的脸上流着汗水，那花白的头发已被汗水打湿。

看到这儿，我顾不上收拾碗筷，就奔上去，拉着奶奶的手说："奶奶，你休息一下，我来摘吧！"

奶奶说我不会摘，让我进屋玩去。我说："我会，而且摘得很好！不信，你坐边上当考官，看我能考多少分！"

我用心地摘着，奶奶认真地看着。看我快摘完了，奶奶忽然明白："当什么考官呀，你是让我休息呀！"

我和奶奶开心地笑了，奶奶夸我是个孝敬老人的好孩子！

三年级学生杨梓蕊：每周上交一次废旧塑料瓶

学校倡导争当环保小卫士，用这种方式培养学生爱家长、爱劳动的品质。我和爸爸妈妈研究了三次，终于选定了一个项目：每周给学校上交一次自己捡来的废旧塑料瓶。

有了这个目标之后，我不仅每天打扫卫生时注意收集，还定期去清理教室内外的垃圾箱。尤其是上学放学路上，和放学回到街道，我发动身边的人，一起收拾废旧塑料瓶，和大家一块提高环保意识。

每个周末，我和同学们一道，把集中起来的废旧塑料瓶统一卖给收购人员，然后把钱交给集体保管员。这样，我们有了慈善基金，可以帮助有需要的人。

五年级学生范亚菲：每学期捐献一元零用钱

我刚才捐的这一元钱，真是来之不易呀！

因为,老师说所捐的钱必须是自己挣的,或者节省的,否则就没意义。

我想,自己去挣钱吧,每天要学习,时间不允许。况且,自己人小,打工没人要。想来想去,只好选择"省钱"。

上学期考试成绩好,爸爸给我发了十元奖金,让我亲手给父母和自己买一件礼品;又给十元钱,让我有节制、有选择地去买零食。

那天,拿上这些钱,我就想省下一元,用于捐款。

从第一次开支,我就告诫自己:必须省下一元钱!

直到剩下这唯一的一元纸币了,我才不得不下定决心:省下来,当捐款。

但是,每一天,这一元钱都会变成各种诱惑,引诱我去买糖果。

直到今天,我感到自己见了糖果不再流口水了,感到爱心战胜了食欲,我才笑了:这一元钱,可以捐给学校当慈善基金了。

八年级学生王运铖:每学期写一封感恩信

这是我前天给雷叔叔写的信,向他汇报我本学期的期末考试与学习情况。

雷叔叔是岚皋县税务局干部,他在"结对子扶贫帮困"活动中与我家结对子,主要内容是为我和姐姐募集上学所需的费用。他是我的恩人,所以我每学期都主动给他写一封感恩信。

以下是我前天写下的内容——

敬爱的雷叔叔:

您好!

因为有您的资助、鼓励与关爱,我能安心读书,学习成绩逐步提升,本学期的期末考试进位九名。这是我理想的成绩,也是我梦想的目标,这为我下学期冲刺前五名奠定了坚实的基础。所以,我要向您报喜,并要感谢您的恩情。

雷叔叔,因为有了您的资助,父母不仅展开了眉头,还在家里为我和姐姐准备了单人房,为我们创造了良好的学习环境。所以,我们能够好好学习,考出理想的成绩。

雷叔叔,因为有了您的关爱,我不仅学习进步了,而且成了品学兼优的"优秀学生",获得了学校表彰。表彰大会上,我发誓:长大后,我要成为您,成为有益于社会的栋梁之材。

七年级学生邱天宇:每学期写一篇体会文章

我本学期交的学习慈善读本体会文章,写了一件小事:排队。

那天,我替母亲到医院去排队挂号,发现排在后面的一位大妈一脸痛苦,还轻声哼着叫痛。我立即与她调换位置,让她尽快挂号治疗。大妈大声道谢,我小声说不用谢。看到这一幕,别人也让开了,直接让她站到了第一名。

由这件小事,我联想到慈善读本上讲的"慈善无小事",我深刻体会到:慈善不分大事小事,再小的善行也会有巨大的效果。

比如排队这件小事,我让大妈是小事,但帮助他人是大事;我一人做是小事,众人响应是大事。

正因为这样,我感到做善事并不难,难的是在日常中、在小事中处处体现慈心善举。

阅读使者

我着实没有想到，建于汉阴县城关镇五一村的"传文书屋"，效果如此之好！其借阅者，不仅有本村的村民、学生和在外工作者，还有全镇各村的村民、学生和县城的干部、职工、教师、学生；为其捐书者不仅有省、市、县有关领导和干部、职工，还有本村9至80岁的热心读者；来此参观者，不仅有汉阴县各村"农家书屋"管理员及安康的市县主管领导、文广局长、图书馆长，还有国家农业部、新闻出版总署和陕西省委、省政府的领导。

一幅幅记录实情的照片，一份份来自省、市、县的奖品，一个个走进走出的读者，都在向我证实：建于田间地头、农家院落的"传文书屋"，虽然有"全国示范农家书屋"的荣誉和"陕西第一农家书屋"的美誉，但这些并不重要，重要的是因为有了李传文这个"文化使者"，村民们才在迈向文明、富裕的进程中精神更足、能量更大、步伐更快。

回乡

"传文书屋"的创办者，是汉阴县委党校退休教师李传文。

2007年7月18日，"传文书屋"在五一村开张。李传文告诉前来恭贺的人们："我是五一村的人，我家祖祖辈辈都是这块土地养育的。1969年高中毕业后，我回村务农，当了副支书。那时年轻，想建设家乡，却没有条件，只是在修路工地上凭力气多干活，靠知识搞宣传，因为表现突出，被提拔到本公社当副主任，半年后到药王公社当副书记，四年后因我主动要求而到县委党校当教员，后来虽然有了研究生学历、高级讲师职称，成了村民羡慕的知识分子，但我却一直自称农民、心系农村，始终操心村里的经济建设和社会发展。1976年县上在农村开展路线教育工作，我主动要求回到五一村,担任工作组副组长,终于办成了两件事:一是完成了山水田林路总体规划,打通了从东至西、横贯全村的3.5公里的通村公路;二是改造泡冬田300亩,变每年种一季为种两季,解决了4个生产队的吃饭问题。那半年,从科学种田到农田水利,凡干成的事情,都是我带领下乡知青和返乡知青干的,因此,工作实践给我一个启示:农村的穷根子,不只是缺钱,关键是缺智!"

他指着阅览室东墙上的地图对来宾说:"你看,五一村的条件多好呀!与县城只有一河之隔,从县政府到我们村部只有7公里。全村5800人、21个村民小组,大部分位于月河川道,只有3个组在南边的丘陵地带和凤凰山上。这种有山有川、交通便利的条件多好呀!山上宜林宜果,川道宜工宜商,而论农业,不管种粮种菜,都有旱涝保丰收的良田沃土呀!可是,为什么村民不富呢!直到快60岁时,我才找到答案。"

有人问:"什么答案?"

他说:"退休之前,我又争取到了一个回五一村工作的机会——县上搞新农村建设规划,我主动找到县委领导,要求进工作组、到五一村,协助县委把这个全县第二大村的发展规划搞好。正是这个机遇,让我不仅出色地完成了村上的发展规划,而且十分幸运地完成了我这后半生的人生规划:办农家书屋,为村民送智!"

2006年5月,李传文从汉阴县委党校退休。一离开讲台,便回到了家乡。

在五一村,李传文有6间祖传的土房,自父母去世、全家住进县城之后,旧房逐渐破损、坍塌。他说服已经退休的妻子和在党政机关工作的儿子、儿媳,将全家所有积蓄凑起来,携带着12万元款子,只身一人回到了老家。

要用12万元盖起一幢6间、2层、砖混结构的房子,并办成一个集阅览、藏书、培训、文化娱乐为一体的书屋,着实是一件难事。除了因陋就简、精打细算,便只能是节约人工、亲力亲为。三伏天,他不是挑砖,就是挖土,不到一个月就累倒了。在医院住了一个礼拜,他就跑了回来,医生打来电话,心疼地批评道:"血压高到二百多,你不要命了?"三九天,他一会儿跑材料、一会儿扛板子,民工不解地问:"你个知识分子,咋比农民还泼辣?"

房子建好后,还得一件一件配设备。他用旧房子可利用的木材,制作了 12 个书柜、10 张丁字桌、52 只独凳、6 把椅子,又从家里搜来 1 张饭桌,从党校要来 4 张弃用的课桌,再让家人帮忙送来 2 个壁挂电风扇、1 个台式电风扇和 1 台电视机、1 台饮水机、4 个暖水瓶、1 个烧水壶,便将 4 间藏书室、2 间打通的阅览室(培训、活动等综合用途)布置完毕。

将家里收藏的 4000 多册书籍、50 多幅挂图、30 多幅字画全部运到书屋,书屋的硬件设施基本具备。

村支书杨官金进来一看,大吃一惊:"李老师,你真的把这儿办成书屋了?"

李传文听了这话,也吃了一惊:"不办书屋,我劳这么大神干啥?"

杨官金笑着说:"一看你这前门开到大路边,后门开到村部院落的架势,不少人都说,这要办成个农家乐,可是个赚大钱的宝地呀!"

李传文笑了:"我前门开到大路上,是为方便群众;后门开到村部里,有利于资源整合!"

"资源整合?"杨官金不解地问。

李传文一脸认真地说:"我正要跟你商量呢!我这书屋,虽然是个人投资的民间图书馆,但我的愿望是要办成村上的、村民的、社会的公共文化服务机构。这里不仅能看书学习,而且能搞培训、搞活动。因此,到村部来办事的、开会的村组干部和村民群众,也可以成为书屋的读者;而村部的报刊和我这儿的书刊,都可以资源共享;还有……"

杨官金一把握住李传文的手,一边叫好,一边大声喊来村干部,几个人一合计,很快形成两大共识:

第一,成立"五一村农民科技书屋协会",由支书担任会长,李传文担任副会长兼秘书长,村两委班子成员为理事。在 21 个村民小组分别设立会员小组和科技、文化兴趣小组,广泛发动村民和驻村企业职工、学校老师入会。

第二,"传文书屋"的书籍和村部的报刊实行资源共享,轮流开放。每周一、三、五村民到村部阅读报刊,二、四、六到书屋看书。

"传文书屋"开张仪式上，村支书主持仪式，村主任致辞，李传文向前来参会的乡亲和县直、城关镇等20多个单位的嘉宾郑重承诺："我办的这个书屋，之所以叫'传文书屋'，就是要全心全意地传播文化，传承文明，送智下乡，服务百姓！"

于是，人们理解了"传文书屋"命名的含义：既是惠民，也是自励。李传文解释"自励"的意义为：写上自己的名字，亮出自己的招牌，激励自己要自力更生，努力办好；人在阵地在，决不言弃！

会后，他郑重地告诉妻子、儿子、儿媳：家里的事，就拜托你们了。我这后半生，就属于老家的村民了！每周二、四、六，给读者导读、解读和现场服务；一、三、五他要走村入户，送书下乡，并到各读书小组提供科技、文化服务；每个星期日，他要整理图书，并开展读书会、培训会等文化、科技、娱乐活动……

家里人除了支持、理解，更多的便是叮嘱他保重身体。老伴看着他日渐消瘦的身体，热泪盈眶。

财 神

"传文书屋"开张后，李传文想，要提高村民读书看报的积极性，务必做到学用结合，让他们得到实惠，见到效益。于是，他把村上的养殖、种植、加工、商贸等300多家专业经营户和部分爱读书的村民列入"特服"对象。为此，他不仅为上门服务跑了不少路，而且通过购买、搜集等方式添置了上万册科技书籍。

读者胡小平是五组的青年农民，虽然只有初中文化，可他喜好读书，每次进了书屋，他就直扑"农业科技"专柜，有关种植业、养殖业的书刊，他一看就是大半天，有时还要和李传文反复探讨。

李传文发现他是个好苗子，想培养他为科技兴趣小组的骨干，就登门探望。

初春的田野，碧绿的麦苗迎风翻浪，金黄的油菜花含笑开颜。走在当年改造的泡冬田边，看着如今的"丰产方"，李传文的心中有一丝甜蜜，也有一些成就感。他想，科技兴农不仅是真理，而且是一项紧迫而又艰巨的任务！

来到胡小平的田地里，他看到了另一番景象：小伙子种的小麦、油菜和果树、蔬菜，确实比别人家的枝干更壮、叶子更绿、花果更繁。然而，他种得太杂，显不出特色与效益。

李传文问："你到底想靠啥赚钱？"

胡小平说："先试验，看哪个更好就主攻哪个。"

李传文问："还想试验什么？"

胡小平拍着脑袋说："听说肉价飞涨，我还想养猪、养兔、养牛、养羊、养鸡……咱这儿有河流、库塘、水田，还想养鸭、养鱼……"

李传文摇头了："你有田地，没有山场，不适宜养牛、养羊；同时，咱们汉阴乃至安康，有汉江、月河等大江大河，人们吃惯了江河鱼，吃不惯库塘鱼……凭你这点田地打的粮食，养不到20头猪，形不成规模效益……"

胡小平听呆了，双手搓了半天，弄不清干啥为好了。

李传文和他一块坐在屋里讨论了好久，也想不出个点子。于是，二人又走出家门来，走向田野。

平展的月河川道，的确是个米粮川，任何种子撒下去，都会长出绿色的希望来。

忽然，一口藕塘吸引了他的目光。

"这是谁的？"他问。

"我的。"胡小平答。

李传文几步来到塘边，看着杆苗叶肥的一塘莲藕，连声问："咋样，效益咋样？"

胡小平说："虽然不好伺候，但收入是种粮的两三倍。"

是啊，莲藕可是个好菜呀！李传文明白，汉阴是陕西著名的"小吃之乡"，而莲藕在炖、炒、蒸、煮及凉拌等各式菜肴中都是上等原料，荤素均可，老少皆宜，市场需求量很大，发展莲藕必然是个适销对路的好项目。

于是，二人定下君子协议：胡小平发展莲藕生产，李传文协助技术保障。

第二天，李传文就跑到县农业局、科技局和老科协，去找有关莲藕种植的书,但一本都没有。晚上,他回家去求孩子帮忙,才从网络上查找到几篇论文。

第三天是星期二,时逢书屋阅览时间,他一边服务读者,一边翻阅种植业书籍,终于在十几本书中找齐了莲藕生产从整田、下种、施肥、防虫到采藕、挖藕各个环节的技术要点。当天晚上,当他将十几本夹有纸条的书、十几张电脑打印的技术资料送到胡小平家时,一家人激动地团团围住李传文,要留他吃饭、喝酒。李传文连口水都没有喝,骑上自行车就走了。

于是,胡小平2008年试种莲藕,2009年扩产。当胡小平将自家的田地全部变成藕塘,又租赁了邻居的十几亩水田,正准备大显身手时,难题出现了:一种无名水草,满塘疯长,似乎一夜间就长得到处都是,其蔓越长越长,其叶越长越大,严重影响了莲藕的发芽生长。

此时,藕芽正在出头。进塘拔草势必踩断藕节,损伤藕芽;用镰刀割吧,头天割断,第二天又发;用铁丝钩吧,只能钩出叶子,却拔不出根须。眼看着嫩绿的藕叶、藕芽或被水草淹没,或因水草争食营养而枯黄,胡小平心急如焚,在塘边转了两天也转不出个招来,只好骑车来到"传文书屋"。

他翻了半天书,也没翻出个所以然。由于心慌,书被翻得哗哗乱响,别人向他翻了白眼。

李传文发现后,将他喊到门外,问明情况,便进来帮他找书,一连找了三个"农业科技"专柜,也没找到一句有用的文字。

李传文打电话咨询农技站,听到的答复是:长草了嘛,拔了就是。

二人摇头笑笑,相对无言。

当晚,看书的村民走完之后,李传文关了房门,开始查找资料。从书到刊,找了二十多本,无济于事。李传文想:报纸上登的技术、信息更新很快,不妨看看报纸。他将与农业、科技有关的几份当年的报纸全部取来码在桌子上,翻了大半夜,终于找到一篇有关生物防治法的文章。

李传文想:这个方法,可能是个好招。

第二天一起床,李传文就骑上自行车,兴冲冲地冲向五组。

他让胡小平找来几只鸭子,一块儿到藕田做试验。

果不其然,鸭子一下塘,就开始吃草,既不伤藕,也不踩田,效果出奇地好。

当下，胡小平就奔跑起来。他将附近村民在库塘、水田、河道养殖的鸭子都买回了，全部投放到藕田里。

就这样，胡小平的藕塘，形成了新的生物链。

如今，这30多亩藕田，不仅种莲藕，而且养鸭子。游荡于莲花、藕叶之间的鸭群，吃着虫子、杂草，活泼地生长着。

为了肥田，他还养了生猪，饲料来自田地，猪粪又肥壮了田地。年出栏30头肥猪，可是一笔不小的收入呀！

然而，前来参观的县上领导让他介绍"生物链—致富链"经验时，他却指着李传文，腼腆地说："只有李老师能讲得清，他比我钻得深、务得透，我不太懂。"

那一天，住在村部边上的徐家翠，也发出了同样的感慨。

她开农家乐致了富，村干部让她给县上领导、媒体记者介绍致富经，她却说："我们的财神，是传文大哥！"

阅读者

/ 118 /

徐家翠虽是人到中年的农家妇女，但思想时尚、追求新潮。当城边兴办农家乐时，她在本村也办了起来，而且装饰新颖，引人注目。可是，由于忙于应付，没时间去学习烹饪技术，只红火一时，生意就开始萎缩。

李传文陪客人到这里吃饭时，就认真观察，客人走后，他就回到书屋，选了几本烹饪书籍送来，并指着一本画册中的彩色图案说："你看，同样是土豆，人家做出了多少花样！再看，同样的农家土菜，人家做出了多美的花色！"

徐家翠搭眼一看，就瞪大双目。她伸手将书抓来，爱不释手地翻看起来。

当天下午，徐家翠就走进了"传文书屋"。

"妈呀，真想不到，在我的隔壁有这么大个奇妙的天地！"在书屋翻看了两个小时的书，徐家翠大开眼界，赞不绝口。

这个自初中毕业就与书无缘的农家妇女，猛然走进知识殿堂，顿觉眼花缭乱，心旷神怡，她兴奋地睁大双眼，恨不得用目光将那些对自己有用的书刊一一吞进肚子里。

自此，徐家翠成了"传文书屋"的铁杆读者。

一连三年，那些关于食材、配料、刀功、火功和色、香、味、形等有关厨艺的知识读物，都是徐家翠的最爱。

徐家翠的农家乐远近闻名，不仅附近三个村群众的来客接待、红白喜事要选她家，而且城里的不少食客也闻香而来。

菜品出名后，服务应跟上。李传文及时推荐了有关接待、礼仪、环境美化方面的书籍，恳切地说："软件也是硬效益！"

一家小小的乡村农家乐，有了音乐，有了鲜花，有了亲切的笑容和暖人的语言，便有了和优质菜品同样迷人的引客之术！

城里的饭店老板装作食客来取经，体验之后夸赞道："大姐呀，你简直是阿庆嫂嘛！"

徐家翠老实交代："不是我有啥本事，最关键的秘诀，是我们村有传文大哥这个送知识、传技术的好财神！"

导师

虽然有村民读书兴趣小组的500多名成人读者，但"传文书屋"的最大阅读量却来自学生。

"传文书屋"的读者，有本村的五一小学全体师生，相邻的月河初中等5所中小学师生中的过半数，有县城的汉阴高中、城关初中和相距30公里的漩涡中学的学生，还有假期回家的安康学院、西北大学、陕西师范大学、四川大学、湖南大学等30多所大专院校的本村、本镇、本县学生。

为此，县上领导称赞：李传文的"传文书屋"，实现了"文教联姻"，办成了"育才基地"。

在这些学子中，有个已被安康高新中学挖走两年的学生，让李传文念念不忘。

他叫龚传森，家住第八村民小组，离书屋有一公里远。2011年暑期的一天清早，他陪弟弟到书屋来，自己却没进门。

弟弟在书屋看了不到一个小时，他在院子里转得不耐烦了，就进来催："选一本书，回去看吧！"

弟弟放下手上的《汉阴文艺》，又去翻看柜子里的图书。

龚传森走上前去，本来是要拉弟弟回家的，不料，目光所及，处处引人注目。他从眼前这个柜子上的"文学""艺术"，看到相邻柜子的"法律""文史"，再到下一个柜子的"电脑""航天"，一个个标签看下去，竟然看到了"历史""地理""哲学""美学"……

这个初三学生立马变了神情，提起一张方凳，就坐到了"哲学"书柜前边。

这天上午，他共在这里翻了七本书，全是马列著作。

他是首次来，李传文并不认识。但他小小年纪却痴迷这类书籍，着实让李传文这个党校退休教员感到吃惊。

李传文去问一个初中生："他是谁？"

得到的回答是："他是我们学校的学霸，是个不多言语、不善交际、十分清高的高才生！"

李传文又问："学生在假期都爱看娱乐性质的文艺书刊和教辅性质的课外读物，他为啥喜欢那些书呢？"

回答是："因为志存高远，所以与众不同。"

李传文摇摇头，坐了下来。不一会儿，他又走过去，却不知该交谈什么。

没想到，半天一言不发的龚传森却主动开口了："李爷爷，您这些书，实在难得呀！"

交谈之中，李传文得知，龚传森喜爱马列著作，却难得找到这些读物，他到学校图书室、县图书馆找过多次，几乎找不到。为此，他睁大双目，十分认真地问道："我们的党是共产主义政党，那么，我国人民就应该学习马列主义，然而，为什么现在马列主义的书籍却难得找到呢？如果不加强马列主义学习，我们的理想、信仰将用什么理论来指导、来支撑呢？"

如此小的年纪，如此大的问题，令李传文吃惊不小，兴奋不已。

于是，二人展开了热烈的讨论。

由此，二人在"传文书屋"结成了忘年交。

当天晚上，李传文赶回家里，把自己保存多年的马克思、恩格斯、列宁、斯大林的著作全部搜集起来,第二天又向党校同事找了一些哲学、社会科学之类的著作,一起搬到了"传文书屋"。

第三天,他给龚传森列了个"马列著作阅读书目",并逐一讲解了内容提要和阅读重点。

龚传森高兴地说:"有您帮我导读,我定能学得更好!"

这天,龚传森借走了恩格斯的著作《自然辩证法》。

一周之后,李传文问龚传森的弟弟:"你哥把那本书看完了吗?"

回答是:"笔记写了两大本,书已看了两遍,又在看第三遍呢!"

这天晚上,李传文走进了龚传森家。灯光下,一老一少讨论热烈,相谈甚欢。

离开党校教坛五年之久的李传文,不仅找回了当理论教员的良好感觉,而且从这个少年的身上看到了一代青年的希望,看到了马列主义不灭的光芒!返回的路上,他想了很多,心情久久不能平静。临睡前,他给自己下了一个任务:不仅要服务学生读书,而且要帮助少年儿童立心、立志、成长、成才!

为此,他有了一个大胆设想:把"传文书屋"办成附近中小学的课外"育才基地"。

次日,他把自己多年来花费精力、财力从全国各地搜集的红军长征、抗日战争、解放战争、抗美援朝等军史、党史、国史挂图,整整齐齐地挂在书屋内6间房子的墙上,然后去请五一小学的领导和政治、历史课程老师来观摩、指导。

老师们一看,当下决定:组织学生逐班现场学习。

学生在老师的带领下,一个班一个班地来了。李传文手持教棍,一张图一张图地讲解。

每一个专题,都需要两个课时。

每周一、三、五,虽然不是阅读日,却成了专题讲座日,一连两个月,李传文从土地革命,讲到改革开放,每次都讲得口干舌燥,讲得掌声雷动。

五一小学的讲完了,其他学校的又来了。

团队来完了,个体又来了。

一连半年,这个"育才基地"风生水起。

不久,李传文又给自己制造了一个"麻烦"。

那天,他去给一个油菜专业户送书,发现正在写作业的小学生翻开的课本上写的是《清明上河图》的内容,却没有图示。他问:"你知道《清明上河图》是啥样子的吗?"

学生仰起脸来说:"听老师说,房连排,人成群,跟咱们汉阴县城一样热闹!"

"光是热闹吗?"他追问。

学生默默地摇了摇头。

李传文立即骑车进城,从自家的柜子里,找出了自己花钱所购、珍藏多年的一张丝质的《清明上河图》。

当天下午,他来到五一小学,将四米多长的图画铺在地上,一口气给围观的老师讲了半个小时。

于是,解说《清明上河图》,又成了他在五一小学逐班进行的专题讲座。

一连两个学期,各类讲座加起来,就是两个老师一年的代课量。学校领导过意不去,找到李传文,说要付点报酬。

李传文问:"师生们听了这些,究竟有益没有?"

校长说:"效果很好,不仅增强了对课程的理解,而且拓展了知识面。"

李传文笑了:"谢谢,这就是给我的最好的报酬!"

校长动情了,拉着李传文的手说:"您是我们最好的政治、历史、思品课导师!"

发此感慨的,不仅是校长们、老师们,更多的是那些受到教益的学生们。

留守儿童汪建涛,领着两个弟弟在五一小学围墙外的农家租居上学。三个小孩子,每天放学后除了看书、做饭和做作业,就是对亲人无尽的思念,一闲下来,个个闷闷不乐。

李传文给村里的几个小读者出点子:带他们来读书,兴许能帮他们找到生活的乐趣。

果然,不出一个月,三个小孩就在"传文书屋"发出了开心的笑声。

去年七月,老三从五一小学毕业,三兄弟搬进县城读书。临行前一天,三人来到"传文书屋",一一归还了所借的书籍,汪建涛带头给李传文鞠了个躬,他流着泪说:"李爷爷,我们昨天已经搬完家,今天是专程来向您告辞的。"

老二说:"感谢您给了我们学习上的帮助、生活上的扶持、为人处世上的指导!"

老三说:"感谢'传文书屋'给了我们知识,给了我们乐趣!"

走出大门,汪建涛又鞠了一躬,含着热泪说:"李爷爷,我们兄弟三个昨天晚上商量好了,长大后要像您一样,做好人,做好事,做个对别人有益、对社会有用的人!"

看着他们离去的背影,李传文热泪盈眶。

那是欣慰的泪水,那是喜悦的泪水,那是面对禾苗的成长、花朵的盛开而激动的泪水。

天路

"传文书屋"有些特殊读者,他们借书不多,进门很少,却让李传文操了不少心,出了不少力,跑了不少路。

五一村有5800多人,老、弱、病、残等有读书需求而上门困难的读者占近10%。对这些特殊对象,李传文的方法是:因人而异,提供个性化服务。而这种服务,多属用送智、扶智的方式帮助他们获取新的人生能量。

家住第九村民小组的大龄女青年马熙红,李传文一帮就是五年。

五年前的一个夏日午后,一位小学生领着一位大姑娘进了"传文书屋"。奇怪的是,小孩反倒像个大人,处处招呼着那姑娘。进门后,小孩搬来凳子,放到书桌前,又取来《文学报》放在桌子上,然后拉那站在墙角的大姑娘过来坐下,并指着报纸,用双手比画了一下看的动作。然后,小孩悄声对边上的一个小伙伴说:"说不定,读书看报能让她快乐起来。"

李传文把小孩拉到另一间房子,轻声问:"那是谁?"

小孩回答:"我姐,马熙红。"

他问:"她咋了?"

小孩回答："她耳朵听不见。"

他问："有文化吗?"

小孩回答："大专毕业的。"

李传文点点头,走出去,看着马熙红闷闷不乐、要看不看的样子,寻找着为她打开心窍的钥匙。

想了一会儿,他便拿着纸和笔,坐到马熙红对面,在纸上写了一段话:"姑娘,你是一个有知识、有文化的人,欢迎你来看书。我当过农民,当过干部,也当过教师,论年龄也可以当你的长辈,咱俩能推心置腹地谈谈吗?"

马熙红看看他,想了想,点点头。

通过交谈,他得知:聋障姑娘马熙红,大专毕业后,既找不到工作,也找不到对象,成了家中吃闲饭的"剩女"。因为背负就业、婚姻的双重压力,所以整天闭门不出,以泪洗面,内心十分痛苦。

李传文想:要解放她的心灵,必先让她走出家门。

于是,他提笔写了一句话:"请你下周一、三、五到'传文书屋'来上班,上半天登记,下半天读书,行吗?"

马熙红看看他,然后抬起手来,指指书屋,又指指自己,似乎不大相信这话。可是,再看看李传文那慈祥的目光里所包含的真诚和信赖,她便重重地点了两下头。

下周一,马熙红8点整就来"上班"了。她翻开书目登记本,认真看了前几页,掌握了基本要领,就将库房里尚未上架的书抱出来,码在书桌上,一本一本依着书名、作者、出版社等条目,规规整整地登记起来。

其实,她压根就没想到:这个书屋,是李传文自办的民间图书馆,根本不存在报酬,也无钱招人"上班"。

她不知道,这些书,是西安两位退休干部从报纸上得知李传文自办书屋、为民服务的事迹后,捐赠来的。平时,这些活儿都是李传文利用星期天自己动手干的。

一上午,登记、整理了上百本书,马熙红感到很有成就感,临别时脸上有了笑容,有了红润。

一下午，看了三份报纸和两本杂志，马熙红感到目中有了事物，心中有了感想，眼中便有了神采。

傍晚，李传文递给她 50 元钱，还有一张纸条："这是你上班的工资，劳动的报酬。"

马熙红捏着钱，如同捏住了自己的命运，满脸都是感激而又坚毅的神情。

就这样，时不时地来读书、整理书，不到半年，马熙红就赚够了赴广东的路费。她要出门打工，她要改写人生！

临行前，她来向李传文辞行，没有语言，只有热泪。

李传文感到出门不易，对她来说更难，就登门动员其家人给她买个手机，教她学会发短信，并告诉她："有事用短信与人联系，很方便。"

马熙红到了深圳，果然遇到困难。那个别人帮忙联系好的企业，一见她有残障，就婉言谢绝了。走投无路的马熙红给李传文发来求助短信，李传文想了下，及时回复："你在那里暂住半天，不要走，我找人来接你！"他立即找到在东莞一家中外合资企业当中层领导的学生，求其妥善安置马熙红。那学生以对老师报恩的心情赶去接走马熙红，两天时间试了十几个岗位，最终让她当上了公司办公大楼的卫生管理员。

打了一年工，有了一点积蓄，马熙红返回家乡，准备创业、成家。

回来不到一个月，精神振作、意气风发的马熙红迎来了双喜：一是收获了爱情；二是在李传文的帮助下办理了残疾证，获得了残疾人补助金。

如今，马熙红已经有了心爱的宝宝。她一边抚养孩子，一边学习缝纫技术，为明年开店做着准备。

采访时，看着李传文与马熙红专用的对话交流本，我似乎看到了一条通往幸福的天路，看到了天路上为他人奔忙的天使。

是的，有些事，对于常人来说极其简单，对特殊人群来说却难如登天。李传文赋予他们的，便是架通的天路。

对此，李传文的说法是："对我们而言，有啥难的？不外乎用你点精力、资源，花你点时间、小钱；不外乎你多点爱心、耐心，多点付出、担当嘛！"

正因为有了这种担当，他才能充分利用"传文书屋"的信息优势和读者多、耳目多、交际广、辐射广的人脉优势，为需要帮助的群众办了许多好事。

他从报刊上得知，国家颁布了给当过赤脚医生、民办教师等农民的生活补助的惠民政策，立即让读者四处宣传，并亲自帮人写申请，带着他们到村上、镇上、县上办理有关手续，使何治国等十几个人享受到了党的雨露阳光。

他阅读了关于残疾人补助的政策和办理手续的文件后，得知本村有 30 多人可以申请，而这些人有的年老体弱，有的行动不便，有的言语不清，就买上照相机，翻山越岭地登门帮助他们照相、填表、写申请，还自己雇车，领着他们进城办理。十五组村民冯世怀耳聋，妻子失明，夫妻二人因年老体弱住在高山上不能进城，李传文请人将他们背下山，又打车送进城，忙了整整一天，帮他们办好手续。第二年，冯世怀病逝，咽气前托人下山向李传文致谢。带信人握着李传文的手，动情地说："你让残疾人和正常人一样享受到了应有的尊严！"

帮助困难学生，李传文更是在所不辞。因为他知道：多一个读书人，社会就多一个人才，国家就多一分希望。所以，他给自己定了一个目标：只要他知道的，他能办的，就绝不能让一个学生因为家庭贫困而失学！

2011 年暑期的一天，家住第十一村民小组的高二女生邹玲玲，突然趴在书屋的桌子上哭了。李传文一问才知道：她父亲外出打工因事故死亡，母亲靠挑担进城贩卖甜酒、粽子维持家境，弟弟正上初二，家里债台高筑，她面临失学。

李传文当即找到两份报纸去见邹玲玲的母亲郭小萍，他指着报纸对她说："玲玲品学兼优，失学可惜，一定要读完高中，去读大学。你看，贫困生上大学可以办理助学贷款，国家有扶持哩！"

郭小萍哭了："眼下都没钱生活了，高中已上不成了……"

李传文马上进城去寻求帮助。一直找到第三天下午，才说服了县电力局的领导，同意资助 4000 元钱。

就凭这 4000 元的扶持，邹玲玲精打细算地读完了高中，考上了大学。

这时，李传文又从报刊上查阅政策、信息，帮助邹玲玲申办了有关扶持和助学贷款。

今年暑期,邹玲玲放假回来,专程来到"传文书屋",一边向李传文汇报学业,一边向他表达心愿:"我在学校参加了志愿者活动,锻炼自己的服务能力,将来毕业后,要一边干工作,一边做公益,一定要把您的精神传承下去!"

赛跑

如今的"传文书屋",真可谓美名远扬、好评如潮。

当看到国家新闻出版总署的"全国示范农家书屋"、农业部的"农民科技书屋"两块奖牌时,我发自肺腑地称赞李传文了不起!李传文却说:"人要尊重荣誉,但不能看重荣誉。不过,我非常感谢上级组织实打实的支持、帮助和关怀、指导。"

当我在他的指引下看到由国家农业部和省农业厅捐赠的1000多册农业科技书籍,看到由国家新闻出版总署和省新闻出版广电总局赠送的两柜子"农家书屋"配套书籍,我明白了他看中支持的含义。

支持者,不止这些。

除了省委宣传部、省文化厅、广电局、出版局、老科协、老龄办、省作协和市文广局、文研室、图书馆,还有县纪检委、政法委、组织部、农业局、文广局、图书馆……这些,他都一一登记在册。

对于个人捐书的大户,他都建了专柜,或是在放书的柜子上贴了标签,以示鸣谢。在阅览室西墙的那排书柜上,醒目地贴着:西安市高陵县公安局一级警督郭达夫捐书421册,西安铁路局教师郭达风捐书220册,安康市副市长杜寿平捐书87册……

这些支持者,多为他的精神所感动。安康市文广局长杨海波说:"他为我们打开了送书下乡、文化惠民的新路,开拓了公共文化服务体系如何建设的思路!"

来自省城的一位政协委员说:"看看门庭若市的'传文书屋',想想那些门庭冷清的'农家书屋',我终于明白:不是农民不读书,而是太缺李传文这样的文化使者!"

开办"传文书屋"以来,李传文个人也获得了不少荣誉。当我看到他出席全国农家书屋工程建设总结表彰大会、全国民间图书馆论坛代表大会等照片时，我诚恳地向他表示恭贺。李传文说："这些荣誉，我真正珍惜的是全市首届'安康好人'，第二届'道德模范'。因为，这两个荣誉，不仅是对我过去工作的肯定，更重要的是勉励我今后永远坚守初心，不负众望。"

此时，我明显看到，捧在手上的荣誉证书，被他掂出了沉甸甸的分量。

此刻，我明显看到，他的目光中闪烁着生命不息、奋斗不止的坚定信念。

他说："生命是有限的，荣誉也是有限的，而工作无止境，要做的事很多，很急。"

我点点头，表示赞同。

他说："我都70多岁了，要赛跑呀！"

我问："跟谁赛跑？"

他说："为农民传文化、送智力这类事，不去做可能没看见、不知道，但你要诚心去做，便越做事越多，越做越重要、越紧迫，真得不用扬鞭自奋蹄呀！因此，要跟时间、跟自己赛跑！"

说着，他便扳着手指头给我计算：除了"传文书屋"和农民科技书屋协会，他还是村上的老科协、关心下一代协会副会长兼秘书长，都是具体责任人。同时为了利用"传文书屋"这个阵地，搞好五一村的文化建设，他促成村上成立了文艺宣传队和锣鼓队、秧歌队、电影队，这些民间组织都是村支书挂帅，村干部参与，他具体负责。这些事，群众非常需要，但具体组织起来，事务非常具体。比如前年他们参与县上的春节文艺活动，从创编、导演到伴奏、表演，他都是直接上手，一忙就是一个月，每晚都熬到大半夜，还贴补进去上千块钱。村上高兴的是能获奖，村民高兴的是能参与，他高兴的是群众能享受到文化带来的快乐与教益。

说到这儿，他拿出了自己创作的快板、歌曲、花鼓词等作品，艺术样式上十种，真够难为他了！

可他却兴奋地说："这点东西，咋得够哟！"他边说边从书柜里取出十几本书刊，指点道："主要内容，都在这里边呢！"

他翻开书刊中的内容，不停地指点着，一会儿说这个歌曲他们唱过，一会儿说这个小戏他们演过，那个得意样儿，似乎又融入了活动现场乡亲们那沉醉的笑容之中。

放下书刊，他又取出一个文件夹说："我已经发展了十几个业余作者，他们的进步和发挥的作用越来越大。"

看罢几位作者的作品，他便把我领到了住在十九组的退休教师杨乃进家。

杨老师已经85岁了，一见到李传文，那爽朗的笑声不亚于中年人。二人边握手，边聊开了一首题为《美好心灵》的诗，李传文说要搞成配乐诗朗诵，杨乃进说还得再改改。

杨乃进因老伴患病卧床不起，差点失去生活信心，是文艺创作让他振作精神，老当益壮。近五年来，他不仅获得了几个全国性诗歌、散文大赛的一、二、三等奖，而且因为不时有创作的节目在村里演出而受到村民的普遍尊敬。为此，杨乃进深有感触地说："如今的五一村，兴文重教已成风尚！"

是啊！五一村的今天，不仅读书、学习蔚然成风，而且乡风文明，一派祥和。

我在村部的墙上，看到了一组令人振奋的荣誉：

——全国治安模范村；

——全国农业经济示范村；

——陕西省服务农民服务基层文化建设先进集体；

——陕西省关心下一代工作先进村；

……

同时看到，在安康市评选的第二届道德模范中，该村就占了三人！

不简单，这些文明硕果，真是来之不易呀！

这些文明成果，饱含着李传文的心血呀！

李传文回答："在农村传文明、种文化，的确不易；但是，扑下身子做起来，却是其乐无穷，力量无限！"

说到这儿，他把我领到书屋外，指着自家院子东边的一块空地说："我准备在这儿盖个三间房的阅览室，进一步优化读书环境，提高'传文书屋'的凝聚力和辐射力。"

顺着他手指的方向，我看到几朵鲜花正在夕阳下开放。

我荐书

阅读文化建设，定当以书为媒。

认真阅读一本书，是为了做好业务。

精心推介一本书，是为了履职尽责。

为了与你约读，为了同你阅读，为了让你"悦读"，我愿以心血燃灯，为你做盏阅读灯！

我愿以书为灯，为你我及人间众生照亮通天大道！

"读者节"慰问到馆读者　杨飞　摄

这才是业界需要的业务指南

元旦假日，读书为乐。两天半读完北大图书馆副研究馆员邵燕的新书《数字图书馆推广理论与实务》，我不禁拍手叫好：这才是业界尤其是基层图书馆迫切需要的业务规范与工作指南！

我于2016年上半年，连续两次参加国家图书馆、陕西省图书馆举办的"数字图书馆推广工程"培训班，强烈感受到：国家文化部、财政部之所以早在2010年就推出此项国家级重点文化工程，毫无疑问是为了顺应数字化阅读时代的到来，借用现代智能手段力推全民阅读；其目的是运用国家力量，加快公共图书馆数字化和现代化建设，全面提升全国数字图书馆的整体水平。之后，在进一步的学习与实践中，我深刻认识到了数字图书馆推广工程的强大功能：增进用户认知与互动，提高数字图书馆的服务效能；实现资源的有效配置、数字图书馆的创新发展机制；提升国民文化和信息素养，加强网络环境下文化的主导权；促进先进经验共建共享，提升数字图书馆的整体竞争力。有了明晰的思想认识，便有了强烈的工作欲望。2016年冬季，我们安康市图书馆开通了数字图书馆，并主动承担起面向县区的全市数字图书馆推广工作。为使这项工程科学实施、顺利推进，我于2017年春带领县区图书馆负责人，参加了国家图书馆在贵阳举办的"西部地区数字图书馆推广工程业务培训班"，聆听了时任国图数字图书馆推广工程办公室业务骨干邵燕等专家的授课，沿途了解了贵州省、贵阳市、遵义市、重庆市图书馆的数字图书馆推广情况，心中有了谱，发展有了路，回来有了大抓的措施、大推的方法。当年夏季，我们利用安康市图书馆学会召开理事扩大会的机会，邀请邵燕老师来安康，针对基层之需做专题讲座，为大家解疑释惑、鼓劲加油。从此，安康市的数字图书馆推广业务在边学边干中摸索前行。由此可见,数字图书馆推广业务是一项专业性、规范性、联动性、协调性极强的工作,需要系统的理论指导、广泛的实践指引。

或许,正因为工作需要、基层需要,邵燕老师才着手对数字图书馆推广业务的基本理论、操作实践进行系统研究,并于 2017 年完成著作初稿。她于 2018 年调入北京大学图书馆任汉学图书馆主管,迅速理顺工作后,有了精力对书稿进行更科学、更系统的提升加工,于 2020 年春完稿,11 月份由国家图书馆出版社出版发行。

我拿到此书,如饥似渴地拜读之后,认为这是一部来自实践、指导实践的好书。好就好在,该书从五个方面对业界工作给予了通俗易懂、立竿见影的系统指导:

一是解读了数字图书馆推广工程的基础理论。她从图书馆营销、阅读推广、数字阅读推广、数字图书馆推广四个方面回答了什么是数字图书馆推广,从国外、国内研究进展两个方面介绍了数字图书馆推广相关研究,又从 STP 营销理论、营销组合理论、整合营销传播理论三个方面简述了数字图书馆营销推广相关理论,从而加深了我们对数字图书馆推广的基本认识。

二是阐释了数字图书馆推广的基本原理。她从服务效能、发展机制、文化主导权、整体竞争力四个方面讲清了数字图书馆推广的功能;从社会公益性、用户导向性、技术依赖性、教育性、专业性、实践性六个方面说明了数字图书馆推广的特点,从推广主体、对象、内容、策略、要素之间的关联分析五个方面概述了数字图书馆推广要素,从组织、保障、评估反馈三个方面论述了数字图书馆推广机制建设。

三是论证了数字图书馆推广的基本模式。她在"品牌推广"上提出了理念、视觉、品牌三种方法,在"产品推广"上提出了趣味化、差异化、互动化三种方式,在"渠道推广"上提出了全媒体、业内联盟、社会化合作三种形式,在"内部推广"上确立了管理层、专职部门、馆员三支队伍。

四是划定了数字图书馆推广活动的实施框架。她从对数字图书馆本身及外部环境进行分析评估,调研对象需求、行为及相关情况,制订多元化组合推广策略和推广方案,进行推广方案的落实与执行,及时进行评估与复盘等五个方面,给出了基本实施方法。

五是研判了数字图书馆推广的多元融合发展前景。她从国家相关政策的变化、数字网络技术的更新迭代、互联网用户需求的日新月异三个方面分析了发展环境的变化,又从细划用户需求、丰富服务内容、创新推广模式、扩大推广影响、夯实推广根基、实行多元合作等六个方面,展望了数字图书馆推广工作,为我们描绘了努力奋进的美好前景。

该书令人叫好的另一理由,是作者善解人意,为我们特别详细地讲解了两个案例,安排了两个附录。第五章的案例是“数字图书馆推广工程策略”,作为国家数字图书馆推广工程的策划实施者,她通过重点分析如何根据工程的整体发展目标来制订推广规划、如何随着工程发展来调整推广策略及抓好工作落实,让我们明白了数字图书馆推广业务如何推动、怎样做好。第六章的案例“少儿推广活动策划与实施”,以 2016 年全国 26 个省、500 多个地市图书馆携手实施的“童音诵古韵·经典有新声”全国少儿诗词在线诵读活动为例,通过环境分析、目标定位、推广策略、方案设计、活动实施、评估反馈的全景式展示,让我们明白了数字图书馆推广活动如何选题、怎样做好。其附录之一“数字图书馆调查问卷”,则用《2012 年全国数字图书馆调研问卷》《2014 年全国数字图书馆用户调研问卷》《2014 年数字图书馆用户调研报告》,为我们提示了工作方法,拓展了业务调研的基本路径;附录之二“数字图书馆推广工程标识使用规范”,为我们提供了业务工具与工作范式。

正因为该书从规范工作、指导工作、推进工作的实际作用出发提出问题、研究问题、解决问题,便有了统筹业务、分析业务、指导业务的指南作用。因此,该书对业界具有实用价值,尤其对我们基层工作者而言,是学习的教材、实务的向导。

因展艺术特色而显学术价值

安康学院教师侯红艳的旬阳民歌研究专著《生态之维与民歌之美》，之所以冠以副标题"生态美学视域下的旬阳民歌研究"，因为这是此书的显著特色所在。

我们知道，生态美学是从生态学的方向研究美学问题，将生态学的重要观点吸收到美学之中，从而形成一种新的美学理论形态。那么，侯红艳的《生态之维与民歌之美》，是如何从生态美学入手，探究旬阳民歌之美的呢？

首先，她通过深入调查、系统研究，为我们理清了旬阳民歌与自然生态的关系。

一是她由自然生态的不同，透析了民歌音乐风格的迥异。她深入分析了关中、陕北、陕南三地的自然生态与民歌音乐，找到了旬阳民歌的音乐特点。她以旬阳民歌经典曲目《兰草花》为例，分析指出：其以悠长舒展的旋律为胜，借高洁雅致的兰草花传递温馨浪漫的爱情，情感纯洁，表达委婉含蓄，有一股清新山野之风，显然不同于陕北民歌《亲口口拉手手》的直率热烈。

二是她由自然生态的不同，检视了民歌体裁的不同。她从旬阳民歌探入中国民间音乐，发现了与农耕文明区划密切相关的民歌音乐体裁的区域特征：沿海地区因渔作区而为"渔歌区"，长江流域因稻种区而为"田歌区"，西部高原因粟种区而为"山歌区"，北部草原因游牧区而为"牧歌区"。如此，为我们认识旬阳民歌的本土、移民、融合性特征找到了金钥匙。

三是她从民歌的流传，探得其与生态环境的密切关系。她纵观"口耳相传"的中国民歌的传播途径、跨越时空的现代艺术传播方式，认为旬阳民歌及安康民歌、陕南民歌之所以传承至今仍保留着鲜明的地域性"生态文化"个性,与地处陕、川、鄂、豫边界的地理、文化、人际、交通局限有关,是封闭环境滋养的生态文化之花。

其次,她通过纵横对比、精深分析,为我们梳理了旬阳民歌与文化生态的两大关系。

一是文化生态对民歌艺术表现的主旨具有引导作用,其产生受到特定文化生态的制约,必然具有该种文化的特性。她从《汉江号子》《打夯号子》等大量号子歌的研析中,指出旬阳民歌中那些产生于生产劳作的劳动号子,不仅反映了人们劳动的场景,同时也是集体劳动的号召、号令,这样的劳作样式滋养了号子粗犷有力、节奏紧密、律动感强的音乐特点。

二是民歌充分表现了地域文化的生态环境,其文化的固有属性在民歌中得到多维反映。她在对旬阳民歌的文化属性、生态环境的精深分析中,明确指出:其俏丽、幽默的音律格调,反映了秦巴山区人民坚韧不拔、乐观向上的生存智慧与活泼开朗的精神风貌。

正因为是从生态美学视域着眼研究旬阳民歌,侯红艳的《生态之维与民歌之美》,才与我们已有的旬阳民歌、紫阳民歌、安康民歌、陕南民歌、陕北民歌等民歌文化研究成果有着鲜明的区别。

在旬阳民歌的文化溯源上,她不仅注重旬阳民歌的自然基础、文化基础分析,而且专列"民歌中的太极城"一节,从阴阳和谐的自然景象、深邃厚重的儒道释文化、太极城的姑娘三个方面,做了系统考察,寻得隶属于旬阳文化的旬阳民歌文化基因。

在旬阳民歌的音乐体裁研判上,她不仅常规性地重视号子、山歌、小调三大类型,而且特别偏爱其主打体裁"山歌",刻意辟出一节,研究"山歌美学风格"。

在旬阳民歌的题材类型划分上,她与他人相同的是,同样列有"反映社会实践的生活歌""表达男女爱情的婚恋歌"和"传唱乡土民情的风俗歌";而与他人不同的是,特别列出了"颂扬革命斗争的红军歌",并从殷切盼红军、感恩颂红军、踊跃当红军三个方面,对这一题材的旬阳民歌的思想性、艺术性给予高度褒扬与热情赞美。

正因为研究者潜心发掘出了旬阳民歌的鲜明特色,此书的学术价值由此而凸显,不仅得到旬阳政界、文化界的高度肯定,而且受到专家学者的普遍好评。中国文化艺术发展促进会原副会长刘大伟给出赞赏性的定论:作者具有宽广的学术视野,成果具有浓郁的学理性,作品具有较强的可读性。

侯红艳的学术成果来自兰州大学文艺学硕士、安康学院中文系教师的深厚学识功底,以及十多年来从事安康民歌、安康民居、安康地方戏剧、安康古盐道及移民文化、红色文化、旅游文化等课题研究的丰富科研实践。旬阳民歌于2014经国务院批准被列入第四批国家级非物质文化遗产名录后,她即倾情关注,连续几年跟踪,发现只有文件、资料呈现而缺乏学术跟进,她便申报项目,在田野调查的基础上,广泛了解当地历史、文化、民俗风情,对旬阳民歌进行深层次的文化解读与美学阐释。因此,她着力避免了单一的学术思维,以多维的、宽广的学术视野,充分利用文学、美学、民俗文化学理论,将旬阳民歌与相关民歌进行对比分析,从而挖掘出其文化内涵与艺术特色。她巧用生态美学这一时尚工具,将学术前沿思考引入传统民歌、地域文化,从而使研究因新意凸显而增色增值。

这一科研成果的学理性,来自侯红艳缜密的学术思维、严谨的治学态度。五章正文、一组附录的布局谋篇,使全书的体例与章节呈现严密而清晰的逻辑关联与论述层次。虽然民歌庞杂、关联度广,但她通过精细辨识、系统分类,多维立体考察,科学揭示了旬阳民歌的历史成因、艺术特点,以及在民俗、审美情趣等方面的影响,深刻而又通俗化解读了旬阳民歌在社会文化、时代精神上的独特表现、情感因素与思想内涵。

这一学术著作的可读性,缘于侯红艳对旬阳民歌的美学阐释与文学解读。众所周知,学术研究著作有一个很难解决的问题,就是枯燥乏味。而民歌作为地域文化的代表、乡土文化的产物,其研究著述越深入内核,越会因其理论化、学术化程度高,而使阅读上的枯燥感、乏味感越强。侯红艳的这本书,我之所以能爱不释手,于元旦假日一气读完,是因为她很好地为我们解决了阅读障碍,给我们强烈的阅读快感。正如刘大伟老师所指出的:"作者在分析论述中,仿佛站在旬阳美丽的田园小路上讲旬阳民歌,她以清新的语言风格,娓娓而谈,从容道来,使全书温润而通透,好读且耐读。"专家所言,为我等心声。

　　或许正因为如此,陕西人民教育出版社在该书的封底,给作品的价值定位性推介词为:"旬阳民歌的文学解读,地域文化的美学阐释。"

她让古城行走于世

　　恰逢石泉县跻身国家级全域旅游示范县,摄影家陈晓琴适时为家乡奉献出一本厚重的影集,名曰《石泉古城老街》。于是,一座作为 4A 级景区的古城,便冲破新冠肺炎疫情的干扰,跨越秦岭,走出国门,让世人一睹古韵今貌。

　　南依巴山,北枕秦岭,在汉江上游临水而筑的石泉古城,当属秦巴山区如今保留最为完整的明清县城样本。其城市规制的完备程度、主要设施的完整遗存足以说明:这是一座人文价值珍贵的古城。我们之所以称其为古城,不仅因为其始建于汉代,扩建于明清,距今有 1600 多年的历史,而且因为陈晓琴的摄影作品集让历史"立此存照",有了史实与众多史料的艺术呈现。

　　各位看官,请打开《石泉古城老街》,我们仅从作者所拍摄的老街,来审视这座古城。

　　先看规制。图片鉴证:保存完好的这一条长 1000 米,宽 3 至 5 米,且有 16 条巷道的老街,实为古城的核心城区,是其城墙里面的"城内"部分。作为一条在汉江北岸沿江而建、东西走向、双面对街的长街,其东、西城楼及相连的城墙尚存,城门依旧,东西门额"远瞩金州""秀挹西江"完好无损,临江南门损而又复,"雄临汉浒"的气势犹存。加之北门的炮台遗址,西门的瓮城遗址及南北两边的街巷与主街的经纬交织,一座明清古城完美呈现于世人面前。

　　再看建制。作为古城,留存至今的明朝洪武六年所建县衙便是明证,图中县衙建筑主体呈八字形,由南向北依次排开。城内那明时的文庙、会馆,清时的戏楼、店铺,民国的教堂、茶坊和新中国成立之初的新华书店、国营食堂,组成了传承谱系完整的古建阵营,让人一看便知古城风貌。

有了这两大硬件上的物质基础,人们不查史志,就能看图说话:这是一座明清古城!

那么,何以知晓古城文脉呢? 陈晓琴给了我们走进古城文史的三条路径:

首先是源远流长的汉水文化。我们从图中的古戏楼、老剧场和今人着了古装表演汉调二黄的情景可以看出,汉调二黄这个发源于汉水流域的地方剧种,之所以能携徽班进京,形成京剧,从而成为京剧的"声腔之母",就因为有着南北兼备的文化基因、广受欢迎的群众基础、一脉相承的文化渊源。

其次是水神崇拜及水文化。图中的禹王宫古风肃穆,泼水节大气磅礴。因为有了禹王宫而有了祭拜大禹的习俗,并由此产生了"泼水节",这是今日石泉的特殊节庆。但在汉水流域及国内大江大河沿线的水文化活动中,祭拜禹王风习却不常见。由此可见,石泉是善于传承优秀传统文化的文明古城。

再次是科举文化与兴文重教。文庙与黉学巷,是科举文化的物证。多数县城都有文庙,但不一定有黉学巷,因为此巷是旧时供考生通往文庙的专用通道。由此可见,地处安康、汉中、西安三角交叉地带的石泉县,明清时期有着区域中心的文化地位。通往汉江的黉学巷让人想见,当考生及书童沿江而来,下船之后沿此专用通道,在万众瞩目之下神情庄重地走向文庙,不知比今日的走红地毯要风光多少倍呀! 由此显现,石泉把重教与兴文摆到了何等高的地位!

陈晓琴通过这些城市文明掠影,充分展示了石泉古城的文化形象。与此同时,她又通过对民俗、风情的深究,挖掘了丰富多彩的民俗文化,从而让石泉古城的市井文化内涵深刻、个性鲜明。

你来,请随她到大街上去品小吃。因为一方水土产一方食材,各地饮食才有了各自的风味。又因小吃不是"货通天下"所做的大餐,才具备并保留了独此一家的地方味道。石泉因得汉江之水利而多水产,因得秦巴之山利而多山珍,故而,水产中的鱼虾有了石锅鱼、鲶鱼炖豆腐、油炸小虾,山珍中的土产有了柚子茶、芝麻饼和庖汤宴。这些美食，如今已因真空技术和电商、微商而卖向全国、行销世界。

　　你来，请跟她到小巷里去看大院。石泉古城，巷道众多，街北通山，街南达江。因而，明清时期，北边巷道的住户多为官员、文人与农民，南边的居者基本上是工商户与船民。多数巷道因巷中大户人家的大院而得名，因而，戴家巷必有戴家大院，李家大院必在李家巷子。人若迷途，照此问路，一般不会出错。那些大户人家无论建造多大的院子，都不会挤占巷道，因为老城人至今严守着他们的巷规：北巷必须畅通于山，南巷务必直达于江，所有巷宽绝对要能满足一条扁担的换肩之便！

　　如此讲规矩、守规制的古城，传给世人的不光是古建筑与老物件、老传统，其古韵新风的融合，才是这本影集让今人喝彩的理由。这些古城新景、老街新风之类的美图，不仅构成了《老街节日》《老街工商》《老街百姓》等篇章的内容，而且处处让古城灵动着、鲜活着、美艳着、诱人着，就连那流光溢彩的夜景、碧波荡漾的水景、冰清玉洁的雪景都浸透着古树新绿的美感。

　　由此，我强烈地感受到，陈晓琴的大型摄影作品集《石泉古城老街》，抓取的是风光摄影的素材，呈现的是纪实影像的内容，其内涵却是文化摄影的风骨。因此，我愿同她一样，携上一本影集，让一座古城行走于世。

黄志顺新书《精神力量》评介

　　紫阳作家黄志顺真不简单,通过参与扶贫工作,写出一部纪实作品,且被纳入"陕西省作家协会主题创作扶持项目"。牛年新春,《精神力量——决胜深度贫困的紫阳纪实》由陕西新华出版传媒集团三秦出版社出版发行,恰当紫阳整县脱贫之际,因而引发阅读热潮,赢得好评如潮。

名家点赞

　　关于作品风格,著名作家、中国作协副主席、陕西省作协主席贾平凹给出的答案是:质朴。他说,《精神力量》是以一个扶贫工作者和紫阳本地人的视角看扶贫,很质朴,很鲜活,能闻得出泥土的味道。

　　贾平凹认为,此书富有地域文化特色。他指出:新时代脱贫攻坚精神就是无数个个体积累起来的,就像一芽一芽的茶,冲泡在一起,就是一壶茶的味道。这是一壶属于紫阳的茶。

　　关于创作手法,著名作家、陕西省作协副主席冷梦认为,此书有一条精神主线。她指出:作者选择以"精神力量"为主线,就是想从精神层面上对人物进行深入挖掘,试图把故事讲得更走心一些,赋予作品更大的社会价值。

　　冷梦认为,此书是作家的情感之作。她说,从这些贫困群众的脱贫故事可以看出,志顺是带着感情、责任和思考来写的。

　　关于作品内容,著名作家、安康学院教授李春平认为,本书是一部记录历史的生动画卷。他指出:作者以简朴的文字把我们带入了繁忙的新闻现场,素描式地展开了一幅精准扶贫的战斗画卷,为紫阳的扶贫工作留下了一笔历史性的生动记录。

关于此书的价值,李春平一语中的:若干年后,这些奋斗者的影像所显现的意义,远比今天看来更加深远!

关于《精神力量》的书名释义,贾平凹认为:紫阳山美水美,也很贫穷。贫穷最能砥砺精神!冷梦认为:这100个脱贫攻坚故事,展现了紫阳这个深度贫困县一种不凡的和感人的精神气象!

师友推介

紫阳县委常委、宣传部长张宗军不仅指导着此书的创作,而且参与过策划与采写,且为作者的行业领导与扶贫攻坚战队的战友,对此书的成书过程、基本内容、社会作用了如指掌。他说:"《精神力量——决胜深度贫困的紫阳纪实》一书,分为自强自立、真帮实扶、社会参与三部分,共100个故事。该书站在历史的高度,紧扣时代的脉搏,记录了脱贫主体、帮扶主体、社会扶贫主体生动感人的故事。这些故事有温度、有深度、有力度,聚合成册就是一部鲜活的干部群众形象史、社会发展变迁史。这100个故事,图文并茂地展示了紫阳群众与贫困斗争、为美好生活拼搏的历程,凝聚着作者对扶贫攻坚工作的理性思考、对人民群众的深厚感情;是数千名党员干部无私奉献的精神写照,体现了中国共产党以人民为中心的治国理念,塑造了35万紫阳人的精神群像,展示了消灭绝对贫困的紫阳担当、紫阳精神。"

西北大学博士生导师、慈善研究院院长陈国庆教授,既是黄志顺就读的达德书院的首席导师,又是他的良师益友。该书印行之前,陈国庆先生捧读书稿,喜不自禁:这部《精神力量——决胜深度贫困的紫阳纪实》,记下了当地的党员干部舍小家、顾大家的无私奉献,讲述了扶贫队员精准施策、翻山越岭的艰辛,歌颂了第一书记以及其他扶贫干部以村为家、带领乡亲"啃下硬骨头"的战斗豪情,反映了技术骨干进行科技、文化、教育等扶贫的创新精神,对于弘扬社会主义核心价值观具有积极意义。

安康日报社总编、中国作协会员刘云先生,对左手新闻、右手文学的小黄来说,真是亦师亦友。他在细读全书后,中肯地指出:"黄志顺是《安康日报》的重要通讯员,这本书所呈现的100个故事,大多首发于《安康日报》,

不少既是新闻,也是文学,都好读。把新闻写得故事化,是要胆量要气魄更是要有野心的,黄志顺就是这种令人侧目的写作者!"

作者自述

关于创作动机,作者介绍:"作为一个土生土长的紫阳人,一名多年参与扶贫工作的基层干部,我自然清楚这里的贫困程度之深、脱贫难度之大。那些艰苦奋斗、自强自立的脱贫群众,那些赤诚坦荡、担当奉献的扶贫干部深深地感染着我,让我产生了强烈的使命感。我觉得,如果不写出这些故事,不写好这些故事,不仅有负于宣传工作职责,也有负于良心,有负于这个伟大的时代。"

谈及此书采写的起始,他清楚记得,时在 2018 年 3 月 27 日,他清晨 5 点 50 分从县城出发,到城关镇塘么子沟村,去采写《"朱老板"家抢茶忙》。作品首发于《安康日报》二版头条,1200 多字,7 幅图片,占了半个版面。

说到书稿的采写难度,他举了一个生动的事例。当县红十字会的扶贫干部张小红荣获"陕西省脱贫攻坚奖"之际,领导盼望他一夜之间拿出典型报道。可是,当时张小红参加全省先进事迹巡回报告会去了,无法当面采访。好在,这个典型他跟踪数年,写过人物通讯、先进材料,十分熟悉。于是,他一边与张小红电话交流,一边翻阅材料,一边询问知情干群,终于迅速成稿。为了确保质量,他一夜之间,修改了 28 次。这篇用心血熬成的 3600 字的人物故事,不仅很快见诸省市报刊,而且抢占了《中国红十字报》的头版头条。

在介绍作品的宣传效果时,黄志顺兴奋地说:"这些作品,都在报刊上发表过,对宣传紫阳县、推进扶贫具有积极作用。"善于用数字说话的小黄,如数家珍地说:"'紫阳扶贫'公众号后台数据显示,这些故事平均转发量100 次以上,平均阅读量 4000 次以上;自媒体'大顺视点'上发的故事,阅读量为 10 万多;《辞去副镇长的这些年》在县政府网站推出,点击量达 4 万多……"为此,他感到:这就是社会价值,这就是他采写的动力。

正因为如此,他才会饱含深情地采写出 100 个精彩故事,如实记录了中国脱贫攻坚伟大战役中紫阳县的生动实践。

白河精神的代言之作

一个偶然的机会,我来到地处秦头楚尾的山城白河,见到了多位文友,收获了几本地方文献,甚是欣喜。

其中王海波同志所著的《美丽的白河》,很早以前就听说过,但未曾见过,这次拿到手,距其出版发行已经 12 年了。这本 36.6 万字的新闻作品集,由作家出版社于 2008 年 4 月出版发行。书中收入的 135 篇文章,是他从 1998 年参加工作后,历时十年所写的 800 多篇、100 万字新闻作品的精选集。

细看一遍,便可见得:此书的价值,可用"实用"二字来概括。其有史有今、可鉴未来的实用价值,再次印证了"今天的新闻,明天的历史"这句名言。

该书组合精巧,共分五大部分。第一部分:白河美丽印象。通过《你从远古走来》《美丽是你的风采》《灿烂美好的未来》三辑,概述了白河县的人文历史、自然风貌、发展前景。当我从《白河历史上的名人高士》中看到辛亥革命先驱钱鼎、张朗轩、黄统等人的英雄事迹,读到白河人 20 多年修造石坎梯田、改善农业生态、垒起七个"万里长城"的"三苦精神",心头立马对白河人肃然起敬。

第二部分:白河发展记录。首先通过 10 篇工作通讯,描写了"三苦精神"的前世今生;接着的《白河放歌》小辑,收入 10 篇反映白河县事业发展现状的综述,全面展示了白河县各界的工作实效;在《新闻调查》小辑中,10 篇调查报告,多面探究了部门工作的经验与思考;《新闻采风》小辑的 10 篇新闻特写,则以小见大,反映了行业新风;《新闻短波》小辑,则用 10 篇上大报的短新闻,透视了白河县的社会变化。这些跨度十年的新闻作品,如一部史书,让人听到了白河县阔步发展的铿锵足音,且透过白河县看到了祖国巨变的一幅幅壮丽画卷。

第三部分:白河人物通讯,在写人写事上颇具特色。《人物风采》小辑,以人写事,所选对象均为政治上的先进典型:作品对世纪之交的六任县委书记、世纪之初的五位县长,均从宏观着笔,让我们透过人物知晓县情、政务与重大历史事件的台前幕后;全国劳模、修地大王高远璋和全国人大代表、气象土专家贺贵文这两位农民朋友的传奇故事,让人看到了奋斗者的精神品质,找到了解读"三苦精神"的金钥匙。《创业之歌》小辑,以人代事,通过对部分党政、事企业单位负责人的深度访谈,状写了发展历程,展示了基层领导的风采和先进单位的群像。其中的开山造城、户户通电和西营镇的构建和谐家园、大双乡的蚕桑产业发展,让人既看到了自然条件艰苦的白河县之发展不易,又看到了"穷则思变"意识驱动下的白河县之变化可喜。

第四部分:十年写作心得,收入了作者发表于报刊上的20篇创作谈、经验交流文章。

第五部分:工作、生活随笔,收文10篇,其中9篇是青年干部工作论谈,可谓谈心交流;1篇是写给刚出世的女儿的,是父女谈心。这些谈心文章,既是一个青年干部积极向上心态的写照,也是基层年轻干部苦乐观、价值观的真实呈现。

这些作品,来之不易,大部分来自王海波同志参加工作前十年间的"业余劳动"。

说其"业余",原因在于作者的阅历。你看作者简介,这个生于1978年的白河小伙,因能吃苦、有担当、够上进而幸运,1988年从学校一毕业就考上公务员,进入团县委、卡子乡政府、县政府办公室、县委宣传部,历任文书、秘书、股长,26岁担任县政府办公室的副主任科员,27岁升任县委宣传部的副部长(后到乡镇主政)。直到出版此书,这十年之间,他虽然一直在写,但主要岗位是文秘,基本职责是写材料;虽然后来成了宣传工作者,但其职责是意识形态及宣传管理,而不是具体从事新闻报道。因此,这十年间的百万字新闻作品,基本上是他撰写材料的副产品、工作调研的衍生品。

由此可见其善于发现、勤于思考、精于创作和乐于奉献,可见其热爱白河、宣传白河、建设白河的责任意识与担当精神。

在这本书中,最动人的作品是描写白河县领导苦抓、干部苦帮、群众苦干的"三苦精神"的工作通讯、人物通讯。作者之所以有此偏爱,并在这个方面特别用心、用情、用力,且格外出彩,只因作者就是"三苦精神"的代言人。阅历和作品告诉我们,正因为具有肯吃调研之苦、思考之苦、写作之苦之新闻报道的"三苦精神",他才会拥有这么多为白河县争光的宣传佳作,才会采写出这么多为白河县存史的传世力作。

读书促人成功

他压根儿就没有想到，自己怀着欣喜走进"读励志书，走成才路"的主题读书会会场，迎来的不是鼓掌声，而是讥笑声。这是谁都始料不及的，也是他从未遇到的。

不用说，是因为这 34 岁的年龄便显现的满面沧桑，是因为这 1.16 米的个头所导致的体型反差，以及这使劲碎步小跑才能跟上同行者的别扭步态……

然而，他没有生气，没有气馁，只是暗暗地、用力地做了个深呼吸，平复了一下心跳，便露出略带羞涩的微笑，挥着比一年级学生还小的小手，向同学们打了个招呼，就以其惯有的碎步小跑式步伐奔上了主席台。

这是校园正中的露天会场，主席台只是校园内平地上的一排课桌加五把木椅。他被校长拉到正中，抱上椅子，台下又是一阵哄笑，自己心中又是咚咚作响，十年前、二十年前遇到的不理解和嘲讽、冷遇等等画面浮现脑海。校长那热情洋溢的致辞，他几乎没有听进内容。直到王怡介绍此行的目的，他才抬头看了一眼面前这些一至六年级学生，看着他们或净或脏的衣服和娃娃脸，心中呼出一声"孩子们好！"，神情马上趋于稳定，便以长者的心态温和地与他们亲切对视。

该自己开讲了，他用微笑同大家打招呼，给自己打气。头几句有点结巴，他仍坚持不看稿子。才讲不到一分钟，口有点干，他知道这不是口渴，但还是喝了一口水。当清香的茶水进入口腔，田野的气息溢满胸腔，他一下子找到了感觉。"我不是名人大家，不是来教育谁的；我和你们一样，都是贫困山区的农村娃！所不同的，我是大娃，你们是碎娃。因而，今天我不是做报告，而是交流与分享，交流山里娃对山里山外的认识，分享读书学习和课外阅读的心得体会……"思路一变，心情亮堂，他的声音提高了，节奏舒缓了，语言丰富了，互动自如了。不一会儿，场上安静了；再一会儿，掌声响起了；又一会儿，他看到了闪亮的目光和晶亮的泪光……

报告一毕，便开始赠书。他和同伴、老师们一一把书本递到同学们手上，四周响起了热烈的议论声、纷乱的赞叹声。一个男生指着封面上的照片大声喊叫："真的是他呀，哇！"一个女生指着贾平凹的题词，大声询问老师："这么厉害呀，这是真的吗？"

是的，这是真的。

于是，我给大家介绍了王庭德及他的书。

残疾作家王庭德先生带给你的一切，都是真的！你手上拿到的这本自传体纪实文学《这个世界无须仰视》，真是他用那双比你还小的小手，一字一字写出来的。

你刚才所听的励志报告《人人都能奋斗成功》，已被你和全校师生共同见证，是他亲口讲出来的。当然，等你将他这本书读完，便会知道，他所讲的，都是真的。

另外，这场活动，不是计划内的，不是官方指定的，完全是因他而有的。这个，也是真的……

但这事情却源于"丁香姑娘"。

两周之前的一天上午，我正在给市政协起草"书香安康"活动提案，朋友推荐了网上的一条信息。一位网名"丁香姑娘"的本地人，倡议为紫阳县汉王镇的两所小学筹建图书室。创意很好，正中需求！我立即依照文尾公布的联系电话打过去，咨询具体事项，从而得知，"丁香姑娘"名叫王怡，是安康市人民政府政务大厅的干部，是我久闻大名而未谋面的一位业余摄影家。听了她介绍的学校状况和孩子们没有课外书可阅读的困难情况，以及她对此的安排计划、工作进展，我认为此人可靠、此事可行，就发了一条与之呼应的微信，引起了朋友圈和新闻界的强烈反响。第三天晚上，王庭德从他供职的汉滨区茨沟镇电脑服务部打来电话，表示要捐赠个人著作，还想与学生分享读书体会。我立即与王怡联系，经她与学校几次沟通，校方在调课、组织等方面认真磋商，定下了活动的时间和内容。2015年4月23

日,世界读书日,多么巧合的好日子,由安康市慈善协会茨沟分会会长付远明开车护送,爱心人士王怡带队,我们清早 6 时出发,颠簸近三个小时,奔走山路 100 多公里,按时赶到巴山深处的紫阳县汉王镇安溪小学。该校只有 127 名学生,他送去 150 本书,包括了给老师的赠书。师生们拿到他的书,眼中露出了赞许和感激的目光。

　　身为侏儒的王庭德自幼失去亲人,孤身求生。但他目标明确,矢志不渝,哪怕没饭吃、没衣穿、没人理、没课本,也要上学读书。读完初中他就四处打工,用挣来的钱买书自学,用学来的知识练习文学创作,构筑人生梦想。他花 15 年工夫,发表新闻稿件 700 多篇、文学作品 130 多件,获奖 30 多项,成为陕西省作家协会会员,当选为陕西省残疾人作家协会理事、副秘书长。他用三年时间创作了 19.7 万字的自传体纪实文学《这个世界无须仰视:一个侏儒青年的奋斗之路》,得到陕西省文学基金会的资助,由西北大学出版社于 2013 年出版发行,2014 年 7 月再版。此书经数十家媒体报道、推介,反响强烈,影响广泛,先后有十几个单位请他去做励志报告,他也因此成为受省市表彰的自强模范。他知恩图报,感恩社会,出书收入大多用于公益,且多次在西安、安康捐书,还资助旬阳县残疾作家治病。

　　王庭德身体残疾,但心灵健康,志向高远。其故事激人奋进,其经验可以复制。因此,时任中国作协副主席陈忠实为其著作点评道:"这无疑是地球村又一个青春壮歌、生命奇迹,是一本值得青少年阅读的励志好书!"

　　王庭德身材矮小,但内心阳光,精神高大。其身上和笔下散发的正能量,正是社会需要的冬日暖阳。因此,陕西省作协主席深情赞扬:"他的精神高度才是他真正的高度。他自励自强,内心强大而充满阳光。他说这个世界无须仰视,他懂得知足,懂得感恩,懂得在奋斗中寻找幸福和快乐,他的精神值得我们仰视。"

　　是的,他的精神高度,值得我们仰视!

　　然而,你可知道他的成功秘诀? 他的成功,没有秘密,只是读书。因为读书,他找到了人生目标,练得了生存技能,聚集了生命能量。否则,他认不清自我与社会,认不清来路与出路,可能早已迷失于那坎坷的山路。

　　直到今天,他每天的业余时间都在读书、写书。从大学教材到文、史、哲著作,他如吃饭一样从中吸取成长的营养。他正在写的书,仍然是自传体、励志性的纪实文学,他想用这种书回报社会,并与广大青少年共勉:只有读书、成长、奋斗,才会走向成功!

从读书、写书到捐书,王庭德用超人的奋斗、生命的激情、火热的爱心为我们诠释了一个朴素的哲理:读书增长素质,知识创造价值。

正因为如此,他活出了令人仰视的高度,一种因书而精彩、而强大的精神高度!

从《平利文学》特色看地域文学发展

因为在图书馆工作并身兼市作协、评协副职等缘故，我爱收集、阅读地方文献，尤其市县文学期刊，是每期不少，每篇必看。因为，从中不仅可以看到地域文学创作态势与作者队伍发展实况，而且可以发现新书出版、作品研讨等地方文献业务信息，于我的工作、学习与创作有诸多好处。

元旦期间，我整理近两年市级的《安康文学》《安康文艺》《安康文化》《瀛湖》和《香溪》《南江河》等各县区文学内刊，发现了作者队伍"三多"（新人多、女性多、教师多）、创作文体"三少"（小说少、纪实少、评论少）的现象，便立即写出书面报告，向有关部门和相关领导汇报、沟通，建议加强队伍培养与创作引导。

我对创作文体"三少"问题十分在意，不仅希望有关机构、相关领导采用培训、征文、扶持等方法下功夫深抓，而且致信几位熟悉的主编、责编，请他们注重发现、辅导与推介。过了几日，我又从这些期刊中找出36位"苗子"，分别手写信函，与之分析作品、研判出路，望其擎起旗杆，引领一区一县的地域文学发展。

我的努力，引起一位市级领导的关注。他于"两会"座谈时特意过问，并让我介绍详情。我在详述数量、质量情况后，特别强调：小说是地域文学的高山，缺小说则缺分量，尤其长篇，是小说中的脸面，从诺贝尔文学奖注重长篇小说就可见其分量；纪实文学是反映社会现实和宣传地域文化的重要载体，但我们于市县期刊上所见的绝大多数纪实文学，只讲纪实不讲文学，只是宣传品而非艺术品；文学评论或理论文章，是刊物的旗帜，是评判作品和队伍的尺子，是引领地域文学发展的航标，千万不可小视或忽视！

会议信息披露了我的发言后，大家纷纷点赞。从他们的议论中，我更加迫切地感到:安康文学要科学发展,务必尽快尽力解决"三少"问题。

可喜的是,近日到平利县调研乡风文明建设,我从文联主席王建春赠送的《平利文学》中,看到了该县的"三多",发现了该刊的"三好"。

"三多"是,平利县文联前三季度出版的《平利文学》中,文体意识与文学价值相融的真正意义的小说、纪实文学、文学评论三类作品较多。

"三好"是,好阵容、好作品、好作者。

李世新的小说《中秋节的女人》(见《平利文学》2018年第1期)、《老屈的皮篓》(见《平利文学》2018年第2期),以观察生活的细致入微、描写人物的细节独特,诠释了小说的文体特色与创作要义。他在《中秋节的女人》中,通过出场人物"女人"的心理描写,反衬幕后人物"男人"——扶贫干部的无私行为,含蓄而又风趣,逼真而又浪漫,构思精巧,入木三分。他在《老屈的皮篓》中,用大量细节描写来表现其工艺中所含的独特技能、专业知识,反映出主人公的工匠精神和作者的独具匠心,其画面感和现场感令人如临其境、如见其人,起到了诱人阅读、不读不快的良好效果。其作品在环境描写、行为描写、心理描写上的准确拿捏,在人物对话、场景写意上的相映成趣,显得笔法老到、构思精良,让人读来酣畅淋漓,值得玩味。

陈武成的纪实文学《洛河! 洛河!》(见《平利文学》2018年第1期),看得人心惊肉跳,让人时而与之奔波,时而为之点赞。他写洛河抗洪救灾,不像有的人那样索来材料凑写报道,而是深入生活寻访故事。他运用蒙太奇手法,将大量生动的故事,迫击炮轰炸般袭来,让我们与之入境入情,为之动容动心。请看这一组小标题:最短的会、最危险的奔跑、最温情的怒骂、最柔和的声音、最遥远的距离、最漫长的三天、最后的鱼塘、最长的坚守……这些内涵丰富、张力巨大的精短句子,如同黑夜里的烛光,那么吸引眼球,那么诱人探秘。于是,纪实的效果,在性灵之光中争奇斗艳;文学的魅力,在阅读快感中暗香弥漫。读着这种故事性强、文学味浓的纪实作品,很容易使人想见《谁是最可爱的人》,忆及《哥德巴赫猜想》。

王莉的评论文章《一部平利八仙饮食文化大全》(见《平利文学》2018年第3期),通过对王向东先生专著《八仙饮食》的写作特点的赏析、作品价值的评价,让人不仅认识了《八仙饮食》,而且爱上了"八仙美食"。这篇文章之所以好看,就在作者用精细的研析,读懂了专业性很强的被评作品;用严谨的评析,找准了被评作品的创作特色。她如此概括《八仙饮食》的写作特点:说饮食种类详尽而生动,谈饮食特点透彻和到位,讲食材烹饪准确又逼真,述论构架简繁得当,描述手法朴实鲜活。这几句话,既是她的概述,又是各段标题,其说、谈、讲、述论、描绘的准确运用,足见其读文之细、析文之深、用笔之准、倾情之真。

这三位作者我还不熟悉,但他们的好作品不仅让我认识了他们,而且通过他们而深度认识了《平利文学》的强大阵容及平利文学的精兵强将,找到了平利"三多""三好"的生长环境和出现理由。由此,再看刊中的各栏作品、文坛信息,便得到了三条启示(其实是平利文联或平利文坛的三条经验):

一是多办活动锻炼队伍。从《平利文学》所刊作品与活动纪录可以看到,两年间县文联、作协及该刊编辑部共组织抗洪救灾、脱贫攻坚、产业发展、行业工作、重点工程等深入生活的采风活动20多场,每场通过针对性的下任务、交作业和座谈交流、发表评价,促使创作队伍的数量壮大、质量提高。

二是多重交流提升水平。两年间,他们组织中国民间文艺家协会、省市作家协会及陕西文学院等方面的著名作家到县采风、座谈上十次,分别邀请省市知名作家交流、讲课上十次,还给青年作家吴立志等人举办作品研讨会,与安康市图书馆、安康人周末读书会等机构联合阅读本县作品,促使中青年作者在众手抚育下茁壮成长。

三是精心组稿催生作品。《平利文学》按需求调整栏目,按用途组织来稿。他们坚持经常化向作者发出邀约、与作者规划创作、同作者探讨作品。其"两为"向上的大局意识、"双推"(推新人、推新作)方法上的质量意识,不仅有利于建设过硬的队伍,而且有助于补短板、扬优长。因而,方有文体上的小说、纪实、评论与诗歌、散文均衡发展,方有作者队伍的理论素养提升与作品质量提高。

这三点启示,不仅有助于市县有关方面解决"三少"问题,而且有益于市县文学期刊的办活办好;每一条,看起来都不太新鲜更不高深,但若务实去做,定会见到实效。

阅读是支撑生命成长的重要力量

由安康市图书馆编辑的《100 个安康人的阅读故事》，像雪中绽放的一树梅花，给人带来愉悦、带来力量。故事中的每一个主人公，栩栩如生，亲切感人。他们既有未成年的孩子，也有经历丰富的成年人；有农民，有工人，有教师，有学生，有公务员，也有战士。他们有着不同的人生经历，却有着共同的精神追求。阅读是他们生活中的重要内容，也是支撑生命成长的重要力量。"读一本好书，让我们得以明净如水""以书为友，以书为帆，以书为梦，书是你看到不一样的世界的基石"，这些感言来自真切的体会，生动而贴切。这些故事不重在讲述阅读的方法和要领，而是通过讲述自己如何喜欢上读书，以及阅读给自己生活、工作带来的影响和变化，阐释了人为什么要读书的道理。由于故事是真实的，因此具有很强的感染力。阅读帮助贫穷家庭的孩子考上大学，成为优秀教师；阅读帮助身体残疾的青年顽强拼搏，实现人生价值……这些故事给予所有正在奋斗、追求理想的人以鼓舞和支持！

物质贫乏、精神生活贫瘠的状况已成既往。今天的中国，已实现全面建成小康社会的目标，人民对美好生活的追求日新月异。丰富而多彩的图书为人们提供了充足的精神食粮，多样的阅读载体丰富了人们的阅读方式。为了更好地满足人民群众阅读的需求，由政府主导、社会参与共同建设的提供平等阅读服务的公共图书馆服务体系正在建设完善当中。公共图书馆在全民阅读、书香社会建设中担负着推动、引导、服务的重要角色和任务；为人民群众提供越来越好的阅读服务，是图书馆人的光荣使命和责任。为此，图书馆人在不断努力，奋力向前。

安康市图书馆所做的工作是千千万万个图书馆工作的缩影，这部书是图书馆人辛勤耕耘留下的一个脚印。

请你走进东大街阅读吧

安康市图书馆编辑出版《走进东大街阅读吧》,是为了回报"走进东大街阅读吧"征文活动的所有参与者、支持者和获奖者,是为了让"东大街阅读吧"与此书一道走向更远的地方、更广的人群。

"东大街阅读吧"的建成开馆,对于"书香安康"建设而言意义重大。其一,它是"中心城区 20 个 24 小时自助书屋"惠民工程的报春花;其二,它是我市"创建国家公共文化服务体系示范区"战役中,公共图书馆基础设施建设的报喜鸟。

正因为这样,在 2019 年 1 月 31 日下午 3 时的开馆仪式上,我们不仅邀请分管文化的副市长杨淼刷卡开门,而且请来当地的回民代表致辞,采用"干群结合"的办法,朴素而又隆重地开馆,且由官媒、网媒双管齐下宣传,使之一夜之间走红神州。

因为,于安康而言,创建 24 小时自助图书馆实属不易!

2016 年秋季,因新馆缓建,又面临迎接全国公共图书馆评估定级,如何让只有 2200 平方米的本馆保住"三级"呢!我们想到了分馆、阅读点建设,也想到了兴建小型多点的"24 小时自助书屋"。为此,利用考察"法人治理结构改革"的机会,我们去了温州,深入温州的"城市书房",做了深度考察和深入体验。回来之后,立即就想付诸行动,但因财政困难而陷入困境。为此,我们横下一条心,收回一间邻街的门面房,并设法将几种资金省下来,向文广局和财政局打了整合使用的报告,总算自主立项,于 2017 年 5 月 18 日开馆,建成了安康首家"24 小时自助图书馆",我们自称"安康阅读吧"——既是一个馆名,也是一句口号。开馆之后,其效果从微观上讲,有了年到馆 83400 多人的惊人纪录,创下了日到馆 4720 人的最高纪录。从宏观上讲,开启了安康阅读史上的"智能化"时代,引发了两大决策:其一是市文广局决定自建全市公共图书馆管理运行系统,推进总分馆制建设务实发展,实现从市到村的全域性"通借通还";其二是市政府决定在中心城区建成 20 个 24 小时自助书屋,作为"文化惠民工程"的有利推手,作为提升公共图书馆服务能力建设的有力抓手。

作为二十分之一的这一家自助书屋,我们选择于东大街建设,有两层意义:首先,这是回民聚集区,可体现民族团结;其次,本馆位于城西,我们向东推进,意在实现市民阅读网点建设上的东西南北全方位布局。

虽然该馆只有 76 平方米,只能设 38 个座位,但我们为了布局合理、功能齐全,在设计、改造、装修时,依然分为成人、少儿两个阅览区和自助服务区;同时,采用书墙加立柱的顶天立地式排架,使藏书量超过 10000 册,极大地满足了广大读者的阅读需求。

所以,开馆之时虽逢年关,但天天人气爆棚,夜夜灯光灿烂,不仅成为当地群众的最佳读书之所,而且成为周边、城郊和外来游客的"网红打卡地"。

正因为这样,我们才联合周边学校,并面向社会,举办了"走进东大街阅读吧"征文活动。可喜的是,很短时间,收到来稿 356 件,评出获奖作品 237 件,其中学生组 185 件、成人组 52 件,同时评出 24 个优秀辅导奖、8 个优秀组织奖。

令人高兴的是,颁奖活动很有特色。6 月 5 日,我们的龙舟文化园、兴安门两个阅读吧同时开馆。当天上午 9 时,虽大雨如注,但成人组的获奖作者、优秀组织奖的单位代表,与城区读者一道冒雨到龙舟文化园,为阅读吧开馆。他们既当开馆嘉宾,又领到心仪的获奖图书,感到十分兴奋。当天下午雨过天晴,我们把学生组的获奖作者,以学校为单位,就近分散到兴安门、龙舟文化园两个阅读吧,并邀请他们的老师和家长一同出席颁奖典礼和阅读吧体验活动,使学生、老师和家长非常感动,有的学生因为获奖和体验而写了作品,有的家长为孩子的成长和自己得到的礼遇而流出热泪,有的老师表示今后要与图书馆更多更好地合作。

如此良性循环,使图书馆深植于人们的记忆,使全民阅读因少儿、因家庭、因学校的积极参与而春意盎然,活力四射。

　　为此,我们出版此书,希望用这些读者的热情激发更多读者的阅读热情。

　　我们坚信:星星之火,可以燎原!

约读、阅读与悦读

手捧这本由安康市图书馆编辑的新书《博采》，眼前闪现出三个关键词：约读、阅读、悦读。

"约读"，是我们图书馆创建读书会的目的与追求。

时在 2015 年金秋，我到图书馆履新的第二个月，市委书记暗访，发现读者没有馆员多，一通批评让我警醒。我立马把主要精力从筹建新馆调整到业务运行，由此深入调查原因，才知是缺阅读资源、缺阅读推广。堂堂一个地市级的图书馆，藏书只有 47000 册，持证读者只有 2200 个；搞个活动请记者，本市三家主流媒体的新闻部主任均不知道图书馆在哪里。如此囧途，何以行走？为此我与班子成员经过认真商讨，找到一条措施：为人找书，为书找人。书少、书旧，自然读者少。但咱的年购书经费只有 15 万元，按当时市场的平均书价，只够买 4000 多册图书，与读者的需求相差甚远。于是，我们走出安康，四处募捐。在国家图书馆、省新广局、省图书馆和西安有关出版社、安康广大文友的大力支持下，半年收获图书 74000 册，还有大量的电子图书资源、地方文献，实现了"为人找书"战略的巨大突破。在"为书找人"方略上，我们广泛吸取中外经验，决定创办读书会。当时，头顶着"全民阅读"的宏伟目标，我这初学者真不知道"全民"当中谁为"读者"，只能"抓小众带大众"。为此，我创办"安康人周末读书会"，以自任会长、自当主持、自寻书友、自找书源、自拟广告、自写新闻稿和自己包办活动统筹、三名馆员包办事务的"六自二包"方法，拼命地奔波于阅读推广的启航征程。就这样，"安康人周末读书会"以柔弱的身躯，扛起了"力推全民阅读，建设书香安康"的神圣职责。首场读书会，约到 23 名书友，让我热泪盈眶。我们唯一的活动空间是图书馆的 2 楼会议室，而这里的座位只有 20 个。这天来了

23 个读者、3 名工作人员、3 名记者,加上我这个主持人,已是满满一屋。我一边找凳子,一边兴奋地在心中草拟新闻通稿标题《安康市图书馆首期"约读"喜获成功》!

"阅读",是读书会运行的基本方法与模式。

因为是面向广大市民、服务陌生群众的邀约式、松散型公益文化活动,为了让人愿来、想来、常来,并来之则安、安于阅读,我们从传统节庆活动的时间、内容、群体、仪式等方面的固化运作中得到启示,规定了时间、场地、书源、约读信息、分享方式、交流平台等一系列固化运作方式。尤其是将活动时间固定在每周六上午 9 至 11 时,将集中阅读地点固定在市图书馆 2 楼会议室,将微信平台固定在每周三、五发邀约通知和周一发活动报道、书友文章,将约读信息固定为书目、作者简介和报名方式,将预约联络固定为接龙报名,将阅读书类固定为文化经典、中外名著、上榜新书、地方作品,将读书方法固定为每本书读两周(集中约读两次,头次以导读为主,二次以分享为主),将阅读分享固定为口头发言、书面交稿两种,将平台交流固定为活动报道、读书心得、图书评论三种,将宣传报道固定为本馆两微一站(微信、微博、网站)每周一、三、五更新五个栏目(约读、动态、书讯、书评、书友)。这"十固定"如同除夕吃团圆饭、正月十五闹元宵一样,成为固定信号、固定方式,保证了团队开始就正规、活动起步就规范,从而由"馆办型"迅速转向"自助型",即多数书友成为骨干会员,骨干成为志愿者,志愿者通过自助服务让读书会平稳运行。现在,该团队已走过 3 年,被文化部树为"志愿服务"典型。

"悦读",是由团队约读到全民阅读的效益诉求。

"安康人周末读书会"的出现,如同一粒火种,在秦巴山间、汉江两岸引发了"星星之火,可以燎原"之效。半年之内,安康市各县区图书馆创办区域性、行业性读书会 30 多个,基本按"十个有"的模式复制运行。与此同时,一些线上的会员制阅读队伍也被市县图书馆请到馆里开展线下活动,线上线下的互动,推动了阅读团队建设的专业化提升、竞争性进步,二者互为催生,相得益彰。如今,全市几大线上阅读团队注册会员已达 18 万人,各类团队书友已超 20 万人。这些固定读者如同火种,到处开展阅读推广活动,不仅使市县两级图书馆及乡镇分馆、村(社区)阅览室等公共图书馆系统的"到馆阅读"人数屡次刷新纪录,而且让书香机关、书香企业、书香校园、书香社区、书香家庭建设迅猛推进,让亲子阅读、数字阅读等新理念变成日常。当阅读成为人们的一种日常生活习惯时,我郑重告诉新华社等到访记者:是"安康人周末读书会"的感染力和影响力,让安康人享受了阅读之乐。

我为文化联姻击掌

翻看《诗咏香溪书院》这本获奖作品集,我的心情非常激动。

因为举办"香溪书院杯"诗词歌赋全国征文大赛和出版获奖作品选集,让我看到了今日中国文艺界的团结互助,以及昂扬向上、齐心办事的正能量。

2015年8月25日,我到安康市图书馆就任的见面会上,有关领导就明确指出:香溪书院建设要加强宣传、加快步伐。那么,仅仅作为一个项目名称,一块官方指定的项目地皮,该如何宣传?直到设计完成,拉回蓝图那天晚上,我独坐办公室,想了大半夜,才想到了"诗词歌赋"几个字。从引导舆论、统一认识和推出项目、赢得支持等正面需求出发,加强宣传是十分必要的。但项目没有动工,便无现场报道、新闻宣传和摄影、书画、歌舞等文艺宣传条件,而"诗词歌赋"的即兴性、灵活性和随感性、快捷性、易传播性等功能特征,恰巧符合这一宣传条件。于是,我们依据香溪书院规划的效果图和项目书,制作了一条动漫视频,设计了一份项目说明,又据此拟定了一份征文启事,三者联动,便可让人知情,亦可创作。文图广告制成后,当即发到本馆的微信、微博平台及网站,宣称"启动宣传"。

次日,我打电话将此事与安康市诗词学会副主席兼秘书长李波一讲,他异常兴奋,大力支持,表示合作。于是,我一口气又打了电话给市音协主席刘秉平,市博阅学社社长王典根和著名诗人、中国汉江诗歌基地负责人李小洛,三人均予赞扬。我又征求各县区、高校图书馆馆长的意见,大家均愿携手联办。当报告呈上市文广局,也是一路绿灯,被局长和分管领导称为有创意、有新意,且表示愿意担责主办。

市里文件发出次日,我到西安办事,又逢李波老师打电话探讨征文方法,我一下想到了省里也有诗词学会,便请求合作和指导。于是李波打个电话禀报,我便上门请示。又是一个"没想到",在场两位副会长同声称好,又致电请示会长,会长一口答应。于是,我们当场修改电子文件,将主办单位定为陕西省诗词学会、安康市文广局,并当场于网上发布电子文件,启动面向全国的征文大赛。更没想到,全国诗词界纷纷响应,广泛宣传,两个月收稿 559 件,真是观欣若狂。

由此,我看到面向市外、省外及全国开展大型文化活动的成功要素:一是真诚合作,方得四方援手,八面来风;二是资源整合,众人拾柴火焰高,各自出力各得回报;三是形式新颖,才能具有引人注目的社会效果,调动各方积极性,同心协力办好;四是加强宣传,广泛借助现代传媒,让传统的诗词歌赋走向网上征稿;五是责权明晰,虽有多方联手,但务必主题突出,行动统一,各司其职,这样才有利于彰显合作力量与宣传功能,有助于获取更大的效能。

正因为如此,这次征文大赛才产生了辐射全国各地、传播海内外的良好宣传效果;才有了来稿数量多、作者分布广、作品质量高的工作成效。这次征文大赛,不仅征集了一批与图书馆事业发展相伴而生、十分宝贵的地方文献,而且成就了一部与香溪书院建设同呼吸、共命运的特殊史料。为此,我们将其结集出版,除了宣传香溪书院这一重大建设工程,更在于彰显文化发展,记录时代文明。所以说,办此赛、出此书,既有推进香溪书院项目建设的现实意义,又有助力安康文化的发展。

因为价值重大,所以众手拱月;因为服务人民,所以人心所向。

因一场文艺赛事,我看到了文艺界凝心聚力的新气象,看到了文艺繁荣的希望与担当,也看到了香溪书院的前景与曙光。因此,我为中国文艺祈福,我为安康文化击掌,我为香溪书院点燃心香!

新春读了几本业务赠书

元月以来,因为培训、开会、检查、扶贫等流动性工作较多,就多了车站、机场、饭店、会场及车上、飞机上的休闲时间。利用这些时间,我把去年以来友人所赠的业务书籍基本读完,其中5部作了精读。由此,我对本职业务工作增加了认识,对友人赠书倍感珍惜。

西北大学杨玉麟老师所赠的《城市图书馆项目化管理研究》(中山大学出版社2017年6月出版),是他与谷秀洁、赵冰、苟欢迎的合著。该书作为一个科研项目的成果,通过对佛山市图书馆"项目立馆"实践经验的系统研判,重点谈了两个问题:一是项目管理与项目化管理的本质与区别;二是职能管理与项目管理在图书馆的融合。读完给我两大启示:一是图书馆管理必须引入现代思维;二是项目化管理有利于激发个体活力与团队合力。为此,我将其中的一些经验引入本馆的阅读团队建设、业务创新规划之中。

《数字图书馆实践思考》(国家图书馆出版社2012年7月出版),为文化部的王芬林女士所赠。她的这部著作,让我得知,原来一些官员做着比我等业务人员所做更为专业的学问! 由此,我对她、对文化部的干部们心生敬意。该书通过对全国文化共享工程发展、创新之路的全景式透析,阐述了她对数字图书馆基本概念、基本原理、发展历程、国内外现状的理解和认识,体现了她在数字图书馆这一领域的专业学养和对这一工作的高度关注、深度研究。读罢此书,我掩卷深思:安康市刚刚获得第四批国家公共文化服务体系示范区创建资格,要搞好这一工作,不仅要建好数字图书馆,而且要充分发挥文化共享工程的职能作用,为创建安康文化云、实现文化云服务做出新贡献!

宁波市图书馆徐益波馆长所赠《天一讲堂》(宁波出版社2017年6月

出版),是他与副馆长贺宇红女士主编的"天一讲堂"演讲稿合集。宁波图书馆巧借该市闻名于世的"天一阁"藏书楼的名片,打造"天一讲堂",现已形成天一讲堂公开课、天一讲堂精彩 30 分、天一讲堂读行天下三大系列品牌,从而让该馆闻名业界。该书由上篇的"文学与经典",下篇的"历史与未来"组成,收入徐则臣、马原等著名作家及曾艳兵、唐博等专家学者的讲稿 17 篇、50 万字,真可谓大家云集,高论启智。由此我感到:图书馆作为公共文化服务场所,其文化服务确应提升文化含量,实现文化引领功能;图书馆作为社会机构,其知识讲座确应提升知识含量,起到以文化人的积极作用。那些拼数量、占时间、挤空间的"服务",面对知识时代和神圣使命,确应休也!

　　湖州市图书馆刘伟馆长所赠《湖州现代文学史》(王昌忠等著,浙江古籍出版社 2014 年 11 月出版),他将该书作为"地方文献"与我交流、赠阅,我则当作业务书籍来拜读。此书让我详知一个史实:生于安康的沈尹默三兄弟,由北大学生而成北大教授,进而加入陈独秀创办的《新青年》,成为新文化运动的得力战士。三兄弟祖籍在湖州,因其父到安康做官而与安康结缘。阅读此书给我的启示是:地方文献交流,不仅是十分有益的文化交流,而且有利于政治、经济、科技、文化交往。因此,我与汉阴县的三沈纪念馆达成意向:赴湖州考察,获取更多的三沈史料,更好地促进两地的文化交流。同时,我对本馆的地方文献搜集、整理与研读、交流工作增加了思考、加深了感情。

　　《公共文化服务保障法与图书馆服务》(上海辞书出版社 2017 年 11 月出版),为上海市宝山区图书馆馆长江晔女士所赠。这是她与唐铭杰老师合编的 2017 年上海地区公共图书馆读者服务学术研讨会论文集。28 篇优秀论文,是一线图书馆人的实践探索与理性思考,是"服务"二字的心血解读与智慧结晶,映现出图书馆人求索、奋进、创新的精神风采。每篇论文,我都认真研读;每读一篇,我都记下十多个关键词,以供学习、借鉴。两遍读完,我给江馆长发去短信,要求购买 12 本,送给本馆的两位副馆长及本市 10 县区图书馆的馆长。"侠女"江馆长立即回信,并开了个玩笑:"鉴于龙哥识货,我就免费邮赠,一百多元的快递费也免了!"此书让我的同事们受益匪浅,前天开年会,一位馆长感慨:"此书让我明白,图书馆人做业务研究并不难,难在我们畏葸不前!"另一位馆长兴奋地说:"我已做了安排,今春启动论文写作培训和业务论文竞赛。"一本书能让人学以致用,立即行动起来,这是该书的价值所在。一部有价值的书,就这么对人有益、让人受用!

关于分餐制的阅读分享

近读梁文道的新书《味道之人民公社》,对其倡导的分餐制很感兴趣。因此,这次到汉阴县部分中小学做阅读推广时,我不仅带上了这本书和分餐制这个话题,而且向师生们分享了我的分餐制体会。对此,大家十分赞同。师生们认同分餐制的原因,可能与一年来的疫情防控有关。

新冠肺炎疫情作为公共卫生事件,引起国人众多思考。有人提出分餐制,并呼吁国家立法、地方立规,大力推行。由此,引发众人叫好,不少人还从卫生、节约、营养、个性化需求等角度讲出很多好处。然而,推行起来,并不那么容易。因为,这不太符合中国人不拘小节的个性、乐求大同的习惯。所以,这不是发个文件、定个制度、立个法规就能一刀切的事。我们外出开会、学习的集体餐,不是早已发文推行自助餐了吗? 这么多年了,办会的、参会的,至今还不完全习惯。

自助餐,就是集体餐的分餐制。虽然饭菜那么丰盛,且适合不同人对口味、荤素、食材、做功的个性化需求,但吃几顿可以,连开几天会,让你吃几天,就厌了,需要找人出去聚一桌、喝两盅了。其实,我们不习惯的,确实不是饭菜,而是形式,就是咱们喜欢聚餐的这种生活习惯。

至于家庭餐,若要推行分餐制,似乎不是法规、制度能统一的,其成功之基,在于家规。依靠持久的家规,形成一种共识,得到家人的支持,才能成事。

以我家为例,三代同堂,老中青口味各不相同,在传统、时尚方面的消费理念不同,甚至在都想吃同一种菜的情况下,仍有软硬、生熟的程度和放作料的数量上的不同。因而,常常是聚于一桌而吃不拢。为此,我们多年前就实行了分餐制。起初,餐具分用上不太习惯,时常在清洗、取用时搅混。后来,便是客人不习惯。一次,一位客人面对独立饭菜还生了气:"我没有传染病,你们也没必要留我吃饭!"一次,一位长辈问我:"你们嫌我脏吗?"一次,一位亲戚质问我:"你们回老家去,也要自带碗筷吗?"好在,父母、姐妹、兄弟和绝大多数亲戚支持,就形成了小气候。慢慢的,我们这种几近另类的生活方式,在自己的生活中、他人的认识中,均已习惯成自然。

现在,我家的分餐制成了家人遵守、他人认可的家规,三代人在这种互为师徒和互相监督、支持的家教环境中,共守规矩,受益匪浅。

为此,我对推行分餐制的建议是:既要作为一种健康的生活方式来倡导,又要作为乡规民约来推行,更要作为家规家教来确立。只有这种家规见效了、家教养成了,才有助于社会化推行。

当然,从学校抓起,从学生做起,是最有效的措施。因为,一个学生往往可以带动一个家庭,一个家庭可以影响一个家族、若干亲友,这个力量是不可低估的。

为此,我建议同学们好好读一下有关分餐制的图书,多做分餐制的实践者、倡导者、宣传者。

因此,我在推荐了梁文道的《味道之人民公社》后,又开了一个书单,鼓励同学们通过阅读而了解分餐制,宣传分餐制,成为分餐制的推广人和践行者。

关于王阳明的文坛公案

　　源远流长的中华文明历史长河中，留下了许多文坛公案。许多公案因作品争鸣或人事纷争，都有公论，留下美谈。然而，王阳明的"金山对诗"公案，虽流传久远，却无人论定，以至如今仍悬而未决。

　　今日细读《王阳明全集》《读懂王阳明》《王阳明年谱》等书，经过认真比对、甄别，方可从分散各处的只言片语中理出其叙而不议、述而不评的两大理由：

　　其一，记录者无权发声与判断。王阳明在"金山对诗"活动中的诗作，既未由在场人士及活动组织者收集、整理、留存、刻印、发行，也没被自己留于文稿，只是口传。起初由王阳明和其爷爷王天叙等当事人传为趣谈，后于民间传为美谈，如此这般，逐步传为只有人议及、而无人评定的文坛公案。王阳明在世时或去世后，为他整理《传习录》及杂著者，均为他的门生，作为后学，对师长的作品、事项便只宜记、不宜议，更不宜评说与争论了。

　　其二，事主的心学盛名掩盖了文名。王阳明虽诗文有名，但中年之后是靠其影响深远的"阳明心学"名震中华，学说流传于世界多国。于是，多个版本的《阳明全集》，只有其学成为官后的哲学著述及有原始刻本可供收录的诗文杂著，而无"金山对诗"作品。《王阳明传》等后世传著，对此事大多无记，凡记录者也只是三言两语式的提及。略为详者，只有其门生钱德洪编著的《王阳明年谱》。钱德洪对多数年份只记一两事，多数事项只记一两句，但对此事不仅记叙了整个过程，而且录入了诗作。原文如下：

　　"龙山公迎养竹轩翁，因携先生如京师，先生年才十一。翁过金山寺，与客酒酣，拟赋诗，未成。先生从傍赋曰：'金山一点大如拳，打破维扬水底天。醉倚妙高台上月，玉箫吹彻洞龙眠。'客大惊异，复命赋蔽月山房诗。

先生随口应曰：'山近月远觉月小，便道此山大于月。若人有眼大如天，还见山小月更阔。'"

"金山对诗"到底是一场什么样的文学活动呢？

当我们穿透王阳明成年、成才、为官、成名、成家及成为一代大儒的心学宗师光环，阅过其众多著述与记录，研析《阅读王阳明》等传记，对照《王阳明年谱》等史料，便能回到其单纯的童年时期，便可用看待一个纯真童子的正常目光来看待此事。于是，此事便显得相当正常。

现在，让我们用白话文来还原"金山对诗"的场景：

时在1482年，王阳明年方11岁，被爷爷王天叙（号竹轩）领着，离开家乡余姚，赶赴京城，去与头年因考中状元而进京为官的父亲王华（字听辉，别号实庵，又称龙山公）同住。此去重要目的，一为王华接王天叙至京城养老，二为王天叙携爱孙投学——他想借此机会为王阳明改善学习条件，以期将来能考取功名。行至镇江府，当地文友招待王天叙，邀于江边的金山寺游玩、聚餐。酒足饭饱，余兴未尽，有人提议对诗作乐，且以名景金山为题。文友相对，谁也不甘落伍，自是要精细推敲一番。然而，大人们还在苦思冥想，小孩却已出口成章。见王阳明摇头晃脑地对景吟诗，众人惊异。有人指着侧面的另一景观，给出了"蔽月山房"的题名。王阳明只是看一眼静悄悄的景物，扫一圈乱纷纷的人物，便移步成诗。当他以其清脆的童音，将诗作优雅地吟出，众人交口称赞。于是，一场带着酒气与才气的文人游戏，就这样因这位童子而草草收场。此事虽在当时无争、无议，也无胜负定论，但事后在王阳明爷爷等人的推波助澜之下迅即传扬，且从镇江、余姚广及各地，以至王阳明人未进京，其"神童"与"诗童"等美名已传至京城。从而给中国文坛留下一则诗话趣事，给中国民间留下一则文坛公案。

梳理至此，我们可以清楚地看到："金山对诗"纯属一场民间的文学娱乐活动，对于心学宗师王阳明一生巨大的学术成就来说无关紧要；这一文坛公案也只是源于民间、传于民间的文坛佳话。作为美谈，对其"神童"美名很有加分效果；作为诗话，对其"诗童"美誉很有扬名作用。

然而，对于11岁的王阳明来说，有此趣事，有此趣谈，足矣！

每周阅读一部地方文献

地方著述,是地方文献的重要组成部分。我爱阅读地方作品,不仅因为自己向来热爱地方文史、热衷推介当地作者,更因为身为图书馆人的一种职责。在搜集、整理、交流、研读地方文献的实际工作中,我深深感到,地方文献不仅是基层图书馆最富个性的特色馆藏,而且是当地最有价值的文化名片。为此,我给自己定了一个任务:每周阅读一本地方文献。完成这一任务,将会给我的工作带来三个好处:一是逼迫自己去搜集地方文献;二是有利于自己去做地方作品的阅读推广;三是为地方文献研究起到引领作用。仅是最近几周所读作品,就使我受益匪浅。

《安康优秀传统家训注译》(陕西人民出版社 2017 年 4 月出版)是安康学院文传学院院长戴承元教授倾情地方文化建设的又一力作。安康市市委宣传部举行发行座谈会时,我略一翻阅,就感到此书馆藏、阅读价值重大,当下索要 50 册,供全市 10 个县区图书馆收存、借阅及城区各阅读团队轮换阅读。前不久坐飞机出差,得以读完,有一大感受:家训文化是中华民族优秀传统文化建设的重要组成部分,是家风建设及道德文化建设的瑰宝,在新时期加强社会主义核心价值观教育和加强社会主义精神文明建设中务必传承。该书遴选安康市 12 家家规家训并予注译,使人感到安康传统家规家训涉及人类家庭生活诸多方面,既向家人进行进德修身、待人处世教育,又传播了家庭管理的经验与方法。我们从中看到,作为中国传统家训文化的一部分,安康传统家规家训重视人的道德理性能力的提升、人的独立意志的培养、人格尊严的保护、儒家人文精神的传导、健康生活习惯的养成及和谐家庭伦理关系的构建,对我们今天的治家教子、立身处世仍然具有深刻的启示意义。也正因为此书的教育意义、育人价值重大,我们两个阅读团队的书友写出了 70 多篇书评,收藏谱牒也由此成了全市公共图书馆系统近来的业务建设新动向。

《山林诗草》(陕西人民出版社 2016 年 12 月出版)一书,由徐山林同志撰写。徐山林在安康生长、读书、参加工作,因而其著作成为本馆收集的"地方文献"。他在中共陕西省委常委、常务副省长等省级领导岗位上工作了 20 多年,心系家乡、关怀安康,写了大量与乡亲、乡情有关的诗词作品,并出版过诗集《故园诗笺》。今读他的组诗《巴山拾趣》《十县题诗》,被其家国情怀深深打动。尤其《归乡》中的"山花簇簇儿女意,古树巍巍老母容",赤子之心跃然纸上。正因为这些诗词表达了作者立志报国的忠诚、上下求索的忧思、事业成功的喜悦,还有对祖国山河的礼赞,对亲情、爱情、友情的深情颂扬,徐山林才能与臧克家等著名诗人结为好友,其著作才广获社会好评。所以,他的诗被誉为"身为高官的民间写作"。获得这样的地方文献,不仅对地方文化有资料价值,而且对地方人文有教化作用。

《汉调二黄口述史》(陕西旅游出版社 2017 年 4 月出版)是安康市群艺馆副研究馆员罗玉梅女士的近作。她以口述实录的方式,采访了 46 位汉调二黄戏的当事人及见证者。该书讲述了列入国家级非物质文化遗产保护名录的汉调二黄戏是如何形成、兴盛与衰落的,以大量史实展示了一群人、一个剧种的命运。近日,当我与几位既是书中人、又是好朋友的老艺人交流阅读体会时,他们均因哽咽而难以成句。当我与刚刚读罢此书的"安康人周末读书会"几位书友交流读后感时,一位善写评论的书友说:"写自己最熟悉的东西,才能写成好作品!"对此,我深有体会。五年前,我任市文艺创作研究室主任时,曾列了《汉调二黄发展史》《汉调二黄人物传》等创作计划,均因对人对事不熟悉,对专业知识不了解而作罢。罗玉梅不同,她自幼进入剧团,掌握编导、音乐与表演的基本技能,又在安康学院兼教戏剧,今为群艺馆专职"非遗"研究者,自是内行,所以进行文艺创作定是得心应手。阅读此书,我们不仅能在生动、有趣的文字中了解汉调二黄戏史,而且感到:把日常业务做好,也能成为专家。此书朴素,此理朴实。

杜文涛先生编著的《巴文化与岚皋》(太白文艺出版社 2015 年 10 月出版),我是刚发行即到手,一到手就读,但真正读完却是在上周。该书的文史价值在于,作者用史海钩沉、考古论证的方式向学界大胆宣布:岚皋文化的根系不是周、秦文化,而是巴文化,巴文化是岚皋文化的本源。这在周、秦文化占据绝对统治地位的陕西省、在地处"秦头楚尾"的安康市来说,需要很大的学术勇气和担当精神。时任岚皋县文广局长的杜文涛,不仅以10章、87节、43万字的厚重篇幅,客观公正地回答了这一严肃认真的学术问题,而且促成该县致力打造巴文化品牌。在著书立说、演艺宣传和古迹重造、文化旅游等方面举全县之力、推系列举措,现已于巴文化所涉的陕西、四川、重庆、湖北等地形成一定的影响。

《拨亮精神的烛光》(西安出版社2011年9月出版)是安康市文艺评论家协会副主席、紫阳县委组织部干部叶松铖的文学评论集。初阅时,是他的此书荣获二等奖、我的《安康剧评2012》得了三等奖,我们一同携着2013年的山野春风赴西安去领"陕西文艺评论奖"。再阅时,是为了策划、运作安康市第三期"两城同读一本书"活动。我之所以将此书推荐为安康、紫阳两城书友从2月1日到10日,为期10天的同读之书,原因有三:一是叶松铖先生的好读书源于读好书,其选书、买书、藏书、读书的经验值得与广大书友分享;其二是叶松铖先生会读书,但凡决定阅读之书,他必做札记、必写心得,读罢书本再查相关资料、系统思考,继而写成书评或见解性论文;其三是"叶氏书评"自成风格,他没有学院派的高谈阔论、旁征博引,却将学院派的理性辨析和社会学者的激情抒发融为一体,文章血肉丰满,具有扑面而来的美感,被称为"不说假话的评论家"。2月10日,两城书友30余人齐聚紫阳县图书馆,在分享交流中大家深为安康有这样的论著、这样的评论家感到自豪。会上,我建议"安康人周末读书会"将此书作为教材,以学读书方法、书评写法。

精读几本地方文献,让我对地方文献工作情感更浓。于是,我向全市50余家业余阅读团队发起一个倡议:读安康书,知安康事;做安康人,兴安康业!

向学生推广地方文献

新年过后,上班第一天,接到安康学院文传院韩文霞老师的"温馨提示",我才突然忆起:今晚7点半,当去讲授文学评论写作课!又猛然想起,所备奖品图书,还没选好。

为何上课要给学生奖励图书?这不是拉拢学生,而是我的一种工作习惯。近两年来,凡在高校、中小学校给学生做阅读推广专题讲座、地域文化学术报告时,我均设互动环节,并以自有的地方文献类图书为奖品,奖励回答问题出众的学生,并与他们同读、分享、交流。我这样做的目的,在于让学生由此了解安康、认识安康,进而热爱安康、宣传安康。这样坚持下来,每次均有较好效果。而近几次在安康学院、安康职业技术学院做讲座,于互动问答环节给学生奖励、讲解地方文献时,无论外地学生还是本地子弟,均有新奇感、探求欲,反响相当好。由此,我有一个感悟:作为图书馆人,当凡事不忘阅读推广;作为阅读推广人,交际当以书为媒。

上个月,安康职业技术学院筹办校园文化节,该院图书馆的新任馆长唐勇先生抓住良机,与领导商议了一番,便正式办成了首届"校园阅读文化节"。启动当日,举办了三大活动:一是成立知行读书会,二是举办师生朗读会,三是由我做读书方法报告。接到校方邀请电话,我欣然同意,当晚和单位小伙伴杨飞加班做好课件,并选好了由我主编的图书《走进安康阅读吧》做奖品。讲座中途,谈到积极利用公共阅读设施这一环节,我指出校园图书馆的时空便利性、资源局限性,同时介绍了遍布安康城乡的"安康阅读吧"在智能化、自助化、24小时便捷化及城乡一体化、全市一卡通等方面的优越性。最后提问:"你去过哪个阅读吧、如何描述在那个阅读吧的观感?"当堂200多人中,举手者不足20人。学生回答问题时,我感到,真正去过阅读吧的,不足 10 人。当我将此书奖给每班一名学生代表时,内心深切感到,我送给他们的,不仅是一本图书,而且是一根红线,是牵引同学们走进阅读吧、了解阅读吧、利用阅读吧、宣传阅读吧并与我们共建阅读吧的情感纽带;是召唤同学们走进地方文化、学习地方文化进而与我们共建地方文化的心灵航线!

想到这里,我计上心来,便为安康学院的学子选择了由我编著的内部读物《龙腾汉江》一书。

当晚的讲座,对象为文学与传媒学院中文系 2020 级的大一学生,4 个班共 200 多人,课程名为"文学评论写作"。此前备课时,我经过调研认为:面对 10 月份才入学的大一新生,讲文学评论的基础理论与写作原理是书上的事、老师的事,与我关系不大。作为校外特聘老师,我应在实践性、实用性上辅助他们如何让脑筋开窍、怎样把思路打开。因而,我必须扬长避短,讲出自己的个性,并给学生上点硬菜。为此,我一上讲台便开门见山地指出:文学评论的两大支撑点是文学欣赏与文学批评,当我们放下教科书,开始务实时,我认为这两个支撑点赋予我们的任务就是阅读与写作,即我们今天的课件名称——《读书与书评》。台下一片掌声。

当讲到大学生应读书类的第五种"地方文献"时,我指出:安康文史及地域文化书籍,最大特点是汉水人文,顺着这一线索去找书、读书,便会省时省力、提高功效。围绕这一主题,我在汉江、汉剧、汉字、汉语、汉人、汉文化上展开话题,开始互动,却发现学生知之甚少。关于汉江上、中、下游划界,无一人答对;关于汉剧与安康的关系,只一人答了个半对;关于安康龙舟节的举办时间、地点与赛制、节制,答案五花八门……正因为如此,我送出的奖品《龙腾汉江》才颇受欢迎。

当第一位领奖者上台时,我告诉大家:"这是第一至第五届中国安康汉江龙舟节的开幕式解说词、系列活动纪实,是汉水人文、安康文化的集中反映!"台下掌声雷动,领奖的汉语言文学专业 2020 级 4 班学生罗金坤高兴得手舞足蹈,大声对我说:"我来自商洛,我热爱安康!"

讲座结束,我到前排收拾东西,并与几位同学交流。突然一个中学生模样的矮个头小伙子挤了进来,他左手举着《走进安康阅读吧》,面含羞色地自我介绍："我来自安康职业技术学院,是石泉县人。"他又指了下身旁的一位大个头小伙子,笑着说,"我表哥是这儿的大学生,听他说您今晚给他们上课,我就赶来蹭课。"见大家轰地一下笑了,他便指着《走进安康阅读吧》,略显紧张地说,"这是您上次在我校奖给我的。从那开始,我已经走进了江北的六个、江南的四个阅读吧,还有六个,争取放假前完成。"我问观感如何,他大声回答:"感受了热乎乎的阅读氛围,提高了我的阅读兴趣!"

一股暖流从心窝激荡开来,荡漾了我的火热激情。我缓缓伸开双臂,将这兄弟二人拥入怀抱;而他们手中高高举起的,正是我之前所赠送的地方文献图书。

在地方文献交流中喜获业务启示

　　新年伊始,百业更新。正当我把拓展地方文献利用价值纳入今年特色工作,且又为如何拓展而苦寻妙计时,收到了"陕北网红馆"——神木市图书馆焦伊宁馆长寄来的6种6册地方文献。当我废寝忘食翻阅完毕,眼前立即铺展开一幅立体长卷:人文神木,五彩斑斓! 透过这壮美的彩图,我清晰地看到了拓展地方文献利用价值的一条条妙计。

　　这6册新书,皆因精选、精研文献资料而成,其跨越时空的广泛性和容纳各界的丰富性,既展示了神木市地方文史的源远流长、地方文化的博大精深,也体现了地方文献的包罗万象、文献利用价值的无限潜力。由于策划精心、编辑精巧,我对如何开发性用好文史资料、延展性提升文献价值有了崭新的认识。

　　《神木文学30年精品选萃》是一本阶段性文学成果集,由神木市文联选编出版。该书选录了近30年来神木市43位作家的精品力作,其中小说12篇、散文62篇,诗歌阵容特别强大,现代诗有18人的组诗,旧体诗有9人的若干组,还有一篇《神木赋》。这些作品,让人看到"神木作家既有着黄土地的纯粹和古朴,也有着黄河的激越和奔放……作品总是充满着生活的质地和生命的气息,也有着更为独特的真切体验和感受"。

　　该书给我的启示是:如果没有集中展示或隆重推介地域文学成果的意识,就不会有这一文献资料的再生成果;而成果意识的生成,不仅来源于对地域文化的热爱,更依赖于对文献资料的熟悉。因为,要将这些原本存在于报刊、图书、馆藏或个人手中的资料收集起来,选编成书,的确要有一种文化视野和担当精神。该书更具文献价值的亮点是:在正文之前,用14个彩页,刊发了43位作者的图片与简介,不仅方便读者加深对作者的了解,而且体现了对作家的尊重,提升了文献的资料价值和收藏意义。

《神木故事》是一部纪实性作品集,收录文章51篇,由神木市文联编辑出版。该书可谓广征博采。其内容有专家学者的田野考察报告、文物考古论著、历史文化考证,有媒体的通讯特写、专题报道,有外来作家的采风散记、报告文学,有本地作家的人物、事件记述与地域、社会变化记录。这些资料,从古到今,纵向呈现人文脉搏、时代变迁;从人到事,横向展示人文精神、社会风貌。

该书给我的启示是:想把讲述地域人文的全景式文献资料选编成书,编排绝对要巧。该书前20篇文章,内容为说史,从《神木历史文化》到《民国才子王秀明》,由远古至民国,文脉绵长,是为"纵线"。中间两篇为"纵横交错"式,起过渡作用,其中《黄绿大战》是写神木绿化史,《和爱一起走》是写家庭史与爱情史,两篇作品从不同角度展示了神木的地域特色、风土人情,在起承转合上成为阅读标识。后半部分以改革开放以来神木的发展变化、各类模范人物的先进事迹为主,透视了神木人民的精神风貌,让人对新时代的新神木有了全面、全新的了解。

《麟州传说》属史料汇编,是对历史文献的系统性征集、整理、选择、利用,亦由神木市文联编辑出版。神木古称麟州,故而有此书名。这些散落于民间的资料,有的是文字的,有的是音像的,有的是口头的,将其归集为书,是一项抢救性文化工程。其作为历史文献的成书价值,不仅在于存史、资治、育人,更在于内外宣传——帮助外人了解神木,促进本地人知神木事、爱神木地、兴神木业。

该书以其科学的分类,启发我们:类别精当,是吸引人们阅读此书、提高文献使用效能的重要手段。该书不仅用"历史传说""民间传说""神话传说""红色故事"四个标题,将77篇文章分为四大部分,而且用神木城、飞云山、杏花滩、红碱淖等10幅彩图,将全书分成文字与图片两大部分。尤其四大文字部分的四个标题平中见奇,前三个是"传说",后一个是"故事",不仅是文献资料的来源之别,更是史料采集、考证的真实性之别。而且,就"红色故事"而言,只有是真实的故事,才富有正能量价值。一词之别,足见编者匠心所在,其政治意识与担当精神跃然纸上。

《百名诗人同写神木》是一部诗歌选集,由《诗探索》杂志社选编,林莽主编,闫秀娟、程亮任副主编,现代出版社2018年11月出版发行。该书收入阿华、高若虹、林莉、陈亮、川美、冯娜、安琪、洪烛、黑枣、江飞、蓝野、路也、李小洛、牛庆国、荣荣、张巧慧等102位诗人抒写神木的诗歌。这些作品,或落笔历史题材,或描写发展变化的当下,无论长歌或短章,都有富于个性的精彩呈现。

该书给我的启示是:获取地方文献的途径,不仅靠收集,而且可"创造"。如果不采用征文、采风、约写等方式来"创造"性地组织创作,仅靠征集作品而编辑出版,那么在数量、质量上绝对会不如人意的。有了这种全面、细致的"创造",这部文献的光彩就跨越了神木,闪亮于神州。由此可见,"创造"来源于创意,一个好的创意,会让地方文献冲出"地方",造福大众。

《历代文人咏神木书法作品选集》既是地方文献的精品展示,又是地方文献开发利用的开拓创新之举。其收集唐宋至今200多位文人吟咏神木的诗词600余首,可谓广矣。其二度开发则是让榆林的书法家们动手,将这些诗词变成了书法作品,其中国书协会员作品61幅,省书协会员作品29幅,可谓精也。

该书给我的启示是:注重发挥和延展史料性地方文献的存史功能。打开该书,你会欣喜地看到,这不是一部纯粹的书法作品集,书作在书中只占三分之一;其更大比重让位于诗作,以及诗人、书法家简介。正因为如此,读者拥有一书,便能欣赏到诗、书两种作品,并获取诗人、书法家的资料。正因为如此,古、今两类文献同存于一书,为未来留下了更全、更好的文献史料。

《高家堡镇志》系"中国名镇志文化工程"系列丛书之一,由方志出版社出版发行。该书从基本镇情、石峁遗址、边堡军事、旅游开发、风物民俗、名人与名镇、艺文选萃、大事纪略、附录等九个方面,记述了陕北名镇高家堡的前世今生,展示了该镇的自然人文。众所周知,志书不仅来源于地方文献,而且是集成式、系统性的地方文献精华;修一部镇志,不仅要搜尽镇域的书面、口头史料,而且要写尽镇域的各个角落,最终形成存史性的历史文献。从这个意义上说,该书是镇志中的佳作。

该书内容充实,设计用功,在主题之外给我的启示是:把附注材料变成重要信息,从而提升文献的"附加值"。因系"中国名镇志丛书",我便对这一国家级的文化项目产生了兴趣。而该书的封面前后与首尾附件,正好让人应知尽知。前后65部镇志书目,让人知道了这套丛书目前的进展,并为读者提供了索书对象;中国社会科学院院长谢伏瞻、原院长王伟光、常务副院长李培林三人的序言,让人对这个项目的初衷与计划,对这套丛书的目的与意义、策划实施过程、内容框架与基本要求有了全面了解;中国名镇志文化工程专家委员会、学术委员会及丛书编委会等7种名单,既让人得知了谁在做,又让人明白了该工程与社科院的关系。如此之大的信息量,远超"附件"功用,为读者在更广、更高层面上拓展了视野。

由这6本书,我意识到:要拓展地方文献的利用价值,得拓宽地方文献的交流渠道。因为,广泛的交流,会让我们广获见识、广开思路,通过广采"他山之石",而作用于内功,化石为玉。这种实物性、实质性的交流与借鉴,比研讨、探索更直接、更快捷。对基层图书馆而言,这既是提高地方文献利用价值、抓好地方文献业务的日常性基础工作,也是源于实践、指导实践的良方妙计。

我为何这上百天没有读完一本书

因要回答某报的一份笔谈式问卷调查,我便仔细地查看了一下单位办公桌和家里书桌上码放的书本,才发现自己从6月份以来,翻看过的书已达19本,却只有《乡土中国》《汉调二黄口述史》《安康优秀传统家训注译》三本基本翻完,但尚未整本读完。

不算不知道,一算吓一跳,我已有上百天时间没有完整读过一本书了!

在亲友、同事及熟人眼中,我是读书爱书之人,不打牌、不游玩、不贪酒、已戒烟,最大爱好便是读书。对家人而言,我是书痴,只要落屋,晚饭后锻炼半个小时就进了书房。那么,说我上百天了都没完整看过一本书,他们信吗?

然而,这是实事。

仔细回忆一下当初想读这些书的"初心",发现没有读完的原因,总体上客观因素是"忙"——忙于迎接第六次全国县级以上公共图书馆评估定级,期间到各县区图书馆自查两次共19天,陪省里专家组到县区实地评估13天、复查6天,外加省市开会和因公出差11天,有49天外出,真是太忙。且这段时间还有扶贫、"文化大本营"工程建设等硬任务,加之评估资料准备时的周末、夜间加班,身心一直处在疲惫当中,无法静心读书。但主观因素,除了不够惜时用功外,主要原因有六:

一是即兴买书,翻后放下。在机场买的《中国教育史》,在路边店买的《2016年度最佳杂文》等五本书,都是应收藏、应阅读的好书,但因专业性强、字数过多,当时翻看几页、几十页就放下。心里想的是放在手边,日后再翻,但自那日放下,再未翻阅。

二是应急查阅,查而未阅。从单位、同事手上借来的《图书馆+互联网+

X》《国家图书馆服务规范》《公共文化服务保障法解读》等四本专业书,是因这段时间业务需求而作查询资料使用的。拿来时想的是"这是我的专业,我得好好阅读",但当该查的问题查完后,却是"马放南山"。

三是顺手得来,随手放下。有三本文友寄来的新作,打开后看了前言、后记、目录,就再没动过了。有两本会上得来的资料书,当场抽看了部分内容,分别折下了需要详看的重点,然而一旦放下,便再没拿起。

四是记得拿书,忘了读书。每次外出,总在一个小袋里放着书、本、笔和书签。这几次到县区搞评估定级,也背着《时间简史》《2016年度优秀随笔》等书,但几乎每晚都是忙毕就睡,忘了读书。有时也曾想起,但均被当时的应酬、加班等"要务"取代了。

五是急功近利,淡了兴趣。这阵儿忙了,要读什么书,完全出于功利,让阅读变得淡而无味。于是,读书变成翻书,匆匆查阅,无心细读,难以读完。过去闲时静读,兴趣盎然,通夜不累,爱不释手,书不读完,不思茶饭。但最近功利性地对书进行查阅,一会儿便睡意来袭,心欲读书,书却落地。

六是边读边忘,读不下去。由于盲目买书或选读书目不慎——不合当时心境、个人能力、阅读需求,便无阅读快感。于是,越读越乏味,越乏味越心累,读着读着便不知读的什么、读过什么,更不知为何读之、读之为何。于是,索然无味地放下,一放便忘于脑后,无从忆及。

查清"初心",方知缘由,并知读书与选择书目、心情、环境有关,更与自我管控能力有关。

能否认真读完一本书,如同能否圆满完成一项任务,具有同样重要的意义。一项任务没有完成好,必是中间过程不完美,即是必要功课没做好。那么,一本书没读完、没读好,意味着什么呢?

开头已说,《汉调二黄口述史》我是翻完而未读完。正因为翻与读有着本质上的区别,才给了我丢尽颜面的深刻教训。阅读这本书,是为出席该书的首发仪式,以备座谈发言之需。但将书拿到手上四天了,我才只看了前言、后记、推荐语和写王发芸、顾群、杨明灿等几位熟人的那几篇。到了会场,就被前边几位发言人把我的精神打垮了:主持人、安康学院文学与传媒学院院长戴承元教授的开场白与点评语,既高度概括又顾及各方,只有对该书内涵、外延的深度熟识,才有如此妙语连珠;导读人、安康学院教授孙鸿的深入浅出、全面论述,让人明白了此书的文学价值与史学意义;地方文史专家柳庆康从口述实录与纪实文学的写作特色入手,只用简短五个观点,就让这本五十万字著作的社会价值清晰可见。他们之所以有如此精彩的发言,其原因已在他们的发言中得到显现:他们都认真读完此书,且不止一遍,戴承元是粗读、精读各一遍,孙鸿是读完一遍又重读若干篇,柳庆康是先选读、后通读、又选读。并且,他们都下了书外功夫:三人均与作者罗玉梅女士交流、探讨过,并分别阅读了《安康戏剧志》《中国汉调二黄研究》《中国戏剧史》等相关书籍,且查阅了有关资料。

轮到我发言时,向来不怯场的我,却是语无伦次地说了"此书给人的三点启示"。我刚言毕,有个记者发来短信问:"第二个启示,请您整理几句发来,我没听清要义。"天呀,整理什么?我连自己说了些什么都弄不清、记不起了!当下,真想找个地缝钻下去。人家为什么邀我参会、请我发言?因为我是市图书馆馆长,且还是市文艺评论家协会副主席。而我,却如此不自重,竟然连需要评说的这本书都没有读完!

自责的同时,又在品味着"成功者"的喜悦:若能像戴承元院长那般,既读完此书,又博览相关书籍、资料,我也会谈笑风生、应对自如,在厚积薄发中收获知识与掌声;若能像孙鸿教授那样,既把书本读透,又能读出见解,我也会"指点江山,激扬文字"般地自由评说了;若能像柳庆康先生那样,把内容读通,把细节考实,并把其间的专业术语问清弄懂,我也会入行入理,评说出个所以然来。

不是我发言不如学者们有学理,而是我读书不如学者们严谨。连这本书都没有读完,有什么语言、什么逻辑、什么资格去评书、讲话呢?既然如此,若不知羞耻,则枉为读书人!

为此,我给自己定了"读书三要":要读完,要读懂,要将书本上的文字读成自己的学识。

今天,我再给自己约法三章:

从今晚起,我将愉快读书,不为功利,只为悦心;

从今晚起,我将认真读书,边读边悟,读懂读通;
从今晚起,我将慢慢读书,每天读点,每本读完。

李娟的静心为文

李娟似禅师,总是那么静静地阅,静静地悟。

她所阅的,是书刊,是世情;她所悟的,是人生,是世态。

读她的文章,如听禅语,处处禅机,使人清心而又明智,真可谓:清明之人,清明之文。

秋夜孤灯,读着她这部散文集《决不辜负春天》中的《静水流深》,仿佛清风拂面,让人舒心。

说理之文,惯常于"说",而李娟的文章却真正是让人"看"与"悟"的——看其诗情画意,让人与其同悟。

文章一起笔就为我们打开了一幅情趣盎然、动静相宜的素描:宏村小巷,人户门前,花探墙头,人坐木凳;老奶奶专心绣花,小花猫酣睡脚前;远处笛声婉转,近处时光凝固……如此景象,令身为游客的作者情不自禁地发出感慨:"静,是这般安然和美好。"

赏过她的画面,我便翻阅自己的记忆,蓦然得到一个惊人的发现:大凡出游,总是于热闹处匆匆走过,又奔热闹处匆匆而去,哪有闲暇涉足背街小巷,哪有闲心去看那无景之画呀!

与李娟比,功力不在足下,而在心上。

而真正的区别在于:我为凡夫,她是禅师。

入禅之人,自入禅境。而我们凡夫俗子所游的景致,往往只求画面,不求意境。禅者所求,既是画,也是意,是为画意。

于是,她便借古今文人的诗意手笔,为我们送上了更富色彩的诗情画意——

李白的诗:长安一片月,万户捣衣声;

贾岛的诗：鸟宿池边树，僧敲月下门；

吴昌硕的画：积雪压芭蕉，听雪落寒窗……

透视了诗情与画意，李娟仍不尽兴，她引领我们去观赏将诗情画意集于一身的瓷器。且听她，是如何讲，怎么解的——

　　一尊宋代素白的瓷瓶，通体白色，素洁干净，温润如玉。仿佛一位穿白衣的中年男子，满腹经纶，通古博今，但沉默寡言。人只有到了中年，才会向内而求，放下那些炫目耀眼的光环，人生渐渐向回收拢了。经过生活熔炉的烧制、凝练，灵魂才有了安然和宁静。静默在光阴深处，不浮夸，不张扬，闲静少言，不慕荣利，把自己修炼成一尊瓷。

瓷是什么？是"熔炉里烧制"的器皿。

瓷器的功能是什么？是容纳。

有了这样的生成经历和这样的功能价值，这"瓷瓶"便成了诗画合一的艺术品，便有了令人敬仰的品质。于是，李娟便有了"把自己修炼成一尊瓷"的感言。

然而，"修炼成一尊瓷"，并不只是瓷的相，关键在于瓷之品。只有品相俱佳者，才能容得下难容之人、难容之事，才能与世无争地超然于世。

为了进一步阐明此理，李娟讲述了金岳霖的故事。那凄美的故事里，蕴含着常人难以企及的圣贤之境：

　　他一生的爱情是寂静的，默默无言，了无痕迹，也是天上人间。他再不需要向她表白，只要天地知道，光阴知道，她知道。一生一世心里装着她，哪怕岁月老去。内心充盈着爱情的人，让你感受到人世情缘的美好，爱的尊严、高贵和无私。那样的爱情执着而绵长，与光阴无关。

好一个情圣！真如瓷——心里能装、能容，其情定能持久。这种瓷，尊贵而又晶莹。如此修心，其心如金。

然而,李娟在诠释了人心之如何静、静如何之后,却笔锋一转,由为人论及为文:

> 写作者仿佛是一位习武之人,比的是内功,而不是外力。内力到了,才有了静气和沉稳,好文字是四两拨千斤。写作时着急不得,欲速则不达,心若慌了,文字的气息就断了。懂得拒绝喧哗和欲望的人,文字和人一样,会慢慢变得洁净和坚韧。

这段文字,洗练洁净,够坚韧的了。可见,李娟之所以能获冰心奖、孙犁奖、徐霞客奖,并能被《读者》《格言》《文苑》《北京青年报》《语文报》《青春美文》等多家报刊聘为专栏作家,其功夫绝非一日之寒。正因为她能守得寂寞,静下心来,细细打磨,逐日精进,才有了文章的静气、清气和大气,才有了如禅般的心境和禅语般的文境。那么,如何才能达到这般修为呢?请听她说:

> 真正的好文字,清澈如春水,它不染纤尘,静水流深。

哦,"静水流深",深意在此!

这篇散文,就是这本散文集的风格。

由这一篇,我便深知:李娟的散文集《决不辜负春天》是一部值得阅读、值得推介的好书。

何莎莎散文三议

情与景如此交融

我一直认为白河是生长诗歌的地方，不只因为那一方山水属于《楚辞》的疆域，那里的方言发音美如吟诗诵词，也因为那里的"白河水色"诗意盎然，那里的旧宅古巷藏满了唐诗宋词。

但文联主席阮郁每每给我推荐的都是小说、散文，或者戏剧、曲艺，以至我们《安康文学》的诗歌编辑为了"县不留白"而多次向已在他乡的白河籍作者约稿。

这次我们组织"安康女作家散文评议"研究课题的原创作品，阮郁推荐了何莎莎的《雨里，那一抹素白》。组稿编辑一看，高兴地说：这不是很好的散文诗组章吗，阮主席过去咋不给我们介绍这个作者呢？

一听说是散文诗，我便让以诗论处，不入散文评议范畴，留给《安康文学》刊用。然而，在脱手之间抬眼望了一下首页的文字，便赶紧收回：此文情景交融，确为散文佳篇！

是的，其语言如诗般曼妙。你看组章首篇的《百合香泪》的开头：

> 记忆里藏着的那阕相思，在忙忙碌碌、纷纷扰扰中瘦如新月。心如那暮色，凄清却又冷寂。

那阕相思、瘦如新月、心如暮色、凄清冷寂……如此精到的意象，不正是诗吗？

一段开场，就让人读出了诗的韵味、诗的灵秀，我们的编辑将其作为散文诗来处理,自是正确的判断。

然而,将其纳入散文,更为精确。因为其写事、记情、描景的三位一体,赋予了"爱情散文"的情景交融之美,让纯美的爱情故事在《百合香泪》《素衣胜雪》《鹤影》三章的香艳、素雅与灵动之中此起彼伏,动静相宜,更能让人感受到爱的温润与奔放、辽阔与细微、风雨与阳光。

于是,我除了口头称赞,还下笔将该文的特色定性为:情景交融。

的确如此,一篇记情的散文,处处写景,似乎那情是难以描摹的,便借景寓情,让读者去触景生情。

仍以开头那段为例,该段只有四句话,第一二句我们已知,第三句是转陈,第四句为:

> 旧时雨韵,悄悄回响,只因那一缕淡淡的百合香,披着夜色流入心扉。

你看,其"景"何其多也!"雨韵"是的,"回响"仍是,"百合"是的,"夜色"仍是。

然而,当我们知道,那"旧日的雨韵"是指久远的初恋,便明白那"流入心扉"的"百合香"不是景,而是情。此情此景,只有"披着夜色"才富有"雨韵",才能在心头"悄悄回响"。

这种借喻,何其美也!美就美在那"雨"是有"韵"的,那"香"是"淡淡的",那情是"披着夜色"而非赤裸裸的,那"回想"般的"回响"是"悄悄"的而非轰轰烈烈的。

之所以有这静静的回忆,只因为"当百合在雨中默默绽放的时候,那一株小小的花,也开在了我们心的原野上"。

这里,百合是自然之花,"那一株小小的花"是"我们"的爱情之花。因为都开在雨中,便是"默默"的。

百合百合,百年好合!

雨中百合,温润之合!

如此意象,如此融合!

这便是诗的通感，是自然之花与爱情之花的融合。

而且，今夜的"悄悄回响"，也暗含了当初的悄悄相爱。你看：

> 你默默地关心着我，我读到了你眼里的秋波……推窗，学校后山一株百合悄悄生长，成了我们眼中最美的风景。

这里的"秋波"，用于喻雨，应了总标题中《雨中，那一株素白》，应了第一段中的"旧时雨韵"和相爱时的"百合在雨中默默绽放"的意境。

这里的"推窗"，为我们拉开了爱的帷幕，打开了花前月下的恋爱场景。当背景画面为"学校""后山"时，月老赐予"我们"的爱情信物便是"一株百合"。于是，这"悄悄生长"的百合，便是喻示"我们"悄悄相爱的"最美的风景"；而"我们"，也是这场景中最美的人。

如此宁静、温馨的情歌，自是轻吟低唱的。因为，百合那花开的声音是"雨中的低吟"，百合那花朵上"晶莹的水珠"是极深沉的欢喜所结的泪滴。

因此，我们的初恋方式是"雨中，我们静静地坐着，任一缕缕的清香幽幽萦绕"。

因此，我们爱的诺言是"你说，你会为我开垦一片土地，撒上百合的种子，在每一个有雨的日子悄悄盛开"。

至此，我们于写景之中看到了一种写意——爱情的土地上长出了百合，雨中的百合在爱情中盛开，百合的花香弥漫着爱情。

至此，寓情之景和状景之情完美交融，文章的主旨与意象因相爱而孕育出了百合般淡雅而又清香的爱情之歌。

至此，我能给"情景交融"这一文章特色所下的评语，只有两个字：贴切！

花儿为何这么香

看了何莎莎的《幸福花园》，我坚信：忠贞的爱情真有超凡的力量！是的——

梁山伯与祝英台，的确能化蝶成亲，喜结良缘；

孟姜女的确能哭塌长城,唤醒丈夫,永远相爱;

杨贵妃的确能让皇帝放弃江山,共沐爱河……

因为爱能医身,可让倒下的人重新站起!

因为爱能医心,可让失望的人重振精神!

一座山脚下的小房子,房前的一块小花园,为什么"种着大片花儿,开得那么灿烂"呢?因为这是一个"幸福花园"。

在这里,"黄色的花淡雅,白色的花高洁,紫色的花热烈而深沉"。

作者为什么使用"淡雅""高洁""热烈""深沉"这些唯美的词语来形容山中的花呢?因为作者将女主人与花融为一体。

人与花,有何关系呢?且看她与这花的缘分:

> 他得病了,到医院检查,是肝病晚期。这些花,原来没有,是他生病的时候我为他种的。

哦,明白了。她是想让这花组成人间美景,让他从中看到希望。

于是,这花就成了他在磨难中的一缕馨香,成了支撑她携他艰难前行的一种力量。

为了给他治病,他们四处奔波,从村医到乡医,从县城到省城,当"大医院的医生说,他大概只能活两个多月了"时,她没有被这无情的定论吓倒,而是做出了异乎寻常的举动:

> 她将那不规则的房子周围所有的土地都开垦出来了,找了许多花种,埋在土里,或找来花苗,在小屋周围种满了花儿。那个春天,花儿开得格外灿烂,每一朵小小的花都在努力地绽放着。

于是,这花便有了一种特殊的情感。

她带着他不远千里,求助中医,又使他挺过了半年。她高兴了,修了一个荷塘,从而迎来了更好的美景。

小池塘的荷花开了,冲着他们微微地笑,晶莹的露珠在荷叶上闪烁,就像他们略带微笑的泪珠,每一颗都是幸福和甜蜜的。

当丈夫的病情好转,又挺过了三年,并能"和她一起做着生意,和她一起经营着花园"时,她的心境、她的生活以及小商店的生意都和这花、这花园相融了!

生意红火了,花园的花更漂亮了。春夏秋冬,每一个季节都有观赏不完的花,花的芬芳飘满了整个山谷……

那么,果真是花的芳香让他康复、让她坚强的吗?

不尽然。

真正的力量,来自他们那如花般淡雅、高洁、温馨、甜美、热烈、深沉的爱情。

关于他们爱情的坚贞,作者给了五个理由。

其一,"他和她是初中同学"。这就有了"青梅竹马"的基础。

其二,他和她有着同样的遭遇。"由于家里没钱,只上了初中,怀揣梦想的他们有些无奈地回到了这片热爱的土地。"不幸的经历,让他们有了同患难、共命运的基础。

其三,他和她心灵相通。"只有他懂我,也只有我能懂他。"因为相知而相恋,他们有了相爱的基础。

其四,他和她互帮互助,相敬如宾。"他陪着她多少次踏过那铺满落叶的乡间小路,他们曾多少次来到清清的小河边抢着洗对方的衣物。"这就有了携手共进的生活基础。

其五,他和她追求一致,理想同向。"他们知道小河的水会带着他们的梦想流向大海。"这便是共度人生、同追美好未来的坚实的思想基础。

有了这样的基础,他们的婚姻之基才是牢不可破的。

有了这样的基础,他们才会在人生的路上不离不弃!

尽管"我们结婚了,一无所有,只有爱",但正因为有爱,"我们依然幸福地生活着"。

　　因此,有了孩子之后,他们从高山顶上搬下山来,借钱盖房,想让生活环境更好些,想让孩子有个美好的未来。

　　因此,当孩子长大,生活压力更大时,他们又做起了生意。尽管很苦很累,但他们却很幸福。

　　因此,当丈夫生病,厄运袭来,她会毫不犹豫地将准备盖房而攒下的钱用于给他治病,将为盖房子而购置的地基种上了花儿、修成了池塘。就连这石板房小屋也爬满了紫藤萝,它们"那样顽强地向上延伸,把小屋的一面墙装点成了一幅又大又宽的很别致的帷幕"。

　　这时,我们看到,从这道帷幕中走出来的女主人公,是那样的纯洁,那样的高雅,那样的美丽!她那"大而亮的眼睛坚毅地闪烁着,给人以自信和力量"。

　　这时,我们看到,从这道帷幕中走出来的他和她,是那样的纯朴,那样的善良,那样的可爱!"他们相爱的身影走过花园,使园里的花儿更美丽、更芬芳。"

　　唯有这时,我们才会因这人、这花而读懂这情、这爱——真爱无价,真情撼天!

了然于心,方知命运

　　善于捕捉自然之美的何莎莎,以其深度观察、细心体悟而写成《蝉,生命的歌者》,让我们从蝉鸣声中读懂了她的"心经",听到了她为我们描写的一曲鸣自心灵深处的生命旋律。

　　无论儿时或成年,我们都有听蝉的乐趣。

　　然而,不同的心境,会听出不同的"音效"。

　　何莎莎听到的,是心灵的共鸣。你看:

　　在"寂静的午后",她的听蝉是:"伴着林间的松风,如汩汩清泉,流淌心间,暂抛红尘的喧嚣,独享一溪蝉鸣。"如此听蝉,其收效是清净心灵;

　　在"落霞满天的黄昏",她的听蝉是:"这晚蝉的鸣叫,仿佛一串婉转的

暗语,待月上枝头,谁又相约黄昏后?"如此听蝉,其收效是情感呼应;

在"雨后的树下",她的听蝉是:"斑斓的心事,在蝉音里或苍凉如大漠孤烟,或幽深如高山深涧,或馨香如雨巷百合……"如此听蝉,其收获是释放心情;

在"浓密的林间",她的听蝉是:"仿佛一棵棵树在阳光下歌唱着,也仿佛阳光和风在歌唱着,就连听蝉的人也仿佛在快乐歌唱着。"如此听蝉,其收获是相融共鸣……

她之所以如此用心地聆听蝉鸣,只因为她深深懂得"这是生命唱成的歌"。

让我们随她一起来感知这生命之歌是如何炼成的。

她告诉我们,蝉的生成是一个漫长而又艰辛、无畏而又无奈的奋进过程:

一只小小的幼虫,在黑暗里生活,长达数载,那漫长的炼狱之苦要怎样承受? 每一次风霜雨雪,对它都是一次洗礼。在暗无天日的岁月里,它一定彷徨过,因为前途那样迷茫;它一定退缩过,因为每一次义无反顾的追寻都找不到出路;它一定失望甚至绝望过,因为自己拼命的努力却换不来一点点星弱的光芒。

她告诉我们,蝉之修炼,炼的是思想:

在时光深处,无数次的挣扎,无数次的失望,无数次跌落又站起,无数次与灵魂独白,它始终没有放弃。它选择修炼自己,雕琢自己,让自己的羽翼更丰满,让自己的触角更犀利,让自己的思想更坚定!

她告诉我们,蝉之坚定的思想,来自一个明确的目标:

一年,两年,三年……直到某一天,艰难地开凿出一条通天的洞穴,终于找到了去往天堂的路。

她告诉我们,蝉为目标而奋斗的毅力,来自对生命的珍惜:

　　属于自己的四季,只有一个酷热的夏,只有七月流火,只有斑驳的树梢,甚至只有短短的几天。

正因为珍爱这短暂的生命,蝉才不遗余力地专注于一件事:用数年、十余年的搏击而冲破黑暗,为人间发出生命的歌唱;尽管这歌唱是如此的短暂,但有那漫长的磨炼,才能发出大自然馈赠给人类的最美的天籁之音。

一生的奋斗,只为这短暂的歌唱。

所以,蝉鸣才是大自然与人类对话的神灵之音。

为此,作者探入历史,窥得了古人听蝉的妙趣与"心经":

　　王维"倚杖柴门外,临风听暮蝉",让心境随风里的蝉音到天尽头。

如此听蝉,心中定有诗情画意。

　　辛弃疾的"清风半夜鸣蝉",让蝉声和清风明月一样悠闲。刘删的"得饮玄天露,何辞高柳寒",这是说给蝉的,其实是说给自己的。

如此听蝉,心中自得闲情静美。

人与蝉,为何如此心心相印? 作者最终揭谜:

　　听僧人讲,蝉同禅,出自佛家,深知天下事,故而称为知了。

此时,我们明白:因为修炼得久,所以知道得多。

此时,我们明白:因为沉默太久,所以歌声最美。

作者就这样步步为营、层层剥皮似的让我们"知了"蝉之生命意境、"知了"蝉之高鸣寓意:

它也许知道了漫长的黑暗终会迎来曙光,它也许知道生命只有一次,它也许什么都知道,只是我们人类不知道,也听不懂。

那么,我们该如何感悟蝉呢?作者告诉我们:

何不学蝉儿,把心爬高,看四季轮回,看人生百态,看世事万象,俯仰自如。不难为自己,亦不迎合他人,潇潇洒洒,或许这才是人生一道可久可长的风景。

因为,"蝉鸣缘自漫长的黑暗,蝉鸣缘自痛苦的挣扎,蝉鸣缘自涅槃后的重生"。蝉鸣如此难得,人生也很不易,何不让我们与蝉同鸣?

而要达到蝉之禅境,贵在"知了"——知而了然,了而为知。当知尽知,了然于胸,心便亮堂,智便开启,人便清明。

如此人生,自是"生命唱成的歌"。

如此之歌,自是生命中最美的音乐。

作者静心听蝉,悉心读蝉,为我们阐释了如此深长而又明晰的生命之禅意。

其意之美,可谓善美。

其文之美,可谓美妙。

侯云萍随笔的笔法

布局宜曲，破题当简

人在工作中不能没有想法,但想法越多,失望越多。

人在生活中不能没有想法,但想法越多,失落越多。

那么,怎样才能做到既有想法,又有利于工作,有利于生活呢?

侯云萍的老公告诉我们:不要把简单的事情复杂化。

是啊! 人世间,哪儿来那么多的复杂? 该干什么工作,你认真干就是了;该过什么日子,你踏实过就是了,何必自陷于复杂呢?

然而,事实不这么简单。

就说工作吧,同样的业务,我干得不比他差,为何他就比我升职快呢?

就说生活吧,同样是结婚,我长得不比他差,为何他就能娶个那么好的媳妇呢?

如此找原因,越找越复杂。

人心的波动,就是这么找来的。

人心的浮躁,也是这么自找的。

人心的变异,还是这么找下的。

人心的复杂,都是这么找成的。

"找"是什么? "手"持"戈",是动武。你看,手都动了武力,心还能清静吗?

想想,人在什么时候动武? 不是燥到火上头,不是气到上头,不是烦到心要炸,你能动武吗?

但当明白,动武之缘,归于自找,你便会自嘲:唉,自找的——自找麻烦,自找恶果!

由此,你会想到一个成语:庸人自扰。

侯云萍的老公认为这个成语广为人知,便弃之不用了,只给她讲了一个故事。说一对夫妻出游,第一次妻子带了伞,遇雨,因有备无患而尽兴;第二次妻子又带了伞,天晴,因多了负担而心烦。

一把小雨伞,何至乱心智?出游是看景,何必弃景而盯伞?

这便是庸人自扰。

你看这"扰","手"边是个"尤","尤"则"过"也。凡是手拿多了、手伸长了或下手重了,便会"过犹不及",伤及内心。而这一切,均出于"自扰"。如果你自己管好手,便不会伤到心。所谓"心手合一",便是此理。

明白了此理,侯云萍便感到:

阅读者

/
200
/

> 不必要的烦恼,正是禁锢心灵的枷锁。不是别人,正是自己拿莫须有的追求与攀比将快乐隔离在了心门之外。

有了如此认识,我们便明白了侯云萍的创作本意。

这篇题为《心静如镜》的文章,题旨十分明确:静心,使心如明镜。

但其在布局上却事先给人设了两个局:一窗、一门。

第一个局,是扇明亮的窗户:

> 人说,三十而立。其实这个立,我感觉先是心智立了起来。

话很明白:三十而立,贵在立心。

第二个局,是道双扇门,开一扇,关一扇。你看:

> 女人心,如月亮;阴晴圆缺,琢磨不透。步入而立之年的女人尤是,有时心情明媚得如蜜汁一般甘甜,有时心情却颓废得想逃离人世一切喧嚣。

这两扇门，便是世事难以洞明的人生常态。

那么，如何才能让心门像窗户一样敞亮呢？

还是那个老办法：不要把简单的问题复杂化。

因此，侯云萍走出了那个"庸人自扰"的故事，找到了问题的症结：

> 生活原本简单，是人心太过复杂；人心原本简单，是欲望太过复杂。很多人不快乐，不是得到太少，而是奢望太多。无尽的欲望纷纷扰扰，利益驱使下的人们，想活得简单很难，活得复杂却很简单。

那么，如何找到解决问题的办法？其实，打开心门，并不复杂：

> 快乐其实很简单，调转方向，换位思考，换个角度看世界，原来一切竟如此的美好。

设局也好，破题也罢，"其实很简单"。

随笔也好，哲理也罢，"其实很简单"。

只要你不想得太杂，贪得太多，任何题旨都会写出一篇好文章来。

精准必然出精短

侯云萍将十年的婚姻生活都挂在丈夫的臂膀上，这的确是一种托付，一种温暖。

相爱中的臂膀，多用来相拥。这种功用，不仅存在于许多散文、小说、诗歌、纪实文学中，而且在影视中也比比皆是。于是，臂膀成了表达爱情的最佳选择，成了工具化的语言符号。

侯云萍写爱情，是为了记述丈夫对她的爱。因为"那种暖流涌动的感觉"来自"丈夫那温暖有力的臂膀"，文章标题便是旗帜鲜明的《臂膀》。

如此简化之后，也省去了有关拥抱之类的记忆，而全神贯注于婚礼上、生产时的"一把抱起"，这种"抱起"，传导出爱的力量，托举起爱的使命。

其实，这种场景在生活中时常出现——

假如你是新娘,当你离开婚车时,极有可能是由新郎抱出来的;

假如你是产妇,当你告别产床时,极有可能是由丈夫抱进病房的;

假如你不慎跌倒,极有可能被同行的丈夫抱起;

假如你不幸病倒,极有可能被奔来的丈夫一把抱起……

侯云萍没有假如,而是真真切切地于从婚车中出来时、告别产床时被丈夫"一把将我抱起"。

那么,为什么这两组镜头让她十年之间挥之不去,始终想写呢?因为"那种暗流涌动的感觉",需要"用手中的笔描绘出来"。

那么,这种"暖流"涌动了十年,究竟让作者产生了什么样的"感觉"呢?"他用臂膀托举起了对家庭的责任和义务、对我的尊重与感激、对我深深的爱!"

那么,这种爱为什么走过十年依然历久弥新呢?因为"爱是放在心底需要用心去体会、用生活去感悟的"!

如此简单的两个场景,如此简约的几段文字,不仅让丈夫的"臂膀"跃动出了诗情画意,而且让夫妻间的情感丝丝入扣,生动可触,让我不得不感叹此文为精短美文。

大凡散文作者、读者,都喜欢"短小精悍"这个词。但是,不少作者在讲述爱情故事尤其是自己的爱情故事时,往往又难以精短。原因何在?

回忆我们的写作经历,可能有一种毛病叫"详细介绍"。任何人物、事物,一涉及"介绍"便会追求"圆满"。尤其是过程,当你如新闻写作般地将时间、地点、人物、原因、结果这"五要素"和盘托出时,已是洋洋洒洒数百字。如此这般,不仅占了篇幅,而且失却了精彩。一个没有"精彩"可言的故事,就难入"精短"之列了。何况,要么长而不精、要么短而不精的"介绍",是如何删改也"精"不起来的。

回忆我们的阅读经历,可能有一种反感叫"描绘"。对于爱情而言,没有行为描写是难以映照心灵的。也就是说,不讲出生动的故事是难以打动人心的。此间的"人心"包括相爱者既想有打动对方心灵的行为,也要有打动读者心灵的故事。那么,对于作者而言,将最能打动人心的细节写出来就行了,不需要进行详细的、大量的情节展示。但我们常常读到的文章往往是从场景到心理的细致描绘,甚至是夹叙夹议的手法换用和一堆一堆的辞藻展示。

这些破坏"精短"的笔法,使文章不易精短。

就质量而言,文章不仅要精短,更要精准。

只有准,才能传情达意,才能言简意赅,才能"一滴水见太阳",才能"四两拨千斤"。

而对"准"的把握则在于选材和剪裁。

侯云萍的《臂膀》,用素描法展示了一条让我们通往精准的道路:爱情—臂膀—托举—责任—生活—爱情。这六个程序,因为明晰,便显得准确。你看:

爱情—臂膀:是一种载体;

臂膀—托举:是一种象征;

托举—责任:是一种义务;

责任—生活:是一种担当;

生活—爱情:是一种感悟。

如此准确的推理、精确的记叙,自然是精美的。

由此可见,唯有精准,才会精短。

谢静散文的生活味

让情感归于生活

当爱情走过"七年之痒",新鲜变成平常,一切浪漫的花样都被养育子女、孝敬公婆和工作、学习、生活所代替时,不少年轻夫妻因此而陷入了迷茫、恐慌。

揭示年轻夫妻的爱情心理,是近年来的文学热点之一。这不仅因为"爱情迷茫",更在于人们面对飞速变化的时代所产生的困扰,以及由此产生的前途、命运、信仰迷茫。

于是,为了赶上瞬息万变的时代发展,为了顺应眼花缭乱的生活时尚,人们把追求形式当成了一种心灵上的安慰,不停地用"情人节""圣诞节"之类的花样来装点生活,用"初吻回味"和"周年玫瑰"来复原爱情。

真正的生活却拒绝形式。那些埋在心底的情,是不需表达,更不需刻意表现的。

正如生活,总是分分秒秒、无声无息地行进着,我们无须停下脚步,来为证明自己生活着而为生活举行一个仪式。

试想,如果全世界的爱情都用玫瑰花来表达,那么这种千篇一律的爱情模式又能让人品出什么滋味儿呢?

因此,能忘掉"情人节"并认认真真相爱的人,是幸福的。

阅读谢静的《金丝燕的情人节》,初时感到精妙,后来更觉自然。

说其精妙,是因为结构新颖。

其一是起笔精妙。写的是"2月14日一大早",而不是"今天是情人节"。这种平常而又超乎常规的开头,一出手就抓住了读者。

其二是比拟精妙。"这些金丝燕并不像往常一样成群结队地飞行,多数是一对对地并排飞行。"你看,明明是借燕喻人,却不说"比翼双飞",而只用白描,让拟人的文字藏于状物之中,耐人寻味。

其三是转陈精妙。"我突然想到今天是情人节",这一"想到",并非因为"2月14日"这个日子的设定,而是"一对对并排飞行的燕子"的提示。正因为它们的形象提示,才使人感到"我们都因为生活的忙碌,把这个美妙的节日忽略了"。这一转折,完成了《金丝燕的情人节》这篇文章的题旨。按说,已到好处,但作者笔锋一转,又升华了题意:"这一刻,我无比强烈地想起了我的先生。"这一转折,柳暗花明,别开洞天,让我们蓦然见到精彩。

然而,那么"强烈地想起"的情爱,却不见轰轰烈烈,只是些平平淡淡。

连续两个段落,描写先生对"我"的爱,却让人看不出任何新意,有的只是正常的关爱。

例一:出差时先生帮"我"准备行李,在外时先生打电话叮嘱"我"合理安排饮食,回来时先生为"我"备好爱吃的饭菜……

这些事,似乎是他本该如此,这才是正常夫妻的正常生活内容。而作者连用三个"每次"来强调,便让我们看到,"他"一贯这样,始终这样,并将永远这样!如此,便显出了"正常"的不易,难得的是一辈子都如此正常。同时,也警示我们:不能因为正常而淡忘,应对这种正常倍加珍惜,千万不可因为正常而去追求超常,或走向失常。

例二:有次从西安回来,不仅火车晚点,而且下雨,"我"正发愁没带雨具,却在一出站时就看到了丈夫和女儿送来的雨衣。"那一刻,我的眼眶倏然一热,差点掉下泪来。"

在此,作者没有使用"激动""拥抱""欢呼"之类的动情之词,而是十分内敛的"眼眶倏地一热",让我们看到的仍是生活常态,让我们感动的是爱情的生活化。

这就是生活中的情人,这就是情人永远相守的生活。

如果用"情人节"这个特定的日子来关照作者讲述夫妻情感的心理需求,似乎这两个例子还不能满足其"强烈"。作者在讲毕先生的故事之后,静下来整理心情,便让自己的思考也回归于世俗生活:

人总是不会轻易满足的,我也不例外。每年的情人节我都会百般启发先生,希望能收到他的礼物,可先生的回答永远都是:那些东西都是虚的,实实在在地过日子才是真的。随着时间的延续,我发现先生的话简直就是真理。只要生活中相互关心、关爱,即使没有情人节,我们也依然深深地爱着彼此。

是的,时间延续之中,夫妻更为生活化;生活继续之中,情感更为常态化。那些经得住时间检验、生活考验的爱情,只有融入日复一日的平常生活之中,才是维系夫妻生活的真情之爱。

但愿我们的爱情描写能像蓝天白云之下的正常生活一样,于细水长流之中折射出经久不息的生活常规。

幸福就在和谐中

生活有城乡之别,幸福无城乡之分。这是谢静散文《我的乡村婆婆》告诉我的。

谢静"心甘情愿地做起了农村的儿媳妇"。其原因,"是爱情惹的祸";其结果,是"因祸得福"。为什么呢? 因为她"遇到了一个既能干又善良的好婆婆"。

婆婆的"能干"和"善良",究竟能让这个城里来的儿媳妇幸福到什么程度呢? 作者未及排列,只用大量篇幅写了婆婆的勤劳。而婆婆的勤劳,也没使用过多的事例,重点只是洗衣。

在人们"早上恋着被窝不想起床,起来围着火炉不想出门"的寒冬腊月,婆婆却将你"放在沙发上的脏衣服""偷偷地拿到江边儿去洗了"。此事,仅仅只是一个"洗衣"吗? 此时,享受被窝温暖的儿媳,能不感到幸福吗?

当你看到需要一整天才能洗完的脏衣服,要求和婆婆一起去洗,而婆婆却担心你的手会被江水冻裂生了冻疮,而坚决不让你去时,你能不感到幸福吗?

当你"几次偷偷跟着婆婆想帮忙,可每次都被婆婆'骂'了回去"时,你能不感到幸福吗?

然而,这些"幸福"尚在表层,只是勤劳的婆婆包揽了、代替了你的劳动。如果你因为"不劳"而感到幸福的话,那可有借婆婆的勤劳之名而行不孝之实的嫌疑了。

好在这对婆媳的故事让我们看到:那种对儿媳劳动权的剥夺,缘于呵护,缘于关爱。

正因为勤劳,婆婆才深知劳动之苦。正因为苦累,婆婆才宁愿自己多受罪,也不让儿媳吃一点苦。这种由吃苦而知苦,并为儿媳代苦、避苦的行为,显现了一位母亲的慈爱。

就以冬季在汉江边洗衣服会让双手受冻的事实为例,婆婆的处世方法显然是舍己为人的。

对自己,她是这样做的:

> 本已布满血口子的双手被冰冷的江水浸泡得红透了,一道道血口子周围都已泡得发白而且裂得更开。可是,婆婆似乎没有感觉到疼痛,使劲地挥舞着手中的棒槌,有节奏地落在那些又厚又难洗的衣服上。

对儿媳,她是这样说的:

> 你在城里用洗衣机习惯了,江里的水太冰,你没洗惯,手上会长冻疮的。那冻疮很顽固,头一年长了,以后年年都要长。我洗了这么多年,已经习惯了,不要紧的。

一言一行,如此分明,让儿媳看在眼里,记在心上。

那么,作为儿媳,该怎么办呢?

作者不因为婆婆对勤劳的坚持而放弃自己应尽的义务。她经过与丈夫商量,终于找到了替代方法——"给家里买了一台洗衣机"。这简单的一句话、一个举动,让我们看到了婆媳之间的互相关照,看到了婆媳情感的互相融合。

但故事却在这里拐了一个弯。

实践告诉我们,唯有拐弯的故事,才更显精彩。亦如河流,大凡拐弯处,总会生出另一番景象。该文的"拐弯",拐出了由记事到说理、由叙事到抒情的境界。在洗衣机这个道具的衬托之下,婆婆的形象也更为感人:

> 可婆婆仍然将衣服拿到江边去洗,还说手洗得干净,穿起来也柔软,还节约用电呢!

你看,婆婆的勤劳真是无法替换了。

或许,正因为不可替代,才显出了平凡之中的不凡,才具备了令人敬重的品质。

当然,婆婆的勤劳、善良、质朴、包容等美德,不仅体现于洗衣服上,还体现在许多方面:

> 婆婆的一生都在付出,年轻的时候要伺候公婆,照顾丈夫、儿女,现在还要替我们看管孩子,每天总有做不完的事儿——做饭、洗衣服、种地、喂猪……

面对这一切,儿媳在感动、学习的同时,不仅敬佩婆婆的勤劳,更为她的人品而动容:

> 可她总是无怨无悔、默默地打理着家里的一切,营造着和谐的家庭氛围。

勤劳的美德和无私的品质,构成了儿媳头顶永远晴朗的天空,这才是婆媳之间、家人之间的幸福之源!

婆婆的言行是质朴的,似是乡村妇女应有的本分。因此,作者的书写也是质朴的,在朴实无华的书写中我们看到了润物细无声的春雨,听到了汉江绵绵不断的流淌。

当儿媳把婆婆称为"慈祥而伟大的母亲"时,我们蓦然明白:伟大就在平凡中,幸福就在和谐中。

灵活生动的亲历

民俗散文的主要写法是"乡村纪事",因为中国的多数民俗目前只在乡村中存在。同时,由于同一民俗在不同的乡村有不同的表现形式,便给这种记事文本提供了各具特色的内容。

谢静的《乡村年味》记录了安康的年俗,但因是从家庭活动和亲身经历出发的,就不同于一般意义的知识小品和民俗介绍,而是有了纪事的情节感和散文的艺术性,成了贴在年俗封面上那充满喜气、溢满愿景、色彩鲜明的门画。

这种亲历感,让程式化的年俗走出了陈年记忆,在增强感知性、可读性上具有十大好处:

一有形象感。比如"吃腊八粥",她不写做什么、怎么做,而写"婆婆将尽可能多的、有营养的食物放在一起,用大火烧开,再用小火慢慢地熬,然后将热腾腾、香喷喷的腊八粥盛到我们碗里"。这样,就比呆板的说教形象多了。

二有仪式感。比如"吃团年饭",她不写吃了什么、怎么吃的,而写"当丰盛的团年饭端上桌后,公公让大儿先放一挂鞭炮,说这……"。这样,就让团年的仪式有了神圣的意味。

三有画面感。比如"卤菜",她不写卤了什么、如何卤的,而写"淘气的孩子们围着灶台,一会儿要尝这个,一会儿要尝那个,整个灶房都被浓浓的香味和亲情笼罩着"。这样,才能让人看到真切的生活图景。

四有差异感。比如"敬灶神",她不写怎么敬、谁来敬,而写"安康当地人的习俗,应该是腊月二十三敬灶神,我家敬灶神却是在腊月二十四,因为我家是从福建来的明清移民"。这种异地民俗的同场演绎,让人又多了一层新的认识。

五有崇敬感。比如"打扬尘"，她不写怎么打、用啥打，而写"细心的公公专门请人看了打扬尘的日子和时辰，为的是祈求家人在新的一年里健健康康、顺顺利利"。这样，就为一种劳动赋予了让人心向往之的意义。

六有时代感。比如"拜年"，她不写拜何人、如何拜，而写"随着生活节奏的加快，类似初三才拜年这些习俗也在改变。初一早上吃过饺子，我和丈夫带着孩子回娘家拜年"。这样，比让人依着陈俗读旧规更有实用性了。

七有亲切感。比如"蒸馍"，她不写怎么做、如何蒸，而写"慈祥的婆婆和我们亲亲热热地忙在灶房"，"公公和儿孙们轮流往家里搬柴、往灶里添柴"。此情此景，其乐融融。

八有灵动感。比如"守岁"，她不写为何守、怎么守，而写"一家人围坐在一起，一边收看春节晚会，一边包饺子。刚过半夜十二点，象征着幸福和吉祥的鞭炮会在各家各户的门前响起"。这样，便让一种枯燥的守夜形式变成了热闹、祥和的具体内容。

九有启示感。比如"给压岁钱"，她不写给多少钱、给哪些人，而写"装进口袋里，还要叮嘱，肯吃肯长，身体健康；有得（德）有才，早题金榜"。这种良好的祝愿，显出了乡下人的年俗文化，立即让城里的"派发红包"黯然失色。

十有传承感。比如"送年馍"，她不写怎么送、送多少，而写"我们将这些寓意团圆、吉祥的馍馍送给亲戚、乡邻，给他们带去了新年的祝福"。这样，便让年味弥漫了整个乡村。

将上述"好处"集于一体的，是"杀年猪"。这一段，是全篇的精华。开头写了选择吉日的用意，接着写了"最后晚餐"的用途，便将"杀年猪"对于过年、过日子和乡村愿景的意义给予了高度概括。再下来，通过"我的观察"与"猪的反应"，将人的行为目的、心理活动表露无遗。尤为可贵的是，作者在描述中夹入了思考、表达了同情。

——"作为猪的最后晚餐，也算是对它的安慰。"既写了乡村习俗，也展现了人们普遍具有的同情心。

——"从它的眼神中，我能看出恐惧和哀求。"这种个体的清醒，也表现了在习俗面前个体的无奈。

——"撕心裂肺的尖叫,像是在和同类告别,更像是对人类的声讨。"这种拟人化的情感表述,真实地传达了作者的心声。

——"最后,它还是上了人们的餐桌,进了人们的肠胃。"这种哀怨的语言,让人对吃猪肉产生了一种负罪感,并由此产生了对一切杀生、食肉行为的反思。

一场"杀年猪",让我们看到了猪的灵性和人性之恶。而这样的场景置于年俗大戏之中,着实让过年有了"寓教于乐"的味道。

《乡村年味》是道多味大餐,因为五味俱全,才成了我们无法淡忘的浓稠记忆。

其"浓稠",来自亲历。

因为亲历,才显亲切,才会牵情,有人情味,才有传承性,才是我们永远的盼头和念头。

石晓红的随笔技巧

修炼静美，提升境界

生活中，寂寞总是如影相随的，你无法拒绝，但要学会正视。是被寂寞扰乱心智而坐卧不安，还是学会享受寂寞，让心态淡定从容，这完全要看你的修心之术。

石晓红的《寂寞是首美丽的歌》，写出了她对寂寞的独特感受。因为她的生活景况有点特殊，便对寂寞有着特殊的感觉：

> 一个人生活了六年之久，竟对寂寞和孤独有了一种常人难以想象的依赖感。

她的这种"依赖感"，来自两个原因：

其一，当婚姻破裂，失去爱人时，面对家庭与生活，她必须适应寂寞——

> 曾经那么义无反顾地爱过人，也曾经被人死心塌地地爱过，可到头来所有的感情只不过是镜中月、水中花。遭遇之后，心便渐渐冷却下来，连潜藏在内心深处的那份激情也渐渐消散殆尽、荡然无存了。

这种"冷却"，是一种理智。那种自甘寂寞而不去吵闹、咒骂、宣战的姿态，才是理智之人应有的选择。因为她深深懂得：

感情是人世间最没有把握的东西,要做到既不伤害别人又不被伤害,那就要懂得如何放手。

她的明智,就在于"懂得如何放手"。而其前提,在于"既不伤害别人又不被伤害",这才是恰当的"把握"。而那些宣泄式的宣战,往往是枪口对着别人,子弹反射自己,造成了深深的自我伤害。而恰当的"放手",并放得恰到好处,才能变"两败俱伤"为"握手道别"。因此,为他放手、自留寂寞的选择,是明智的选择。既然是自己的认定,就没有过不去的坎坷。

其二,当孤身一人行走于人世,面对种种迷惑,她必须用甘于寂寞来坚守自我——

面对那些簇拥而来、施以诱惑、虚无缥缈的所谓"爱情",我庆幸自己竟能如此清醒地置若罔闻且不屑一顾!

这种"清醒",在于明白告别爱人之后,自己寂寞的生活之中该要什么,不该要什么;需要什么,不需要什么;应该如何,不该如何。只有这样,才能拥有自己该有的生活,才能过好单身女人该过的生活。她的如此"清醒",在于明白,"人世间那些美好的东西,不属于自己的,就要学会在远处静静欣赏别人的风景"。

这种心境,是洁净而又十分难得的。看到了"别人的风景",不去凑热闹,而是将自己退于寂寞之地,远远地去欣赏别人,必然需要一种超凡的自省和坚强的定力。

上述两个原因,让我们看到,她的"依赖感"绝不是被动应对外部的变化,而是主动修炼内心,让自己于寂寞之中修炼出接受寂寞、亲近寂寞、融入寂寞的心力,并用寂寞来抚慰身心、抵消冷清、抗御诱惑,从而练就了对寂寞的依赖。当然,这种依赖不是无奈,而是经由工具化使用发展到情感化融合,用自尊的理智和生活的热情育成的一棵生机盎然的生命之树。

当冷清、孤独的单身空间有了一颗蓬勃生长的生命之树,这样的单身生活便有了生机,有了活力,有了花红叶绿的诗情画意。

此时我们看到的生活景况,便是单身女人的独有之美:

> 一个人,无欲无求、安然无恙地过着自己平静的生活。任何时候,总会让寂寞的花静静地在心头开放,开得美丽、静肃、孤寂而又傲然!

是的,这种静美,是常人难以感受的。

不信你看隆冬的原野,在冷风、冰雪、寒霜制造的特殊环境中,落叶的树只剩秃枝,绿草不见了,小鸟没有了,唯有红梅傲然盛开!此时,你说她是孤单的、寂寞的,还是宁静的、独醒的?

这种一花独秀的开放,唯其孤寂,方显静美,才能在独享大自然恩赐的同时为大自然装点出异样的精美。

当然,这种独享严寒的开放,需要顽强的生命力,需要清醒的自省力,需要适应环境的自我认识、保护与发展能力,需要一种将寂寞化为生命力、自省力和自我生长能力的心力。

> 我深知:人是应该需要点寂寞的,特别是在浮躁之时,寂寞和孤独便是一种难得的从容,让人变得清醒淡定。

唯有认识清醒,才会心神安定,才能言行从容。

有了这样的修炼,寂寞不再是人生的痛苦,而是一种正常的生活形态。

拥有了这种生活形态的人,定会像快乐者一样快乐,像幸福者一样幸福,并会将这种生活过出常人没有的另一种情调、另一番风景。

你看,走过寂寞的严冬,便见炫目的春色。此时的独守者,竟在寂寞的日子里过出了静美的乐趣:

> 喜欢在寂寞里感受那如痴如醉的乐曲,并让它静静地流淌在我的心中,宛若天籁,经久动听。

此时,这种独守的心力,已不再是基本的适应力,而是创造生活的创造力。当一种心力释放出让生活更好、让生命更美的新能量,我们只能给这种能量命名为:境界!

从生活窘态中写出健康心态,从人生困境中写出精神境界的美文,当是人心所求的精神食粮。

找准角度,探得深度

曾经看过一部名叫《人到中年》的电影,让人觉得:中年很无奈,中年很伤神。

那时很年轻,看后,叹后,便轻笑了:中年比青年要成熟、更富有,为何那么艰涩呢?曾想:可能是中年人写中年生活,其对人生的理解比年轻人更深刻、更负责吧。

而今,当自己泡于中年的人海之中,静读石晓红的《中年的心情》,才产生了共鸣。

石晓红的《中年的心情》,写出了我诸多的同感:

首先,时光的到来,的确是"一恍然";

其次,"蓦然回首"时,的确是"不觉然";

最后,面对现实,的确是有点儿徨徨然。

那么,"中年的心情",到底是怎样的呢?石晓红用其切肤之感,为我们做了入情入理的分析。

她认为,从人对岁月的感受上看,是一种惋惜:

> 人到中年,韶华已逝,青春不再。那些灿烂美好的年华已经流失,那些热情奔放的岁月已经远走,那些欢乐美好的时光都已变成了一抹残存的回忆。

(请注意,"已逝""不再"和"流失""远走""残存"之类的关键词,都是感伤性的。)

她认为,从人对人生的感受来看,是一种成长:

人到中年,经历了岁月的沧桑磨砺、时光的无情镌刻,一颗饱经风霜的心,已经沉淀得厚重含蓄,逐渐走向充实、走向成熟。

(请注意,"磨砺""镌刻"和"厚重""充实""成熟"之类的关键词,都是感怀性的。)

对比而知:人是时间的孩子,当岁月刻下了一定的年轮,你会留恋逝去的,也会恐惧将要面临的;当岁月赋予了一定的收获,你会感谢过往,并向往新的时光。

这种反差,原本属于正常的心理落差。这种落差,来自心理认识的角度——不同的认知产生不同的结果。当我们纠结于落差,心情就会受到干扰。因此,需要从感性认识升华到理性认识——让心跃上一定的高度,来俯视人生,就会看清客观的岁月与主观的心态之间的关系,便会调整心态,拥抱时光,让心情开朗、岁月永恒。

正因为如此,作者对"人到中年"才有了客观、公正的看法:

少了激情,多了平淡;少了冲动,多了稳重。

特别重要的是,她透过时光,看清了中年人的心态:

年少时的浮躁和草率不再,年轻时的轻狂和偏执不再,怀揣一颗淡定坦然的心,去面对事业,面对家庭,面对人情及社会。

虽然,其间的两个"不再"仍有惋惜之情,但连用三个"面对",让人从"淡定"和"坦然"之中看到了脚步的稳健和心态的健康。

这是中年人的心理成长!

这是中年人的心态成熟!

这就是中年人应有的人生姿态!

正因为有了这样的心理、心态和人生姿态,才会有中年人面对他人时的那段自省：

> 被人误会时，不再辩解；被人刺伤时，不再还击；被人淡漠时，不再在意。

正因为有了如此的清醒，才有了中年人淡定的自知之明：

> 不再去热闹的人群中凑合，不再去干些自己认为毫无意义的事情。即便在尘世纷扰中，依然会保持一份淡泊和宁静，用自己的思想去感悟生活，感悟人生。

无论对他人、对自己，这种种"不再"，是"舍"；而其所得，便是思想，就是她所说的"用自己的思想去感悟生活，感悟人生"。

写到这里，作者亮明了一个重要观点：人到中年，不是长个子，而是长心智，只有思想成熟，才是人生的成长。

明白了作者的本意，我们便看到了"人到中年"的心态本质：稳健与淡定，不是表象的，而是内里的；不是一般意义的作为，而是修为到家的素养。其境界，便是：

> 宠辱不惊，看庭前花开花落；去留无意，望天外云卷云舒。

作者从脑子里"蹦出"的这句话，水到渠成，瓜熟蒂落，恰到好处。

这不是忆及的，而是心情的自然流露；这不是背出的，而是与思想天然吻合。

黄振琼的情感散文

以小见大，小而显巧

无论怎样奔忙，人都得瞅住机会，让自己安静下来。只有心静，才能看清这一路奔忙的过往与价值。

与白天的喧嚣所不同的是，夜晚是一种停歇。

那么，即使天黑了，人心能否宁静？

黄振琼的散文《坐在暗夜》，如同一种行为艺术，为我们展示了一次生命的体验。

体验的形式是独特的，她"独自一个跑了出来，跑到了荒郊野岭"。这不是一个负气女人的"甩门而出"，也不是一个负心女人的"离家出走"，而是一个女作家对生命的探索。

> 春光被暮色隔离，天色越来越暗。我停下脚步，坐下身来，让不知疲倦的身体歇一歇，让思想和记忆歇一歇。

目的很明确，就是"歇一歇"，为了疲倦的身心。

那么，为何不在舒适的沙发上、床上或是依靠在爱人的怀抱、肩头呢？

作者在文章中交代得非常清楚，她所需要的"歇一歇"，不为身体，而是"思想和记忆"。

由此，使人想起老子、墨子等古代哲学家、思想家追求心灵独享的诉求对象：静夜与自然——走进漆黑的大自然，人便有了宇宙感与空灵感。

这种与宇宙对话、求心灵感应，与心灵对话、求宇宙认识的行为，无疑是追求的纯粹性、完美性和深邃化了。

那么，黄振琼是如何完成这次心灵之旅的呢？

全文的记叙，只用四个字便可回答：独坐静夜。

其肢体语言，只传达给我们两个细节：碰触到一株蘑菇，扔下了一些药片。

这两个细节，非常重要，为全文起到了横梁立柱的作用。

如果说"碰触蘑菇"这一细节是横梁的话，那么，它所架起的则是心灵之桥。

当时的情景是这样的：当夜之黑幕像海浪般包抄而来之时，被其吞卷的人便伸手划着、摸着。当摸到一个"阴暗和污秽联手种植出来的剧毒蘑菇"时，作者的所得为：

> 定晴细看，果真有幽灵般的光芒由弱到强，在夜的深处游走，如同那些残破的记忆、姣美的谎言。我有些开心了，因为愈是面对丑陋的强大，我便愈是引以为参照，坚守内心羸弱的美好，不让自己移动，只让时间像钢锯一样，慢慢在心上拉起。

此时，你是否听到了钢锯拉扯的声音？这可是在人心上拉锯呀！你心动了、心疼了吗？

如果说她扔掉药片这一细节是立柱的话，那么，她所立起的，是人格和尊严。

当时的情景是这样的：她"站起身，拍打衣裤上的灰土，准备原路返回"，发现"背包有些沉"，就"把那些熟悉的瓶瓶罐罐从包里取出来"，毫不犹豫地"尽力扔到了最远的地方"。

黄振琼此举，意在何为？请看她秀手一挥，发出的感慨：

> 有病的人，常常说自己没病；健康的人，总是担心自己不够健康。夜晚用漆黑给白昼疗伤，我用遗忘给心灵疗伤。

是啊,夜晚是白昼的检修过程,遗忘是养心的诊疗妙招。

当夜幕降临,无论房子的高与低、道路的平与陡、花草的枯与荣、苍山的绿与荒、河水的动与静或是男人的帅与不帅、女人的美与不美,统统隐去,只剩下一片漆黑,是那样的公正而又无争,是那样的平等而又无形。

当忘去病痛,人心重获生机,一切都是春意盎然,满心都是清爽怡然。如此的"新生",当是心境的一种升华,人格的一次闪亮提升。

唯在此时,才有此感:

> 安静下来的我,觉得自己很像一个被夜晚娇惯的宠儿,感觉到幸福在冲我笑着。

这种美妙的心境,来自两个小动作,实在是神妙!端庄的黄振琼,定然在人群之中是不善做小动作的。然而,独处之时,适当地用点小手段,给心门开点小窗口,不是调皮,而是乐趣。

只有让心快乐了,心才会开朗。

"谈心"之文的谈心之举,也不宜高谈阔论。有时,小细节能透大道理,小情节能做大文章。

不信,你问黄振琼。

精确的心灵感应

钻到爱情深处去写爱情,定能写出爱情的深刻。

抽身爱情之外来写爱情,能将爱情写成什么样子呢?

黄振琼告诉我们:当爱情变成一种生活,"我们的眼里心里时不时会出现感情荒芜的景象"时,你不妨与爱人分开,让自己到爱情之外去感悟爱情。

这可不是钱锺书的《围城》,去讲什么"城外的人想挤进来,城内的人想冲出去",黄振琼只是讲述了丈夫的一次外出带给自己的情感体验。

散文《你远行的日子》不长,只有五段:

第一段,写丈夫出门时自己的猜想。在那种猜想中,丈夫似乎成了逃出牢笼的欢快鸟儿；

第二段，写丈夫出门后自己的心情。这种减少家务、口舌以及噪音的"独享一份幽静，真是美哉"；

第三段，写婚姻、家庭给爱情带来的压抑。这种压抑的发现与解脱，是"因为你远行而生出的自由感、欢呼声"；

第四段，写丈夫外出之后自己遭遇的种种不便。正因为有了这些不便，才让作者体会到丈夫的爱和爱情的存在。"在没有距离、真实而平淡的日子里，关爱无处不在。"

第五段，写对丈夫的挂念。由大自然的天气预报，反映夫妻间的冷暖关照。

五个段落，五种变化，表现变化的文字全是心理描写。仅以第一段为例，几乎每句话、每个字都将丈夫出门时的心迹表露无遗。

当丈夫出门时，"我看到你脸上的表情很平静，其实谁不知道那双眼睛背后暗藏的是窃喜还是欢笑"。这种由深刻的观察而产生的深度的心理解析，如果不是长期相处、知根知底的婚姻中人，是无法描写得如此入木三分的。这种心理描写，其实也是独到的行为刻画，甚至是一幅惟妙惟肖的人物肖像。其观察之精确、解剖之准确以及下笔之狠，已经超乎了心理的临摹，而成了行为的塑像——把你的内心活动变成外在形象，以告知世人，你不仅是这样想的，而且是这样做的！

为了让这种心理描写更真实，更准确，作者举出了一连串的"例证"：

"好像这次去的时间很长"——说明你确实想逃出家庭的牢笼；

"同行的人也不少"——说明你这次出去是精心设计的，有预谋、有组织的行为；

"电话老响个不停"——说明你是主谋，是主动联络的积极组织者；

"你婉言谢绝孩子提出到车站送行的好意"——说明你是绝情的，是决绝的逃离；

"拎着简单的行李"——说明你的幸福在外面的世界；

"就像一阵风刮进朦胧的天地间"——说明你对这次外出满心欢喜、十分向往，并有越快越高兴、哪怕外边的世界再热再苦也在所不辞的心理准备!

这种心理剖析,几乎不是描写,而是一个个偷拍镜头的展现,一张张透视片子的叠映。

是什么样的功力,才有这样的笔力呢?

艺术来源于生活,又高于生活。作者的功夫,无疑来源于生活——对生活的深刻观察、准确把握。

分析到这里,我们似乎看到:在那位丈夫的背后,始终藏着一双洞察一切的眼睛。那双眼睛,时时刻刻都处于信息收集、分析、归纳、总结的高效运转之中。虽然不言,却有文字表述出来。而这些文字,就是对丈夫一切言行的批注;这些批注,就是判断丈夫对家庭、对妻子、对儿子爱与不爱的判决书。

当爱情遭遇到如此严肃、如此严密的审视,丈夫生出逃离之念,有了逃离之举,自是不言而喻的了。

这就是心理描写的功力。能让人的一切言行都裸露于阳光之下,其功力无异于"天罗地网"。

而支撑这一功力的,是细致的观察、周密的推理、精确的文字表达。

从这开头一段,窥一斑而见全豹,我们就能看出黄振琼在心理描写上的老道与尖锐了。

既然爱情是一种心灵感受和生活上的体验,那么,巧妙地运用心理描写,便是写好爱情的精妙之法。

对此,黄振琼的《你远行的日子》给了我们一个书写爱情的启示:重要的不在于做了什么、说了什么,而在于从中感知了什么、认识了什么。

如果你正在记叙爱情,请先扪心自问:爱人之爱和爱情之情告诉我什么?

温洁散文的心灵探索

情生于树，树植于心

如果你要读懂《在心里植棵树》，先别着急，请随我来，咱们跟温洁一起上山看树。

在漫山遍野的树林中，你看到了什么？

那一棵长于山湾厚土中的树，将根须扎得很深很深，因而它长得身高体粗，像一个帅气的小伙子，生机勃发，枝繁叶茂；

那一株长于悬崖峭壁的树，将根须如同爪子般抓进石缝之间，身子便从石缝中硬硬地长了出来，虽然个头很小，躯干弯曲，但仍不失树的风采；

那一片山梁顶端的老树，根须扎入板结的土石中，身子摇曳于山风的呼啸中，头顶暴露于炎热的阳光下，其形象虽然苍老、歪斜、矮胖，个性却显得十分倔强；

那一片密密麻麻的松树，一根根将头削尖了般地挤出繁枝的帷帐，去争抢阳光、风雨等养分，那身材便长得端正如笔直的竹竿……

这些，只是树的长势。那么，从树身、树冠、树枝、树叶及其花朵、果实上，你能感受到树的年轮、生机与个性、品质吗？你能看到树的欢喜、愤怒与悲哀、快乐吗？你能听到树的低吟、轻唱与诉说、呼叫吗？

我们不知温洁看到了什么，只听她时常念叨着：人要活得像山上的树那样。

这话不是她说的，是她父亲说的。因为她"一直不曾明白这句话所隐藏的内涵"，所以便时常上山看树。

为什么是山上的树呢？父亲没说，温洁没问，只是上山去看。

那么,我们也上山去看吧。看久了,便明白:山上的树与院子里的、园林里的树有着很多区别——

首先,因为是野生的,它从小便要学会独立生活;

其次,因为无人管护,它必须自立自强,练就顽强的生存本领;

再次,因为处在自由的环境之中,它必须自爱、自卫、自律、自励,积极向上,竞相生长。

这种独立生活、顽强生存、竞相生长的能力,使山上的每一棵树都能独自面对风雨雪霜、四季变更,长出一树一世界的精彩。

温洁的父亲没有讲出这些内容,只是让她自己去看、去悟。

当她知道了这些,父亲便带领她到屋后栽树,并将"山上的树"那些生长因素综合起来,告知她栽树的方法:

把坑挖深些,把土塞牢些;根深才能叶茂,土满才能枝壮。

这话,在即将长大的温洁心中折射出做人的道理。

这话,让她心中有了"抬头望望依旧纯蓝的天空,眼泪从脸颊上滚下来"的情感反应。

因为是和父亲一起亲手栽下的,她便在心中牵挂着那些树。因此,"当晚风大作,我的心一下子缩紧。我翻身下床,默默地看屋顶的水哗哗地流。第二天我发现那些栽下的树苗骄傲地直着身躯"。她因此而释然,并有了"骄傲"的心情。这一经历,使她有了可喜的精神收获:

我开始明白一些所谓的人生经验,所谓的生活理想。

有了这样的感受,她便对父亲、对自己以及人生路上的父女生活有了新的认识:

后来我和爸爸的日子总是起起伏伏、坎坎坷坷,一次次地跌倒,一次次地爬起来,从来没有屈服,从来没有放弃。像那山上的树,任凭风吹雨打,从不退却,从不埋怨,仿佛这就是生命的全部意义。在岁月的风雨中前行,爸爸变得更加沧桑了,而我变得更加成熟而坚定。

在她这样的审视、认识之中,我们分明看到:温洁和父亲,都是山上的树。父亲是山头为她遮风挡雨的老树,已在岁月的风吹雨打中苍老;她是父亲身后的幼树,已在风雨中长大。

当自己成了"山上的树",她并不期求自己能够拥有一片森林,只希望"在心里植棵树"。

这又是为什么呢?

初见这个标题,我以为又是"人生理想"或"环境文学"之类的征文作品。读完全文,再次品味,才知道这是一种做人的态度。

因为她是教师,从职责出发,她"希望自己就是一棵树",而这棵树在自己履行职责和义务时能发挥的作用是:

> 当我站在讲台上,我能把我的养分分发给那些求知若渴的孩子们;当我站在操场上,我能把我的快乐分成无数份和孩子们分享;当我站在蓝天下,我能把我博大的胸怀敞开为孩子们遮风挡雨。

这是一种职责,更是一种情操。
这是一种追求,更是一种担当。

周晓莉的读人读书

展开矛盾见和谐

常看戏曲,常读剧本,便得知:戏剧要有矛盾冲突,没有矛盾来制造悬念,引人破解,这剧便难以引人入胜。而这些冲突又让人明白:最好的矛盾是观念引发的心灵碰撞,而非编剧制造的情节。因为,生活中的矛盾多数产生于人们于社会认知中形成的思维定式和行为模式,观念不同,处事不同,便会产生人与人之间的观念对撞。这样的矛盾不仅能推进剧情、引发思考,而且能真正体现"高台教化"的"寓教于乐"作用。

周晓莉的《阿聪》就为我们上演了一台矛盾不断而终至和谐的生活情景剧,让我们在阅读中与作者所写所思相融合。不同的生活观念,决定着各不相同的生活方式,只有互相融合,才能和谐相处。这不光是一个保姆介入之后如何处理矛盾的家庭问题,更是城乡二元化时代富有中国特色的社会问题。

对此,要准确写出社会矛盾之下的人心变化,没有深入人心的观察和深切入微的体验,是无法达成的。

周晓莉抓住了一个难得的机遇,便在真情面对中做成了文章。

机遇来自她聘请了一个保姆,成功来自她与这个保姆真情相处,文章来自她对保姆的真情理解、真情相助和以心换心的互相温暖,真情映照的互敬互励,言行和谐的共同进步。

尽管农民进城务工已成时代潮流,但农民挤进城市生活的道路依然很窄,农民融入城市生活的空间依然很狭,农民生存于城市家庭的难度依然很大,农民与市民和谐相处的困难依然很多。

面对这样的困境，善良的农民不得不要点小聪明，使点小花招，以此来求得机遇或求得同情，进而求得谅解或求得关照。

周晓莉就遇到了这样一个潜藏心机却又忠厚老实的农妇。

一开始，她就为其"刚刚从山里老家进城借住亲戚家，是为照顾刚上中学的大儿子，还有刚上幼儿园的小儿子"的实际负担，产生了"那你到我家之后如何还能照顾得到你的孩子"的疑问，但那农妇指着另一个女人说有她照顾，并表态"我既然答应你了，就好好为你家做事"！岂不知，当主雇之间刚有了和谐之兆，保姆的老公却跟踪着找来。此时，这保姆又对老公撒了个谎：不是给人做保姆，而是帮人卖衣服，因为"我没告诉他我给你做保姆，他要是知道了怕我照顾不了两个儿子，就不会答应的"。因此，我们看到了农妇进城务工的双重困难：社会选择的苛求，家庭事务的阻力。作者因为了解社会，便在洞悉了保姆的内心之后，没有任何责备，只发出一声"这个阿聪"的叹息，便忍了，便认了。此时，我们通过这声叹息，既进入了保姆的内心，又认知了作者的良心。一场心与心的交融，自此开始了。

紧接着，又是一个关键性的矛盾冲突：保姆的厨艺很差！这怎么了得，主人请保姆，主要是做饭，而一日三餐是城市在岗人员家庭生活的重要内容！何况，主人第一次见面就问了她会做饭不，她也回答"家常饭样样会做，最擅长做的是鸡和鱼"。然而，当得知"她之前并没有怎么做厨房里的事，因为一直在外打工，吃饭的事情总是将就得多，也不怎么做饭"，责备心被同情心取代，热情冲散了怨气，主人便静下心来手把手地教她，让自己成了保姆的免费教师。由此，我们也看出：因为农民技能培训的缺失和社会服务专业化水平的低下，进城务工者和用工者之间难免产生矛盾，而解决矛盾的有效措施只能是用真心接纳、用真情帮助，从而达到和谐互利。

在完成了熟悉、接纳、磨合之后，矛盾依然存在。这时的主要矛盾，不是保姆的时间、技能保障和主雇之间的相处摩擦，而是观念冲突。比如做荤菜，城里人讲究以素为主，而乡下人坚持以肉为主。阿聪为强调这一坚持的重要意义，甚至搬出了老家的风俗习惯和待人接物的礼节："老家那里来了知己的客人,炒菜就是要多上肉,肉里就是要少掺菜,那才显得真诚!"这一"多"一"少",出自风俗所框定的礼节,而这个礼节涉及人的品行——诚实,为了这个涉及品行的大事,她才反复坚持"就是要"!对于这种农民式的固执,你能怎样?对于这种城乡悬殊的生活习惯,你能说啥?主人能做的,就是潜移默化,在相互渗透、相互认知中相互妥协。

然而,正当双方关系进入你中有我、我中有你的互融互助阶段,正当主人在为保姆的进步、为其丈夫的病而尽心尽力时,保姆却宣布要辞工。不是相处不下去,而是她通过在这里的厨艺长进找到了新的生活追求——学习烹饪手艺,进城开店,支撑家业!主人面对她的这一突然决定,不是生气,而是高兴,及时张罗了主雇之间"最后一顿午餐",给其付了工资,还给其孩子准备了红包。能这样做,是因为主人觉得"这两个月以来,我们相处融洽,实在是难得的一种缘分"。能这样想,是因为主人对保姆的感恩之心:"她将自己的孩子交给别人照顾,转而来为我们做事,已是十分难得了,我这样做理所应当。"

这样,当阿聪在冬日里背井离乡、再次上路时,我们透过作者那祝福的目光,看到的便是主雇间、城乡间、天地间的大和谐。

这样,我们便通过《阿聪》看到了人性中、社会中那化解矛盾的暖流正汩汩喷涌,汇成了社会和谐的美好音符。

以书为镜,映照人生

"读书让人明白。"

周晓莉的《夜读昼思》,让人更加明白:这话是真理。

对于催眠,不同的人,有不同的方法。周晓莉所用的方法,是"翻书看书"。因为,"有些不咸不淡的文字,正好催眠"。

可是,无意之中翻了史铁生的《轻轻地走与轻轻地来》,却读跑了"本已慢慢来的睡意",把大脑读得异常清醒。

因为有一段文字让她看懂了生死,且对生死有了崭新的认识。

有生则有死,这是生命的规律,谁也逃不脱的。但人之常情,是惜生怕死,甚至因为恐惧死亡而对死亡缺乏最基本的认识,且有更多的人对死亡持盲目的拒绝和固执的逃避态度。因而,生活之中,凡与"死"相关的人、事及语言、文字等信息,往往会扰人心智,令人谈"死"色变。

作者的日常经历是:凡白天一遇与死有关的信息,晚上必做一些"很是诡异"的梦。

非常"诡异"的是,她竟多次在梦中遇到一位死去的同事。然而,虽然夜间于梦中见了,但到白天分析时,怎么也想不出为什么做了此梦,这纠结的消解,得益于她梦中的一句生命感言:

> 生前很多事,实在是不该做;如果还活着的话,一定要好好地活一回。

这话,令"我"浑身发冷。"我"为何在梦中与一个死者去探讨生死问题及活的意义呢?

这个想法,令人费解,也确实纠结。而破解的武器,竟然是史铁生的一句话:

> 站在死中去看生。

如果说这话有点费解的话,且不急,作者紧接着用一则故事来为我们举例说明。

她的外祖父,因是有名的中医,便活得很有滋味。他不仅很会生活,会吃、会喝、会穿、会养生、会为人、会处世,而且也常施教于人:

> 与人交往,就如予人礼物,要雪中送炭,不要锦上添花。

尤为令人佩服的是,"他还比较健康地活着的时候,就根据自己的身体状况,推测了自己离世的年月",并命人"写一篇碑文给他看,要简单客观地总结他的一生"。当"后来的事实说明,他的推测竟然那样接近事实"时,他的生与死,就成了她心中的一个结:

他为什么活得那么明白，死得那么从容呢？

直到读了史铁生的书，她才明白，外祖父就是史铁生所说的那种人："站在死中去看生。"

那么，外祖父为什么能有如此超脱的生死观，能如此淡定地去生、去死呢？

作者的评价，让人明白：

> 由于读了不少书的缘故，他虽一生处在乡间，却很脱俗；又因常在乡间行医，他见多识广，总给人一种明朗的样子，可敬可亲。

话已很清楚：一因读书，二因见识。

读书，使他明白；见识，使他明朗。常读书，常思考，当书中营养在思考之中消化之后，他的精神升华，提升了人生境界。行万里路，等于读万卷书。行医与行走，使他增加了阅历，增长了见识，便明白了很多事理。人活明白了，内心便明亮了，性格便明朗了，其生命便是亮丽的。

用生死这么大的话题来说明读书与人生的关系，初看起来似乎帽子太高了，细想开来，却理由充分。

于生而言，读书和吃饭、睡觉一样重要。于死而论，人要死得其所，必让精神永存。而这精神的养成，也需靠书像阳光、空气一样来滋养。

亦如作者所反复使用、十分欣赏的史铁生的那句话："站在死中去看生。"要达到这一视死如生的境界，的确不易。

作者由读书到阅人，终于明白一理：

> 如果能那样活着，活着就变成了一个清清楚楚的过程，结果是明确的，终点是唯一的。看透了这些，就会看淡很多事。

如此写生死，如此写读书，实不多见。

因此，这篇文章就不是一般意义上的读书心得，而是一次从书到人的心灵苦旅。

唯有这样读书,才能读出书的精华。

唯有这样写作,才能写出为文的意义。

梁玲散文的情与理

推出要义，理出方略

当停电、被漆黑笼罩之际，我们该如何打开心门，给心境透出一片亮光呢？

不少人的心门此刻也停电了，他们在抱怨、焦躁中忙乱着、咒骂着或是无所事事地等待着，无可奈何地悲观着。这是因为：

> 人类早已患上了电依赖症，无论如何也回不到点燃松枝度暗夜的往昔时代。

这种举手之劳便可照明的方式，来自人的自立意识、自理能力和自主理念，来自"人的主观能动性"。但在这种自给自足的时代过去之后，人如何适应社会化供给的现代生活，并在社会化供给一旦不济、不足、不及的情况下，如何调剂心态，以适应内心的需求呢？

梁玲的回答是：闲适。为着这个答案，她写出了散文《品闲适在冬夜》。那么，何谓闲适？不同的人，有不同的理解。梁玲的解释是：

> 闲适，是一种独到的生活方式，浸透着人们对人性的理解和品味。它表现了一种从容不迫的生活态度，修身养性的人生状态。

由其关键词"生活方式""生活态度""人生状态"，我们可以看出："闲"不是赋闲，"适"不是盲从，而是"从容不迫""修身养性"，且是"浸透着人们对人性的理解和品味"。

那么,这些把控心态的方式,又何以构成闲适的心态呢? 梁玲进一步解释:

> 闲,并非饱食终日、无所事事。闲不但指有余暇,而且包括有闲心,有闲情。闲而有趣,闲而自适,才是闲适。

这里有两个关键词:一曰"闲情",二为"自适"。

若无"闲情",即使时间上再有闲,那也只是个体在某一时间、某一事情上的暂时停顿,其心灵可能会因为这一暂停而慌乱和盲目;

若不"自适",即使客观上你停下工作,起身休闲,也会因不适而心烦气躁。

因此,"闲适"当需主观能动性。如同梁玲,当城市停电,她不是无所适从,而是自我解脱——选择走出家门、自由散步,并在这悠然自得的闲散之中,去思忆古人之闲适的生活方式、闲适的人生情趣,并由那些表现闲适之情的诗词,品味出闲适生活的意趣、闲适人生的韵味。由此放飞思想,让黑夜闪烁出灵动的亮光,并借这光折射心灵,生发出更为光明的乐趣、志趣以及对于把握生活、把握人生的更多见解。

她以自己从黑夜中洞悉的见解,告知我们把握闲适的三种方法。

一是,人心有趣:

> 斜倚窗前,等候黄昏姗姗而来,看西天被晚霞映衬得华彩斐然是一种闲适;飘雪的夜晚,一盆小火炉、一杯清茶、一本书,是一种闲适……

二是,人心有情:

> 有了审美的眼光,日常生活中的一些本来很普通、很常见的事物,就会变得很有趣味。

三是，人心有度：

　　明洪应明在《菜根谭》中说：醲肥辛甘非真味，真味只是淡。神奇卓异非至人，至人只是常。此言道出闲适所需要的一种胸怀，即淡泊、超然的胸怀。只有知"淡"守"常"，方可在"闲"之后有合乎自我的闲情逸致，即"适"。反之，会闲得发慌、无聊，并由此而生出多少是非。

　　这三法，既是各自为阵的"独立人格"的体现，也是互相牵连的"人格组合"。"趣"生"情"，是为"情趣"，即"闲情逸致"；"情"有"度"，是为"合情"，即"闲适"也。

　　至此，我们明白：所谓闲适，乃淡定的心智。

　　至此，我们懂得：若要达到如此心境，贵在修身养性。

　　梁玲用推理法，为我们推出了闲适之要义、要方，让我们在滚滚红尘中，得一养心之术，妙哉妙哉！

程云散文的灵魂塑造

透过故事见灵魂

对于"人物纪实",程云有她的理解与把握。

曾有三年时间,我们联手打造安康电视台的《文化名人看安康》栏目,我离开之后,她又牵头干了三年。该栏目曾被评为全省优秀电视专栏,这与她追求品格、坚守事业的顽强有关。该栏目历年均有人物纪实在省市获奖,而所有获奖作品均是她主打采访的。期间,她也采访了不少本地文化名人,推出了电视艺术片《南宫山恋歌》等优秀作品。

从几年的合作和长期观赏其节目的感受中,我发现,程云的人物纪实有两个明显特点:其着力点在于她那透过"成就"而精心挖掘的故事,其动情点在于她那穿过故事而层层坦陈的真情。

忽一日,当她将那些采访稿改成散文结集成《文化名人与安康》,由陕西人民出版社出版发行,我们惊异地发现:当"电视文艺"变成"纪实散文",便以其既有文字张力,又有画面美感的艺术魅力而让人物立体化地向我们走来。

《南宫山恋歌》,就有这种美感。

其美就美在成功后面的故事,故事深处的真情。

这是一种深入矿层的挖掘功夫,一种难能可贵的艺术追求。

面对成功者,我们都想挖其故事。然而,很多成功者都有一个特性——凡属专业工作上的故事,基本都被遗忘。因为,他们永远铭记的是出发点和终点,而中间过程多被忽略不计;甚至,他们只记得终点上的那个句号,不注意围绕这个句号所产生的所有细节。因此,不少采写成功人物的作品,谈其成就是辉煌的,写成文章是枯燥的。

采写邱仕君,不仅有这样的难度,而且还遇到了交流的障碍——他和不少成功者一样,谈起作品滔滔不绝,讲起个人却显得木讷。

于是,关于故事,关于故事之中的真实情感的摄取,在几经努力中几乎令人绝望。

于是,程云将"脚板艺术家——摄影人"最不喜欢听的话变成了撒手锏:你的运气太好了!

这一下,触到了邱仕君的痛点上。在痛苦与呻吟之中,他要大声疾呼:这不是碰运气,这是要抓机遇;而要抓住机遇,不仅要能吃苦,而且需要非常强的艺术判断力、表现力……

于是,他道出了真经:"我之所以在外人看来很幸运,那是因为我比别人更熟悉南宫山,我能忍受别人难以忍受的艰苦!"

于是,便有了"千百次的厮磨""与死神照面""男儿也有泪""大山的恩赐"这些故事。

这些故事,真实地袒露了邱仕君的心迹。

——之所以"暗暗发誓,一定要让南宫山这块美玉散发出令世人瞩目的光彩",只因"自己从事摄影二十多年,竟失却掌中珠宝,因不识南宫山真面目而深深悔恨、自责"。由此,一种担当精神促使他与南宫山终生相恋。

——之所以"一次次危险的经历不仅没能遏制他的创作激情,反而让他更加敬畏南宫山",只因"为了南宫山,他愿意付出生命的代价"。这种超出艺术追求的生命托付,才是真爱的最高境界。

——之所以"多少次的失败、多少次的无奈"都无法阻挡他攀山的脚步,无法挫败他冒险的勇气,只因"每次失败都会成为他继续搏击的动力"。这种动力的源泉,是他对南宫山深深的爱恋。

——之所以在拍到七彩佛光耀照真人殿这一人间奇景后"禁不住热泪长流,长跪不起",只因他深知"南宫山啊,我是你虔诚的孩子,我愿忠诚地厮守你,用生命的代价回报你"。正因为这样,他的痴情与对南宫山的炽爱才会幻化成精美的作品,产生令世人称奇的艺术效果。

因为有了这样的故事、这样的心迹,南宫山的靓影才印证了英国摄影

家泰里霍普的著名论断:

> 不管风景摄影面临多么严峻的考验,对于那些伟大的摄影家来说,他们别无选择。支持他们走下去的是热情和信念。当美丽的风景呼唤他们的时候,他们会毫不犹豫地拿起相机,不畏艰险、不计报酬地继续奋斗下去。

由这个论断来推论邱仕君,程云找到了牵系他梦想的绳头:

> 我不是伟大的摄影家,但我要像伟大的摄影家那样前行!

至此,我们明白:程云对于"人物纪实"的理解,在于如何去理解主人公的人生追求;她对于"人物纪实"的把握,在于如何去把握主人公的心律跳动。

聆听心灵的回响

很少见到如此直接叩问生死离别的文章,这样的叩问又是为什么而发呢?

阅读程云的《我与英雄的对话》,只觉得心鼓被阵阵敲响。这声音,既有她的敲击,也有扪心自问。

中国人所崇尚的最高精神境界是舍生取义——面临生死考验时,宁愿牺牲自己!

常人难有这样的机遇,也难有这样的抉择。但在安康 2010 年的"7·18"特大洪灾面前,当一批基层党员、干部为了保护人民的生命财产,毅然冲上前去,用生命的代价实践了国人崇尚的价值观,我们众多的生者在很长的时间里都被震撼着,都心痛着,甚至久久默哀而发不出声来。

很短时间涌现出了很多作品,最常见的是报告文学、诗歌。而由于时间仓促、使用急迫,那些报告文学因过于纪实而缺乏文学性,那些诗歌因仓促创作而欠缺诗意。然而,社会对文学在特殊时期所应有的特殊感染力、特别战斗力的呼声却越来越高。于是,在我们的报刊、集会等传播空间,连特写、日记、演讲稿也挤入文学行列,在特殊的条件下,发挥着特殊的作用。

时间稍过,冷静下来,审视"特殊需要",我们发现:这种近乎"战地文学"的艺术作品,其所承担的任务,最明显的就是唤醒人心、凝聚力量、弘扬昂扬向上的时代精神。

这样的作品一时之间铺天盖地,均发挥了应有的作用。但此后能获省级大奖,并被人们反复提及的,依我的记忆,似乎只有程云的《我与英雄的对话》。

这个"对话",其首要特点是找到了形式新颖的表达方式。它突破了宣传英雄事迹固有的纪实性"报道模式",而用富含哲理的随笔形式,设计了"我"与英雄的心灵对话。

当时,原汉滨区谭坝乡鸭蛋河村党支部书记杨宗兴的事迹已被新华社、《人民日报》、中央电视台等全国 600 多家媒体广泛报道,并受到中组部、陕西省委的通报表彰;原紫阳县公安局焕古镇派出所指导员罗春明已被省市授予抗洪救灾英雄和优秀共产党员称号,真可谓"事迹家喻户晓,英名传遍全国"。那么,再写,该写什么呢? 程云所选择的对话形式,正好突破了事迹的描写,在与英雄谈心交流的同时,既能让英雄袒露心迹,更能让读者走入其心灵,从而起到沟通心灵的作用。

这个"对话"的特点之二是找到了打动人心的话题。她通过"英雄们为什么能舍生取义? 他们的生命为什么会有如此的力度?"两条线索,贯穿同三位英雄的对话全程,从而也让读者看到了英雄之所以成为英雄的简单而又真实的过程,并让英雄在读者的心目中显得平凡可亲、可敬可爱。

在与杨宗兴的对话中,她借英雄之口说出了当时的实情,并说出了杨宗兴内心的真实想法:"我怎么不怕呀! 当时我惊得多长时间都喘不过气来,现在想来还后怕呢! 我已经跑了一整天,再也跑不动了。泥石流下来的那一瞬间,我知道自己的命是保不住了。但是,乡亲们的命都保住了,值了!"这段话让人看到了英雄那鲜活的灵魂、不朽的忠骨,从而体会出面对生死考验时英雄的平实、榜样的真实,让生者感知到生的意义、生命的价值。

这个"对话"的特点之三是找准了发人深思的书写角度。想达到以揭示英雄内心来启迪人心的目的,必须抓住生活中的某些小角度,否则,只用"豪言壮语",是难以触动人心的。更何况,许多英雄在倒下去的刹那间,连声叹息都没有来得及发出。程云的入情入理,就在于用"小角度"来阐发"大道理"。

对于英勇献身,常人都有"怕不怕死""想没想到谁来照顾你的妻儿老小"这类话题。罗春明的回答是:"什么也顾不得想了。其实生死就在一念之间。如果稍稍犹豫一下,哪怕一秒钟,或许我的命保住了,可我的良心这一辈子也不得安宁!"对于那些自己失去亲人、财产,却一心带领群众救灾的硬汉,人们也多有不解:他们哪来那样的韧性、那样的坚强呢? 岚皋县铁炉镇兰家坝村二组组长王应保的回答是:"眼前的灾情使我根本哭不出来,也没有时间哭;只想到赶紧去救灾,多干一点是一点。"这种朴素、真诚,让我们真切感到:这是真心话!

当程云的作品于次年春季在省里荣获一等奖,有人开玩笑说:"罪有应得!"

的确,她为此受了不少罪。且不说此前为三位英雄制作专题片、为赈灾晚会撰写授予每位英雄的颁奖词,会耗费她多大的心血,单是这篇"对话",她就忙了一周,哭了一周。那一周,她反复查看影像和文字资料,多次找人交谈,并数次在梦中与英雄交流,才找到了这种形式、这些话题和这个角度,才有了扣人心弦、发人深思的理想效果。

她的创作实践告诉我们:对于这种心灵工程的创作来说,潜入主人公和读者心灵的深度,就是作品生命力的刻度。唯有知此知彼的潜行,才能使作品的价值达到理想的高度。

她的《我与英雄的对话》告诉我们:哲理并非高深莫测的"玄学",深入人心的真情倾诉,更能让人明白事理。

安康女作家散文评议

杜波儿：抚平差异寻美妙

情感是有差异的,差异之美更有情趣。

写情之文,如在差异选择上别具一格,则更有文韵。

婚姻生活追求的是互补之美,感情生活追求的是差异之美,亦如旅游。有人这样评说,我亦如此认为。

喜欢旅游的人,便是寻找差异者。因了差异的美妙,他们不惜东奔西走,乐此不疲。有时,不是为了征服大地的巅峰,而是为了到达心中的幻景——因为期盼中的景象是一种挂念,只有将挂在心头的东西解下来,心才会释然。所以,旅途中人永远在山的这边为梦想而进发,以至无数的梦想永远在山的那边招手。这种塞满心房的进发之梦,永远是美妙的。

因此,旅人的选择绝对是不同于自己城市、自己乡村的另一种景致,无论山水、建筑或市景、饮食,都是差异化的。

正因为差异是熟识的缺失,才显得珍贵,才需要追求、需要尝试、需要拥有。于是,人心便在这样的需要之中有了梦想、有了渴盼、有了期求。

阅读杜波儿的《有些人,只能永远活在记忆里》让我想到了旅游的本质和旅人的心理诉求,便想到了婚姻内外爱情的差异,便想说一下对于这种差异的写作我们需要怎样去认识。

杜波儿的文章讲述的是初恋式的一段暗恋,她的讲述完全游离于婚姻、爱情之外,与正常生活毫无关联,只为让我们由这段美好暗恋所带来的心理反差而引发一些对于情感和如何处理情感问题的思考。

杜波儿的暗恋是单相思。因为:

我在心里用十年时间自编自演了一场美丽的爱情童话,对白是想象的,画面是虚拟的。

杜波儿的暗恋是纯情的。因为:

　　那一切只是我一厢情愿,自说自话,在不该的年纪里,我悄悄地在心灵花园里种下了一颗自认为是爱情的种子,我一个人悄悄地给它施肥松土,甜甜地给它阳光雨露,默默地想象它开花的样子。

杜波儿的暗恋是梦幻的。因为:

　　他就像我自斟自饮的美酒,一次次让我沉醉,清醒后又黯然神伤,可我依然喜欢沉醉于那个自编自演的童话中。

杜波儿的暗恋是具象而又抽象的。因为:

　　那年那月,你的离开,关于你的一切,对我都已成了神话,成了我心底最美最温柔的想念与疼痛。

杜波儿的暗恋是美妙而又神奇的。因为:

　　离别,距离产生美,你在我心中已经被神化了,越来越高大、越来越帅气、越来越完美。

杜波儿的暗恋是臆想而又亲近的。因为:

　　用我多愁善感的心,用我丰富多彩的想象,用我心中的标准不断美化你,你已成了我梦中的白马王子,成了我想象中的恋人。

然而,这一切的美妙,只因为处在暗恋的暗处,才滋生于心中,存活于梦中,一旦见光,便是另一番景象。

因此,杜波儿的暗恋在现实世界是"醉过之后,一切又归于平静"。那种阳光下的世界的本质,因为失去了白雪的覆盖,虽然并非想象中那样美好,却是现实的,静美的。

正因为经历了由飘雪到雪融的变化,看清了世界的本真,杜波儿便能感激这段美妙的暗恋,感激这种"美丽的欣赏",并发自肺腑地感谢有暗恋的"他"存在的"那段美丽的日子"。

这种越过落差而心理并不失衡的静美,才是由"看山是山"跃入"看山非山"并重归"看山仍是山"的深度情感体验,才是常人应有的思想质变。

这种差异之美,是"黄山归来不看山"的大智慧、大境界,是浴火涅槃的大收获。

这种由情感超越带来的心境超越,才是情感成熟和人生成长的意外成果,是由爱而获的珍贵礼物。这种礼物,当珍藏一世,受益一生。

这种用理智抚平差异的思考,以及这种因思考而剖析心灵的创作,才能释放出符合社会主义道德观的正能量。

周伟:色彩烘托意境美

喜欢周伟那特写般的写作风格,尤其她在安康市"双创办"工作期间,无论纪实还是小说、散文,总有直逼视觉的特写镜头让人击掌称好。

手头这篇《那一袭白裙》,就是一篇以特写取胜的佳作。读完,让人仿佛看到了张艺谋的大特写。

张艺谋是善用特写镜头的高手,其高招在于铺满镜头的色彩。无论是染坊那白花花一片的白布、庭院那红彤彤一片的红绸,还是原野里那绿油油一片的高粱、高原上那灰蒙蒙一片的尘土,都让人双目圆睁,静声敛气,陷入窒息一般的震撼。

周伟的特写,也是紧追色彩的镜头摇移。

在《那一袭白裙》里,作者设置了五个场景:

其一：寻爱的少女在江边漫步；

其二：获爱的少女在江边谈情；

其三：相拥的恋人因飞身扑入江中救人而离她而去；

其四：失却恋人的她在医院里明白真相；

其五：江边再无一袭白裙和披肩长发。

在这五个场景中，主人公的出现总是"一袭白裙"，只在第四个场景中让其置身于"白得刺目的医院"。

这些场景，用活了一个色彩：白。而同一个"白"，在不同的场景中，隐含着不同的寓意。

在第一个场景中，我们看到的这个"一袭白裙，独自漫步江堤"的怀春少女，虽然梦想着遇见一个白马王子，"渴望有一场轰轰烈烈的爱情"，却是个"每天晚上带着唐诗宋词沉沉睡去，然后在楚辞诗经的吟唱声中慢慢醒来"的爱情白痴。因为拒绝平庸，追求诗意，而使自己爱的天地一片空白、爱的心智一片苍白。

于是，在转入第二场景时，她虽然拥有了恋人，却陷入了"白日梦"。

仅仅因为他知道她喜欢诗歌，她便视他为知音，并迅速爱上了他，不问他身为何人、来自何方，便用浪漫的诗情编织开浪漫的爱情，用"如果有一天风景都看完，我会一直陪你看细水长流"的诗句来向他表白。此时的情景，应了一位作家那有点偏激的名言："恋爱中的女人都是白痴。"而她所陶醉的爱情，亦如每天白花花的太阳，是那样的炽热而耀眼。

正因为太阳的耀眼让她睁不开双目，才导致了悲剧。在第三场景，当"她投进他温暖的怀抱，他把她抱得更紧"时，被他的儿子看到了。儿子气急飞跑，不慎落入水中；他扑入江中去救，却"再也没有出来"。她不能没有他，为了他那"要娶我"的承诺而"疯了似的跳进水中，要去找他"。此时的情爱，已成了悲剧，留给她的只是白花花的江水和大脑中的一片空白。

所以，到了第四场景，当他的妻子、儿子让一切都真相大白时，作者巧妙地设置了一个环境：白色的医院。在这同样的白色中，作者却不提及她那"一袭白裙"，或许是不用再提，或许是盖于白色的床单之下，或许是因为她的洁白已被污染。那么，这里的白色环境又意味着什么呢？因为小孩的一句"妈妈不让我恨你",少妇的一句"你保重",让我们明白:这洁白的医疗环境和人文环境,会为她医好身心的伤痛。

因而,到了第五场景,虽然仍有诗词绕耳,却无"白色裙裾",方让我们警醒:生活依然充满诗情,爱情不是白日梦幻! 这样的结尾留白处理得很好,让我们的视觉和听觉里出现了声画合一的良好效果:吟诗诵词的画外音在天地之间久久回荡,而隐去了"一袭白裙"的江边却是那么的空旷,那么的辽阔……这样的声画效果,给人的联想如书画作品的大片留白,是广博而又深邃的,是强烈而又舒缓的,亦如无字碑般发人深思。

色彩无言,蕴涵深厚。

色彩无声,寓意深刻。

当我们透过色彩美而看到意境美,这色彩便是有言有声的故事,便是传情达意的血肉之色。

将无色无味的爱情用色彩来表现,这爱情便有了可视的色彩、可品的味道。

但愿我们能从中看到冷暖色别,品出甘苦味别。

这是周伟的《那一袭白裙》告诉我们的,我们应当感谢女主人公那可作教材的洁白。

同时,我要提示的是:在众多色彩之中,白色是使用率最高的;并且,一张白纸就是渲染色彩的天地。如果以色彩比人群,其比例是最大的。如果我们就属于这个大多数,你是保持洁白,还是变换色彩?

读了《那一袭白裙》之后,希望你能就此思考一下。因为,无论于爱情、婚姻、家庭还是工作、生活、学习,这都是一个不能回避的问题。

邓小鹏: 精准有力的白描法

亲情之于童年的记忆,往往是物质的。唯有那些深刻的"物质变精神",才使亲情更具烟火味,更有承载力。

这样的记忆闸门,总在不经意时打开,尤其当你拥有某种物质,并因为这种物质而触景生情时。所谓"每逢佳节倍思亲",我们之所以常常忆起父母、尊长们的养育之恩,当然多由一丝一线的情感记忆而生发。

邓小鹏于端午节想起了母亲做的"布袋粽子",无疑是因为此时正身处吃粽子的氛围之中,因而便由口中对粽子的品味引发了心中对母爱的回味。

她的回味不仅仅是一种念想,更是深情的忆述。她用深情和感恩,在对童年吃粽子的情景回忆中,加入了关于"布袋粽子"的描述。

忆述是亲情散文的主要写法,不少人的亲情故事都发生在记忆纯净的青少年时期。因为那时,自己和父母、兄弟、姐妹乃至亲族们没有多少利益冲突,有的只是简单、纯粹的生活,因而便有了单纯的记忆。这些记忆不是日记、不是月报、不是年鉴,那单调的岁月留给我们的只是故事或事件,而不少与己有关的事件留给我们的也只是故事片段。这样的记忆变成写作的记事,不看谁的文字多好,关键是看谁描述得精准。

如今,能将童年记忆中最美好的事物描写到如临其境的程度的文章不多,眼下的不少"忆述"都是成人化、概念化或感慨化、议论化的东西,让人很难见到多少儿时的纯真。

邓小鹏的忆述却是情景再现,让我们在其《布袋粽香》中知其味、观其形,见其心。

母亲的"布袋粽子",在她的笔下,是可见做功的:

> 记忆里的端午节前夕,母亲照例早早泡好了糯米,准备好白土布缝制的长方形口袋。口袋事先用艾叶、竹叶热水煮过,装入泡好的糯米,塞得结结实实,然后用粗线细细缝好,再放入大锅里煮。

如此简短而结实的几句话,就让"布袋粽子"具体化、生动化,让我们可感、可知并可视、可学。

关于"布袋粽子"的食材和质量,也是白描式的:

> 映入眼帘的粽子让人眼花缭乱,红豆的、绿豆的、黑米的,一一加了糯米,也有嵌了花生、红枣、莲子的,甚至有黑木耳加糯米的,各种颜色各种味道,把端午节装点得丰富多彩。

这样的可观赏性,无疑会催生出可食性、可品性,定会让母亲的粽子技艺成为可以传颂的粽子文化。

然而,要吃这"布袋粽子",也不能因其秀色可餐而生吞活剥,而是有一番讲究的:

> 吃母亲做的布袋粽子时,需要拿一根消过毒的白粗线,来回切割筒状的粽子……母亲却是不急不慌地操作……不多时,盘子里汇聚了形态各异的小粽子,三角的、菱形的、方块的、长方形的……

这种吃法,时时诱人,处处好看,让"布袋粽子"具有了诗情画意,让其随那"来回切割"而刻入人的记忆。

这些具体、细微的描述,如同记忆深处的丝丝缕缕,经作者抽丝剥茧式一缕缕拉成线条之后,母亲的"布袋粽子"便成了绵长的母爱,由童年直至成年,伴人走好人生路。

当已为人母的作者"领着幼子满大街转悠选购粽子"时,自然会"体会父母当年的辛劳",因为那"一筒筒简陋的布袋粽子,一摞摞晒干的粽叶,蕴含着团圆、祥瑞、幸福的夙愿"。

至此方道"幸福",才显得自然而然、入情入理,才能让人感知幸福的味道。

邓小鹏的《布袋粽香》忆事简明扼要,运笔仅用白描。但就这简洁的描述,却直达人心,让慈母手中的"白粗线"抽出了人心底层的血丝,有思忆的痛感,有回味的甜蜜。

真正的亲情是无须渲染的。

真正的忆述是无须刻画的。

真正的描绘就是简练的白描。

李小洛:隐到深处才诱人

诗人李小洛写过不少亲情散文,十年前她写的那些关于奶奶的故事,让我至今仍开玩笑说"你是巫婆的孙女"。

在那些故事里，几乎见不到作者的身影，有的净是一个个过往亲人的音容笑貌。那是作者在成为著名诗人之前的散文风格，那时她主创散文，很正统，很专情，往往写谁是谁，写至忘我。

如今，作为诗人的李小洛，也时有散文出现，可能出于抒发情感或抵偿文债的目的，便写得很随意，很飘逸，也很好玩，时时让人在散文中感受诗情、领略画意、享受乐趣。

《问题儿童》便是一篇有趣的美文，通篇都在闹笑，但笑过之后你不得不细细品味，品那隐藏的味道。

这篇短文，介绍了作者五岁前的人生经历：三岁前在妈妈的怀抱及身边生活，三岁后被放到了乡下奶奶家，过完五岁生日便告别奶奶随教书的妈妈到学校上学。这么一个五岁的孩子有什么样的成长故事可写呢？作者却用一系列令人捧腹的趣事描写了奶奶、妈妈和一个五岁女童的有趣故事，把"三个女人一台戏"演得情趣盎然，风生水起。

但在具体"演技"上，作者却让这个调皮的女童时时独自上场，演出了一场场独幕剧，其奶奶、妈妈不是退身台角，就是隐身幕后。

请看她与妈妈生活期间的闹剧，是如何显与隐的。

——咬人。因为"每看见可爱的东西必御口亲征"，所以"隔壁那个好看的胖弟弟"那一双像胖莲藕的小胳膊时常被她"突然一张口就啃上那么一口"。这时的她，是多么的快乐、活泼。而这时的妈妈呢，只是简单的十个字："没少为这个跟人家道歉。"

——磨牙。因为自己每晚"夜半磨牙"，搅得妈妈睡眠不足，常在讲台上打瞌睡。但自己并不反思，还沾沾自喜地说那种夜半听来恐怖的声响，"锻炼了老人家的胆量，以致后来走夜路也都不再虚了"。这里，作者小时候的行为和长大后的心理跃然纸上，而受害的妈妈却不言不语，其对"磨牙"的反应完全被隐去。

——酗酒。这一段，隐得更为严重，妈妈只是故事开头的一个引子。"三岁的时候，家里有客人来，妈妈沏好了酒倒在酒壶里"，自此妈妈消隐，由她去偷喝，去发疯，最后还为"就是那半壶酒取代了我一生的酒量"，并因此为省下大笔酒钱而大为自豪。

三年间,三件事,三个自然段,演活了一个小女孩的童真无邪、天真烂漫。那么,试想:如果没有一位耐心、大气母亲的精心调教,能有这么美妙的故事、这么浪漫的心得吗?

一位严肃的老干部曾在七十大寿的喜筵醉酒之后告诉我:因为自幼生于打骂之中,他得了一张终生不变的哭脸,别人以为这是天生的长相,其实是他始终自卑且不懂浪漫。

由此可见,如果没有那位会隐身的妈妈让她跃动着,诗人李小洛会有诗人的浪漫和天生的自信吗?

此间,她对妈妈的隐身处理,不仅完全符合孩童的视域,也是对一位有修养、会养育的母亲的最佳描写。

再看她与奶奶生活期间的闹剧,其奶奶又是如何隐现的。

——打人。将和自己一般大小的小叔叔打哭了,奶奶的出场台词只有一句询问:"你怎么打小叔叔?"而自己的辩词却是一套一套的。

——胡闹。因为自己偷梁换柱、混乱因果,将小叔因被打而哭,说成是因哭而打,奶奶的言行只是"忍不住笑了,说下次哭了也不许打"。

——使坏。小叔叔被她推翻在地,奶奶让她拉起来,她"捉住了他的一只脚往起拽",以致他哭得更凶,却还恶人先告状,说"他赖在地上不起来"。

这三个小段,三场交锋,小叔叔无论如何都是失败者,而奶奶只是个配角。但这个配角却是尽职尽责的,既有动作,也有语言,更有指导。由此,虽寥寥几笔,一个慈祥、善良且懂教育方法的长者形象却跃然纸上。即使奶奶站在那里不动、不语,也让小女孩不得不去费心辩解,而她的所有强词夺理在奶奶的微笑间都是苍白无力的。

这三个场景,"我"在尽力表演,"奶奶"却以静制动,一个活泼可爱的小女孩和一个大智若愚的长者所演示的"二人转",自然是笑料百出又发人深思的。那种轻松幽默之中所透射出的"我"的可爱与"奶奶"的可亲可敬,让读者明白:无须为奶奶画蛇添足了,这种无所为而无所不为的智慧型奶奶是我们无法用语言来描述的。

作者对于奶奶、妈妈的隐身处理,亦所谓大音无声,大爱不言。

正因为如此,这篇尽写童趣的散文,才是亲情散文中的佳作。正如入选时的争论,有人说它应入"纪实类",属童年记事;有人说只写自己,且多为调皮做坏事,不可入选。但我认为:一个零至五岁的孩子,能不调皮吗?能对亲情有什么记忆和判断?正因为她活跃了童趣,隐去了亲情,才彰显了亲情的力量,让她拥有了幸福童年。

当孩子渐渐失去童趣时,读读自我暴露性的《问题儿童》,或许会让我们对今天的父爱、母爱以及亲情多些反思。

当我们渐渐失去童真时,想想那些曾经隐身的爷爷、奶奶和父亲、母亲,或许会让我们对家庭教育、学校教育和社会教育多些反思。

我真期待我们的土地上能生长出更多的"问题儿童"以及与"问题儿童"一同成长的家长、亲人、作家、志愿者。

李小洛的《问题儿童》让我们十分温馨地怀念了一把童年,并希望今天、明天、未来的儿童能有如此美好的童趣和如此有趣的亲情。

刘锐萍:破解内心的因果

明明是旅游,却从风景走进了故事,这算是什么样的旅行呢?刘锐萍国庆去云南,归来后内心却在念叨着"玉龙雪山上的一米阳光不是任何时候上去都可以看到的"。这话,既是感知,也是禅语。

作者的写景,如同大多数的游人,在一个庞大的景区里走了一趟,奇山秀水、古城旧巷、美食怪物都领略了,却总觉得似乎什么也没看透,什么也没有记住。那么,作为记行的游记,到底要记下些什么呢?

出游是为了变换景别,从你熟视无睹的景色中走到完全陌生的景色里,去寻找新鲜的感官享受。这种景别变换是为了拓展认识大自然的视野,从而由认识自然到认识社会,以丰富自己的内心世界。从这个意义上讲,心灵的感受是终极目标,景别的拥有只是完成情感反应的路径或工具。因此,只记录风景的游记是对风景的拍摄,有感受的游记是对风景的摄取。二者之间,没有手法上的优劣之分,有的只是内容展示的区别。对于宣传性的游记而言,"拍摄法"独具优势,能给读者如临其境的美感;对于记行性的私人写作来说,展露心迹则更能引发共鸣。

刘锐萍作为不带任何工作、生活功利的个人出游,其出行目的和目的地的选择,完全出自个人心情。因此,"国庆去云南,虽说是机缘巧合,却也是一时来兴"。她为什么会有如此兴致呢?因为:"《一米阳光》的故事曾在我脑海里盘旋了很久,我说不清该为川夏拥有调酒师的真情而高兴,还是为不值得爱的负心男人年良修感叹。只是觉得当时看剧情时,感到唯美也很凄凉,因此那种纠结的情绪让我坚定了要来丽江、来束河的意念。"

这就是作者这次出游和这篇游记的因果。

这就是这篇游记一半走在风景里、一半走在故事里的缘故。

从这个意义上说,作者的这种景为铺陈、人为主体、情为主角、爱情故事为主要内容的写法,当是一种关照内心的精准写法。

那么,这种半是游记半是剧评的文章,能给作者、读者带来什么样的启示呢?

我说,它不仅是一篇完整的,而且是一篇很有特色的游记。因为它记下了前因后果,让读者获取了比亲身体验一场"到此一游"还多的心灵感受。

作者的出游是一种目的明确的选择,因而在到达每一个场景之前便有自己的内心设计。如同一场演出,是有剧情、有剧本的完整设计,甚至某些场景的对手戏都有了基本构想。你看:

> 在四季如春的昆明,也许会有不期而遇的邂逅;在古色古香的丽江,也许会有我梦中无数次幻化过的古代女子;在风轻云淡的大理,也许会走进金庸笔下多次描写到的某个场景……

当然,作者也明白,这些"也许"也许是不可能的,但正因为是"也许",就有了出游的动机以及应有的心理反应。你看:

> 事实上,这些多半是不会实现的,但我天真的企图与期待终究使我有了不能释怀的心事,这可能远远偏离了普通意义上的旅游。

当我们了解了作者的心思与心结之后，又陷入了对"普通意义的旅游"的审视之中。

何谓普通意义的旅游？作者没有给出注脚与答案，我们又不能对社会成员的旅游进行臆想性的分类。然而，当以自己的旅游实践作区分，就可找到若干次的"普通"。比如陪人到市内景点，比如因开会、考察之类的出差到外地景点，比如一些临时起意的跟人出行，应该都属于"普通"，只有那些自己有意而为的出游才是"非普通"的。

我曾设想，去一趟韶山，去看一下毛泽东故居。终于有了湖南之行，在参观了长沙、衡阳及湘潭的众多景点之后，才走进韶山冲。此行七天时间，门票存了十几张，景区书刊买了十几部，最终留在记忆中的只是毛泽东故居的平房和毛氏祠堂的《家谱》。

我曾计划，游一次新疆，去看一下梦中的楼兰古城和年少时差点入伙的伊犁农垦建设兵团以及伊犁的"天马"。终于有了一次出行的机会，和朋友一块到新疆南北跑了大半月，但因他们以无趣为由砍掉了楼兰、伊犁，以至我一回来便忘了那些草原、牧场和边城、沙漠的名字，甚至一位地接导游遵嘱寄来我要的当地杂志时，还害我想了半天：杂志社为什么寄刊，又没刊发我的稿件呀？

或许，这就是"普通"与"非普通"旅游的区别。

如果我们按照行程收获来写游记，所记可能就是这些山水、楼房之类的东西，以及由"这些"而触及的"那些"。

如果我们回来之后再翻出当地的介绍文图，照猫画虎地复原那些记忆之外、景区之内的东西，那些优美的文字终究不是自己的心灵映像。

一半风景、一半故事的《云南念想》，让我们从景物走近人物，眼前便有了画面变换的灵动感。

半是游记、半是"剧评"的《云南念想》，让我们从幽静的古城、冰凉的雪山上看到了凄美的爱情，心中便有了人情的冷暖。

虽然"玉龙雪山上的一米阳光不是任何时候上去都可以看到的"，但正因为有着这样的风景、这样的故事，有着这样的不确定、这样的纠结，那地方才是任何时候都有人去的。

无论去为何因，归为何果，不同的人有不同的念、不同的想。

这就是不同的游人的不同记忆。

这就是不同的游记的不同记录。

但愿你的游记能写出你所看到的不同、想到的不同、忆到的不同，写出属于自己的出游、观感的因果。

李爱霞：隐去之后更明白

南宫山的雾，我见过，但没写过。因我明白：自己的文笔没有那般细腻。

曾于春夏秋冬经历过南宫山的四季之雾，在将之记录于影像的同时，也曾感慨：雾漫南宫山，显出缥缈、曼妙、朦胧、隐约的女性之美，唯女性之笔方能展现。

今见李爱霞的《云雾南宫山》，终于看到了我多年期盼的美文。

在此次研究活动征集的女作家散文之中，游记作品达三成，仅写南宫山的就有二十余篇，而真正让人叫好的仅有一二。其余篇章的不足之处，概括起来共有五点：

一是着力"尽数"，平均用力，因"流水账"而凌乱；

二是匆匆一瞥，只见"路边野花"，不见此山真颜；

三是边走边叹，满篇"触景生情"，不知情之何系；

四是盲目取舍，本想突出一二，却为"盲人摸象"；

五是任意想象，堆满华丽文字，写出了"放之四海而皆准"的话语，却让人不知是在写谁。

这些问题，看起来是观察力的不足，实则是表现力的缺乏。

李爱霞的《云雾南宫山》，巧借"云雾"而精心剪裁，虽然只着力于植被、道路、真身殿、千年古栎四处，却恰巧让人透过迷雾，看到了南宫山自然与人文相融的精华部分。

南宫山作为"国家森林公园"及大巴山的代表性景点，因生物资源的丰富性与独特性，成为千年宗教场所、陕南佛教名山。作者所记录的"珙桐"等活化石性质的珍奇树种，正是南宫山的首要旅游资源。

南宫山作为一处高山景观,其道路的艰险是其赋予游人的一"奇"。如果交通便利,则无千古之谜。正是这种探索式的体验才能让人获得不同于别处的独特感受。

南宫山的"真身殿",是人与自然完美融合的体现。弘一法师的肉身不腐,不仅让一处小殿成了镇山之宝,更让人对理想、信念和山水、自然生发许多感悟,让探秘之人对此山此景多了精神向往和人生遐想。

南宫山的"千年古栎"是自然与人文相孕而生的奇观。那棵奇树在20世纪70年代被雷电这一"天力"击死,而后随着改革开放的春天而迎来新生,不仅长出新芽,而且接纳随春风而来的种子,身上长出了数种树木。

作者仅从四处用笔,就客观而又准确地让读者窥一斑而见全豹,把南宫山的传奇传达于人。

由此可见,这种匠心独运的"剪裁",需要作者具备超出一般的观景、取景、写景能力:

一是独具慧眼的观察能力。作者通过静心观察,不仅能看到"黄是明黄、红是大红、紫是深紫"的色彩美,更能看透南宫山自然、人文之美的合一。这样的观察力,才生出少而精的表现力。

二是超然于物的感悟能力。作者对步行上山的艰辛与感受未予评说,只用"那几个坐轿上山的游客看了看女儿兴奋的小脸居然一下安静得一语不发"这一句形象描写,深入骨髓。其深刻的不是入世的深沉,而是出世的脱俗。这样的描写,才符合这种洗心之旅的心灵诉求。

三是洞悉实质的判断能力。作者参拜真人殿时的感想,突破了景区介绍资料的阐释,得出了自己的见解。"当我在他真身前虔诚伏拜时,心里闪过这样一个画面:在生命的最后一瞬,他端坐莲花盆内,指尖轻轻捻着,口诵梵语:'生于天地,得于天地,还于天地……'"这一精妙的判断,让我们突破神秘,冲破迷雾,而得了真传、真经、真解,让宗教走下了神坛,与众生一道求得人生真谛。

四是恰如其分的想象能力。作者在与千年古栎的对视中,看到了常人难以看到的意象。"它其实就是佛祖的化身,你看它前伸的枝干多像佛祖捻花的手指;它层层绽开的肌肤仿若莲花,更仿若佛祖那最美的一笑,映得整个南宫山佛光粼粼。"这种想象,赋予了千年古栎精神形象,准确地破译了它由一棵古树而成为人文传奇的精神密码。

五是凝神聚力的提炼能力。作者将目力所见归于云雾所赐,将无法相见归于云雾所隐。而隐去的一切又意味着什么呢?其关键词是"神秘"二字,其用意却在透过神秘而呈现人心。"正是世界上还有这无数的神秘,才让我们保持了一次次迸发的乐趣;试想一下,如果这世界上一切都昭然若揭,清楚明白,那么我们的人生将会多么无聊和寂寞。"一语中的,给人启示:那些明白的,是世界与我们同行的伴侣;那些隐约的,是世界让我们探秘的动力。

大千世界,无奇不有。何以入文,确需选择。

我们分析《云雾南宫山》的剪裁效果和作者的选择能力,用意在于"明白"二字:无论隐去何景、舍去何物,目的都不是为了隐,而是为了显,是为了让该突出的更加突出,该明白的更加明白。

柯蓝：让精神尽情享受

柯蓝把《村子》做成了细活,细到用细细的纱网把村子仔细地过滤了一遍。然后,这纱网就网在了村子的头顶,形成了网上网下的双层村子——原来的村子依然是网下那个一成不变的村子,网上的村子却在微缩了村子的原型之后又长成了弥漫着艺术气息的崭新的村子。

正因为有了这网上网下两个村子,人们才不禁发问:"平利的那个龙头村我去过多次,所有的内容我几乎都见过,怎么没有柯蓝笔下的《村子》这么可爱?而柯蓝的所有描写都是真实的再现,怎么会有超出真实的美感?"

秘诀就在于她用纱网去过滤的功夫——真实的村子还是龙头村,她呈现给我们的那个能挪动的、能走入笔端的、能跃然纸上的、能钻入人心的、能进入记忆的、能供人传播的村子却是她过滤到纱网之上的那个村子。

在经过过滤的村子里,物还是那些物,人还是那些人,但因为都经了"我"的手,便都具备了由"我"的灵魂所派生的精神、气质、感觉、情感。而"我"这跃动的灵魂在村子里飘来飘去的所作所为,不是给大家当导游,而是为了"我"的自我享受,这惬意的享受让整个村子的形象就变成了一个主题——休闲。

是的,这个村子很是闲适,它可供人休闲娱乐。

是的,这个柯蓝很是会玩,她能将一草一木都玩出情调。

这又出了问题:明明一个农耕化的小山村,哪来的情调?

谜底在于我们所看到的这个村子是她过滤了的富有情趣的、服务于精神需求的村子。

村子在什么位置,如何去,怎样出?她全然不管。如同陶渊明,那么费神地描绘了个桃花源,却不告知地理方位,让人们找了一代又一代,永远也找不到。

村子是怎么建成的,有多少户,多少人,多大面积,那里的人是怎样生活的?她也不管。如同一个游仙,只管在这里尽情神游,哪管人间闲事。

村子的生活方式是什么,那里的主导产业是什么,村人的谋生手段有哪些?她一概不理。因为她是来玩耍的,就只顾自己尽情地快乐。

那么,到这里来玩到底有哪些玩法,到这里来乐到底有哪些乐子,她也不给你说。她只是自得其乐。

但她的玩法又极其随意,她的乐法又极其简单。就那样任意地走一下,就玩出了如痴如醉的样子;就那么随风而至的一缕花香,就能让她乐开了花。

来,各位看官,请瞧这一幕吧:咱正游着、正看着,村上的干部正领着、正讲着,客主都在兴头上,却遭遇了野孩子打架的破坏,多扫兴呀!这事,她也看到,也讲到了,你看:

> 两个半大的小子打得正欢,一群大人和小孩都无可奈何,拉扯不开。从村部一直打过去,直到家长气咻咻远远赶来,照着自己孩子的屁股就是两巴掌。一路拉扯着,找另一个家长解决去了。

可是,她记了这事,讲了这事儿,却不是为了谴责那大煞风景的孩子和放任孩子疯玩的家长,而是为了好看、好玩。不信你看:

农耕文化园一长溜的雕像安静地看着这场闹剧,宽容着这些尚不谙世事的小家伙们。这是村子常常上演的剧目,那偌大的池塘,池塘里歇着的水车都记着呢。

看吧,不仅她认为小家伙们打野架这事好玩、好看,还把小孩打架这种既破坏村子生活秩序,又破坏游客旅游情绪、影响开放开发等发展大计的事件,归于农耕文化园雕像的宽容。由此,另有一解:如此景观,似乎是祖上传下来的生活方式。对了,因为"这是村子常常上演的剧目",便属于常事;更因为这是"剧目",便是游人该看的项目。哦哦,免费的真人秀,当然要看了,快去看吧,不看人家打毕了。哦哦,打毕了也不要紧的,虽然他们不是循环演出的,但有记录的——你到"那个偌大的池塘"去看吧,"池塘里歇着的水车都记着呢"!

哦,好一个随意而又惬意、尽兴而又任性的休闲之村!

之所以这里的一切都那么可爱可乐、好看好玩,只因为她在物质世界的漫步中追求的是精神享受。

因此,折一枝山桃花,掐一枝萝卜缨,就有"儿时的记忆便在手心握着了"的收获。

因此,扯一把枯黄的稻草放在田埂上,一坐上去便"舒坦得似偎在母亲的怀里"。

因此,走在爬山的路上,她从那沙沙的、绵绵的质感中体悟出了"村子里的泥土很踏实,很亲切"。

读到这里,我们明白,她走进村里,是回归了童真。从走进"儿时的记忆"到走进"母亲的怀抱",要的就是这种"很踏实、很亲切"的感觉!

这种随心所欲、散漫自如的精神享受,才是旅游的情趣所在。

让精神享受来决定记行内容,这才是游记的核心价值。

洪晓晴:有灵魂才有形象

景观该有什么形象?这是众多旅游城市和景区管理者苦苦追求的价值取向和产品定位。

山西人文景观富集,其旅游形象定位是"晋善晋美"。

福建是个幸福天堂,其旅游文化定位是福文化。

山东因是"孔子故里",一句"有朋自远方来不亦乐乎"的千古名言,使其有了"好客山东"这一旅游产品的定位。

那么,我们安康的众多景观应是什么定位呢?

白河籍的西安才女洪晓晴走进旬阳县的羊山风景区,经过悉心体验,以一篇《羊山你好》,写出了羊山神韵,并将其形象和品质定位为"亲爱的"。

这些"亲爱的",均有拟人化的表现:

——迎接游人的阳光,使作者想到"躺在你温暖的胸膛,多像躺在母亲的怀里"。因此,羊山是"亲爱的母亲"。

——路边那"一面面峭壁、一排排树木",使作者想到"奶奶和夕阳静默地守候在村口,等我回家的眼神"。因此,羊山是"亲爱的奶奶"。

——山上的"落叶和草甸遮挡泥泞,让我们的脚尖感受你内心的柔软","白桦树摆出各种姿势,让我们拍照、倚靠",以至作者"回到家中,依然想念你渴望的目光"。因此,羊山是"亲爱的爱人"。

——落叶的小树和树上的鸟巢、孤独的鸟蛋,让作者想到"它多像我的孩子"!而令作者情牵的,却是那些如同孩子般的弱小生命。因此,羊山是"亲爱的孩子"。

——花草和树木都展开了笑脸,那笑"从舞蹈着的芦苇丛,跳到农家小院,绽放在屋檐下的玉米上、灶房外的红辣椒上",让作者看到了欢笑的妹妹。因此,羊山是"亲爱的妹妹"。

这些富有情感的拟人化描写,让羊山的物象都具有了人性化的形象,游人的心境自然因爱而融。因此,在接下来的三个段落中,羊山由"亲爱的母亲""亲爱的奶奶""亲爱的爱人""亲爱的孩子""亲爱的妹妹"变成了与游人相亲相爱的真正的"亲爱的"——

当"我们用透明的眼睛细细地观赏你时",作者在一串串物象中使用了一个拟人化的动词——"拥抱";

当"你可能不记得山下的篝火是怎样燃烧起来"时,作者罗列了一大串需要激情燃烧的理由,并给这个理由使用了一个热情的动词——"亲吻";

当"阳光再次洒满你的沟沟墒墒,我们却要说再见"时,作者将自己的所有不情愿,都变成了羊山的表情——"失落"。

如果说这些拟人化的描写具有传神的功能的话,那么,促使其神生成的,却是羊山之人。

在关于"亲爱的妹妹"这一段,作者用寥寥数笔,就写活了羊山之人的可爱程度:

> 我还看到你的笑,从屋顶的瓦片上,落到房门口一个正在吸烟的老人身上。他脸上的皱纹,因为阳光的雕刻,显得更加深邃,深得就像这秋天遥远的内心。当我们的影子停留在场院,正在忙活的妇人搬来几只小凳,也搬出浓稠的热情。炊烟升起,一杯杯开水的热气,深润了一些眼睛,一些原本有些浑浊的眼睛,变得婴儿般清澈透明。

这里,有三幅人物形象,都是那么可爱、那么阳光。看吧:

——关于老人:那阳光下的皱纹,是"秋天遥远的内心";

——关于妇人:那忙活的身影,显现出"浓稠的热情";

——关于游人:那湿润的眼睛,是"清澈透明"的。

而婴儿的"眼睛",所反衬的是游人那些"原本有些浑浊的眼睛",只因为有了妇人的"热情"和山民的"开水的热气",而变得"湿润"。这样,羊山的三幅人景,以其热情而融化了游人,内外人和,生成了满山的"亲爱的"。

这种亲,因为爱。作者说:

> 因为有羊就必定有绿草,有绿草就必定有流水,有流水就必定有人家,有人家就必定有爱情,有爱情就必定有故事。有了爱情,羊山就有了内涵,有了神韵,有了空灵。

那么,"亲爱的羊山"有什么爱情,有什么故事呢? 作者只写了一句话:

> 我们还听到一个真实的故事,那是一个割漆郎和一个烧炭女的

爱情。

这是一个怎么样的爱情故事？
作者为什么没有给我们讲述？
割漆郎和烧炭女无须讲述，因为作者要写的是山与人之爱，是羊山之人与自然、与游人之爱！
所以，作者给我们的结论是一个饱含深情的定论：

> 亲爱的羊山，我想，这就是你的灵魂所在！你给纯粹的爱情提供了天然的土壤，你让每一个来到这里的人，开始怀想。

这种怀想，有情，有爱，有人与天地万物之博爱。
爱心，就是羊山的灵魂。
羊山因此而有了绿草，有了流水，有了人家，有了爱情，有了故事，有了游人。
羊山的绿草、流水、人家、爱情、故事，因此而引人入胜、发人深思、令人怀想。
这就是羊山的形象——"亲爱的！"
羊山因此而可亲、可爱，可书写、可传扬，令我们如洪晓晴一样，在思念时，在相见时，会发自肺腑地发出心声："亲爱的羊山，你好！"

张才芳：美在富有画面感

当一篇作品为你引荐一个作者，那么，这篇作品必有让你耳目一新的魅力。
从春节的烦扰中刚刚清静下来，我坐到书桌前组编《双创文艺作品选》书稿。在一组"双创人物"纪实散文中，看到《环卫工人刘其珍》的导语，就被作者简约、素净的文笔吸引了。

> 刘其珍夫妇带着他们的"四不离"——扫帚、铲子、三轮车、手电筒

出门的时候,月亮正悬在山坳。

就这样简简单单的一段话,却给了我们极富情景想象力和舞台形象感的一幅画面:

初春的镇坪,乍暖还寒;

凌晨的山城,月挂山间;

辛勤的环卫工人,披星戴月;

相伴的劳动工具,闪亮登场……

这场景,光线柔和,气氛柔美,主人公的脸上洋溢着柔柔的暖色——以其沐浴月光,迎接朝阳的柔和心态,给山城传递春意,给人们描绘春色。

就因这个白描式、情景化的开场,我便判定:此文可读!

一篇千字短文,我反复看了三遍,便抑制不住发现作品、发现作者的激动心情(或许,这就是当编辑形成的毛病及编辑们互相传染的通病),立即给熟识的镇坪县委宣传部副部长、文联党组书记熊寿安打去电话,建议他找到作者,让其就此文改编成小戏或者电视短剧,及时送来参加市里的"汉调二黄小戏小品创作大赛"。寿安说这是篇新作者的习作,我却一连说出本人对该作的"三美"观感:

一是细节之美。当"我"晚上去采访刘其珍、文记华夫妻二人时,只见"刚刚吃过晚饭的文记华,身上橘色的环卫衣还没有脱下,身子就重重地落在了沙发里,微微向后靠着看电视,开始了一天最安逸的时光"。仅这一句素描,就把这劳累一天的环卫工人的饥饿与疲惫神情表露无遗。试想,我们傍晚下班回家吃饭,肯定是洗一洗、歇一歇才用餐;如果是穿着脏了的工装回家,肯定是换洗之后再吃饭。但他没有这么从容,累了一天,饿了一天,回家的第一件事就是急匆匆地做饭、吃饭,只有饱暖了,才能"安逸"。只有"安逸"了,那重重的身子才会坐下来休息,并在这暂时的、难得的休息中欣赏电视,享受时光。就这一句素描,把"生活辛劳"与"生活享受"非常完美地置于同一画面之中。当我们以观众的视角进入画面,那种生活的粗粝之美、朴素之美、简约之美便如山间那淡淡的月光,洒下了清雅的"夜来香"。

二是人性之美。表现环卫工人如何认真工作,作者并不用大段的故事来渲染,也不用打扫卫生者与不讲卫生者的矛盾冲突来烘托,而是用与人物个性相符的写实手法去"转镜头"。你看:"这些瓜子壳、花生壳、烟蒂、瓶渣用扫帚扫不走,用手一粒一粒地捡又浪费时间,一天下来,腰酸腿胀。刘其珍就自制了一把棉布拖把,将瓜子壳、花生壳粘起来,剩下的烟蒂、瓶渣用手去捡。"这里,不用作者明文指出,我们便知,这些垃圾就是"我们"随手扔下的。而"我们"的随意,给"他们"造成了多大的工作难度呀!"他们"得用手一粒一粒地捡,进而导致"腰酸腿胀"。而这位可爱的环卫工,为了把这活儿干好,于默默地承受中,也在默默地创造着。其创造性劳动又通过"自制""粘起来""用手捡"这一组形象逼真的慢镜头吸引着我们的眼球,震撼着我们的心灵。此时,无须任何形容词来赞颂劳动之美、心灵之美,主人公那银月般纯洁的人性之光,正在清洗着我们蒙尘已久的目光。

三是祥和之美。文中的主角是"妻子刘其珍",而对于刘其珍的事迹,作者没有过多观察刘其珍的表现,通过刘其珍的讲述来展示,而是采用"映衬法"来展现。比如,在介绍夫妻二人辛劳一天回家吃饭的时候,先写了丈夫文记华的"吃饭""落座""看电视",再写刘其珍吃饭后"收拾完饭桌,又开始淘米做饭",为第二天的工作、生活做准备。由此,一束女性的韧性之光胜过了山间的月光!而在表现刘其珍的工作坚守时,也不写她如何克服困难,如何奋发有为,仍用其丈夫来"类比"。在刘其珍因工作负伤住院之后,文记华说:"找人顶替她打扫卫生她还不放心,只有我来替她。我这一替也打扫起了街道,互相有个照应,一干就五年了。"透过这淡淡的讲述,我们清晰地看到:多么认真负责的妻子,多么体贴入微的丈夫,多么相爱相知的夫妻呀!正是这样的妇唱夫随,才成就了月光下的一曲情歌,才成就了山城之中那净洁如月的美丽。如此祥和的小夜曲,唯有在这样的默契中,方可谱写;唯有在这样的画面里,方可吟唱!

除了以上三美,该文的首尾相衔,同样具备相得益彰的和谐之美,你看:

天空中，繁星伴着皎洁的圆月。我想，月亮上也有环卫工人吧？要不怎么有"月光如洗"呢？

刘其珍夫妇凌晨出门时"月亮正悬在山坳"，他们真可谓夜以继日，日夜辛劳。当"我"采访完成，从他们家出来时，"繁星伴随着皎洁的圆月"，同样是披星而来，戴月而去。所不同的是，此时是"繁星"，是"圆月"，其间含有作者盈月般的收获和皓月般的祝福。其情真在心如素月，其意美在"月光如洗"。那如洗的月光，美化着山城，映衬着主人公，更给我们的心灵播下了亮光与馨香。由此，让我们与主人公一道去演绎工作之美、生活之美。

当我一口气和寿安先生说完该文内容之三美和开头、结尾等结构之美、意境之美，寿安激动地说："作者和我一个单位，我把她喊来，让她接电话，请你再讲一遍，对她如何改编小戏定有很大的帮助！"我说："我不认识作者，也不必重复，文有多解，贵在感悟，只有任其发挥，才能写出个性。不然，我说她写，人云亦云，岂不失了创造！"

此后，据说此文在镇坪文友圈内开始流传，据说作者和他人开始了对此文的改编，有诗歌，有小戏，还有电视片，不知效果如何，我期待着。

安康女作家随笔解读

吴鸿：感知自然，调适内心

人生的不同时期，有着不同的生命节律。不同的节律所产生的不同的生命力度，会让人对生命、生活及人生，产生不同的生理、心理反应。如同清晨的精力旺盛、午时的精神疲惫，非常正常，却让人有不同的情绪。如青春期的叛逆、更年期的浮躁，也很正常，却给不少人带来烦恼。

大自然的四季更替，本来是十分自然的规律，却也给不同的人带来了不同的情绪反应。有人因为不爱夏天而恐惧骄阳，有人因为害怕寒冷而反感冬季，有人在春花刚刚绽放时就渴望着秋收，有人却在雪花飞舞的隆冬就想象着春花烂漫……

然而，生命节律也好，自然规律也罢，它是否给你带来了烦恼，关键要看你所产生的情绪是因为内心的潮涌，还是因为这种节律、规律而产生了困扰。

比如，当你站在青春的尾部，且正处在生命节律的低潮期，该怎样回望与展望？或者说，在回望时该如何面对失望，在展望时该怎样正视欲望？

吴鸿将这个时期比作"冬季"，并将自己的"变季思考"变成了一篇飘逸的文字：《这个冬，渴望一朵雪花的浪漫》。

这样的标题，便为"生命节律"提出了一个命题：处在这个人生当口，是否需要浪漫以及需要怎样的浪漫？

她的回答，却比青春叛逆期的少年还矛盾。

首先，是无言而又孤独的恐惧：

怕内心的荒芜与冬的萧条相遇,怕零度的体温再被寒风摧残,怕冻红了的双手无处温暖。

这种恐惧、担忧之"怕",出于何故呢?其实,作者一起笔,就有了旗帜鲜明的解释:

当过了肆意疯癫打雪仗的年龄,当秋天送来微凉时,心就开始关上门,不作为,无思绪,不说只字片语。

那么,如此关闭心门,又因何故呢?作者不是因打不成雪仗而烦恼,不是因为留恋那"肆意疯癫"的年华而失意,其内心的根源仍然是"怕",且一连说出了一串怕字:

怕冬天,怕寒冷,怕看见雪天的浪漫。

这就矛盾了,你本对"雪天的浪漫"很害怕,却为何要"渴望一朵雪花的浪漫"呢?

要用这个矛,去击这个盾,其实很简单。因为,我们不能被文字迷惑,而要始终盯着心绪——因为"变季",产生了烦恼;因为烦恼,心绪不宁。当我们透过烦恼的情绪或者那些情绪化、多变性的语言去探其内心,却发现烦恼者的内心是喜欢下雪的:

喜欢漫天飞花的美丽,喜欢千里冰封的洁白无瑕,喜欢绿油油劲松上的朵朵绒花,喜欢雪地上凌乱的脚印绘成的画。

这样的喜欢,是否为对浪漫年华的怀念呢?是的,那"漫天飞花"是的,那"洁白无瑕"是的,那"朵朵绒花"是的,就连那"凌乱的脚印"也是的。

是啊,那是多么美好的自由自在呀!那是多么浪漫的迷醉岁月呀!

然而,过了那个年龄的烦恼者,面对那"脚印绘成的画"却是另一种心态：

> 每次都是窗前的看客,从不参与,怕打扰了雪下覆盖的春天,没有春景的存在,徒留遗憾的一声叹。

这声"叹",又是因何而叹呢？"春天"和"春景",无疑象征着"青春"！
这时,烦恼者的"雪花"与"青春"的关系,便有了三种解释：
其一,对于不愿回首的青春,期望有"雪花"覆盖；
其二,对于渐行渐远的青春尾巴,期望有"雪花"封冻；
其三,对于永葆青春的期冀,期望有"雪花"相伴。
当理清了这三种思绪,烦恼者便走出了"生命节律"的干扰,像顺应自然规律一样调顺了心理节律,对"季节变化"做出了应有的冷静的判断：

> 冬只是一个季节,冷只是体现了温度,心情才是感觉的根源。

是的,人生无论在什么时期,活的是个心情。只要心有阳光,春夏秋冬都是明媚的季节。
该"覆盖"的已经覆盖,该"封冻"的已经封冻,此时的内心便是青春永驻,此时的心情便是雪花飞舞。看吧：

> 我开始含笑,温情,甚至渴望有一朵雪花的浪漫。

由"怕看见雪天的浪漫",到"渴望有一朵雪花的浪漫",烦恼者跨越了心理磨砺的大山,从而打开了精神升华的两重天门：
第一重,"我想变"——

> 想变得阳光、坚强,变得开怀、向上,像肩膀顶住天穹的巨神阿特拉斯一样,无所畏惧地扛起伟大的命运,去尝试我向往的未来。

第二重，"我向往"——

　　向往有一个能相爱的人，向往布拉格煽情的日落，向往凡·高画像里最灿烂的星空，向往笑容可以拖得很长，向往眼眸清澈、透明、笃定，向往流年不再忧伤、回头不再彷徨、内心安静祥和。

　　拥有了这样的变化与向往，必然拥有了青春活力，必然掌稳了命运的舵盘，必然能活出自我，活出笃定与浪漫。
　　因此，当冬成为真实的冬，雪成为真实的雪，"我"便成了真实而又浪漫的我——

　　我爱上了自己，在这个依然寒冷的冬天，我让脚步像雪花一样轻盈浪漫。

　　此时，再也不是"以静谧的状态存在"的孤独者。
　　此时，再也不是"将心关在一个黑暗的角落"的消极者。
　　此时，再也不是"将心情压抑到极度"的畏惧者。
　　此时，再也不是"将畏惧作为借口"的矛盾者。
　　此时，再也不是"将思绪滞留"却又"徒留遗憾"的烦恼者……
　　当不再孤独、消极、畏惧、矛盾、烦恼，自然会爱上自己，并爱上生活，爱上命运；自然会青春永驻，浪漫依然。
　　因此，冬天的雪花，是心灵的良药，虽然冰冷，但也是一种温度，是人们感知心情敏感度的一只温度计。

王娅莉：借事喻事，记人示人

　　首次接触王娅莉的作品，竟被她的《农校的老师》牵引得久难入眠。
　　这不仅因为她的老师中有我不少朋友（虽然有几只鹰早已飞出安康，但我对农校的情感，却因曾经的他们而无法改变），更重要的是，那种务农式的办学方式令人赞赏。

或许正因为如此，王娅莉笔下的农校老师，个个如农田的耕耘者一样，自然而不失规矩，机智而不失厚道，幽默而不失深刻。他们有才华、有爱心，智商和情商俱佳。

今天，当人们在批评大专院校不会办学，批评大学教授和中小学老师不会教学时，我们不妨暂停无聊的谩骂与无效的研讨，穿越二十多年的时光隧道，到当年的安康农校，去看看那里的老师是怎么为人师的。

这些老师，以其言传身教，告知我们：办学校是需要智慧的，当老师是需要才华的。

正如王娅莉在二十多年后给予的评价：

> 农校老师，为我们营造了一种轻松愉快的校园文化氛围。

看吧，这就是原因：校园文化。那么，今日如此讲究"校园文化"的各级各类学校，与当年的安康农校相比，其区别到底在哪里呢？让我们与作者一道，去体验当年农校的校园文化。

农校的校园文化，首先表现在活动多。原因呢，她说：

> 也许是因为专业繁多，也许是常与大自然打交道，农校的老师思想更为开明。

这些"开明"，表现在老师能歌善舞，与"民"同乐；表现在老师能文能武，善与学生分享；表现在老师"大肚能容"，能容纳学生因"校园文化"而生出的枝枝蔓蔓。

当学生有了与老师要求不符的行为，怎么办？

> 老师们却并没有给予我们道德的谴责，他们只是想尽办法让我们更多地接触自然、接触社会。

这样的接触，为的是让学生在进一步的心智提升中去认识自我、完善自我。而师者，在此的行为是循循善诱的引导。

这一群有主张、有能力的老师，给作者留下了许多记忆。但要让个人记忆成为读者记忆，务求用典型说话。作者选择了几个代表性人物，其中，让我印象深刻的，是她的班主任。

> 我们的班主任，是一个思想前卫的老师。他给我们讲时潮，朗读他的诗歌，还让每个同学都写一篇文章，汇编成一本班级文集。在他的屋里，我们第一次听到外国音乐，第一次知道门德尔松和莫扎特。

这样的老师，既传思想、传学业，又传技艺，那才叫"传道、授业、解惑"呀！如此师传，承者必有多项收获。比如那"文集"，就极富收藏、传承及传授价值。如果留予儿孙，则可称"传世"了。我不是反对作业之类的功课，但此类课外作业，靠的是老师的创意和学生的激情。试想，一个能用个人创意点燃学生激情的老师，能不称之为热血育才的好老师吗？

之所以能有这样的老师，是因为：

> 现在想来，农校的教学方式真正符合人的认知规律。

从"校园文化"到"教学方式"，作者在回味之中发现了"规律"，于是便定位了农校的办学经验：从学习出发，从学生出发。

如今的校园，处处可见"一切为了学生，为了学生一切"的标语，然而有些老师靠的是资料和电脑，不太重视自然、实验和个人才艺了。那么，他们给学生留下的，便只是教科书和电子教具。

曾在一个把"校园绿化"视为"校园文化"特色的先进学校参观，我见花园间、绿树下有几个学生在游玩，就问：这是什么树、这是什么花？学生你望我、我望你，对望一阵，摇头走了。过来两位貌如鲜花的年轻老师，问学历是本科，问经历是四年教龄，可对本校的花木也知而不识。于是，我生疑了：这样的校园文化，到底有什么文化？这样的教学环境，到底会怎么教、如何学？其结果又能教出什么、学得什么？

回望王娅莉的农校生活，着实让人感叹：那时的老师，真是会教呀！

所以，二十多年过去，学生于回味之中给予母校以中肯的评价：

> 我们在实践中获得大量的感性认识，在一次次与大自然的接触中开阔了视野。学校丰富多彩的文化活动，又让我们懂得了与人打交道的重要性。心灵的陶冶，必然在自然的启迪下完成，在与人交流的过程中完善。在农校，没有哪个老师会枯燥地说教，几乎所有老师都有着独特的情怀，对于成长中的青年，给予了极大的包容。

钟良红：小事大理，小文大情

一篇小文，能记点小事、说点小理、抒点小情，足矣。

《信任是一种财富》只有七百来字，却有个明白且直白、闪亮且高大的标题。一瞅这标题，就让人担心：作为议论文，得有宏论方能说清；作为日常谈心，已被一语道破；那么，作为随笔，是否苍白，是否空洞，是否"说教"呢？

带着这样的疑问去审视全文，却发现，完全不用担心！你看，一切都是那么自然而然的，叙事是完整的，说理是透彻的，并有恰到好处的抒情；而且，不少文字是在同一环节的介绍中夹叙夹议夹情，其文意和手法都相当到位。

全文说了一件小事：我在"露水早点铺"给侄女帮忙，来了个小伙子要买菜夹馍，但拿了馍才发现忘了带钱；我让他先拿去吃，下次再给。下午小伙子专程将钱送来，第二天他又来，先交钱后拿馍，其礼貌的言行让我们互生好感。

故事短小，但写得精准、干练，其精就精在通过层层深入的心理描写，提炼出做人的道理。

因为主角是"我"，配角是小伙子和侄女，我们就先来看看"我"的心理活动中蕴含着怎样的人生哲理。

第一段，是写"我"在侄女的早点铺帮忙，通过两个细节表现了帮什么、为什么。

其一，帮她起个"露水早点铺"的名字。为什么起这样一个名字呢？想法有二：一是带入侄女的名字，让店名与店主合二为一，易于记忆和传播；二是"露水"喻水，水喻财，若让小小的"露水"细水长流，便有了财富的日积月累。

然而，这只是作者"明写"的想法，她那没有写出的文字，却让我们透过其已经展露的心迹也看了个一清二楚。从那店名中，我们分明看出另三层含义：一是将侄女的名字写入店名，定能给她增强主人翁的责任感和自主创业、主导人生的信心；二是"露水"为水，有"上善若水"的喻义，启示侄女要做好生意必先做好人；三是通过"不求汹涌澎湃，只求细水长流，钱财、生活皆因此"这句话，让我们越过生意，观照生活，想到了"不集小流难以成江河"，"不做好小事难以成大事"的人生大道理。

其二，她给侄女义务帮工。一个长辈、一名公务员，为什么能放下身段，心甘情愿于每天"起得早早的给侄女当下手，擦擦桌子洗洗碗，为客人服务"呢？其内心想法有两个：一是"为了省下雇请帮工的钱"。这种节约成本的方法，出自对"生意不是很好"的实际考虑，但肯定也有用"身教法"启示侄女吃苦、勤劳、节俭的深刻内涵；二是为了"给年轻的侄女一个'求生'的信心"。这个想法很切实际，年轻人创业，信心比盈利重要，比财富宝贵！同时，一个"求生"，写活了社会现实，既说明年轻人的生存、生活、生长不易，包括做生意这类创业、事业、职业的起步、坚持、成功十分不易，同时也道出了一位长者、一位公务人员的殷殷关切之情。

仅从这一段的心理分析，我们足以看出作者驾驭文字的能力有两个特点：轻松自如，言简意赅。

第二段，写了"我"与小伙子的第一次相遇，即他买馍忘了带钱，"我"让他先拿去吃的经过。但在小伙子走后的两句话，却使故事在结束之后反而掀起了高潮。当然，这高潮不是事件的延伸或"柳暗花明"，而是主人公内心掀起了波澜。

其一，她为"互信"而高兴。"我走到后屋，将此事说给了姐姐和侄女露露，两个人一致认可此事，我心里很高兴，感觉自己的人格得到了一次升华。"这里的"高兴"，出自"认可"。正因为"认可"，才让第一段中的内心渴望得到了行为证实,让人因踏实、放心而高兴。同时,她们"认可"了我的做法,我也对她们放心了,便是一种做人的互信,便是一种人格的升华。

其二,她因"诚信"而高兴。"下午下班回家,一见我,露露就说有个小伙子专程送来了两元菜夹馍钱,我心里再次感到了欣慰和充实。"露露报告的消息,让"我"看到了顾客的可信与诚信,同时再次证实了自己信任人的想法、做法是正确的,证实了姐姐和露露对自己不仅是信赖的而且会更加坚信。这样的高兴,自然会有心理上的欣慰,自然会对探得生活意义、见到人生价值而有更多感悟。

第三段,写了小伙子的再次光顾,并由"我"与他的互致"谢谢",让主体和客体实现了心灵互信,从而让"我"对"信任"有了深刻认识。这一段的叙述部分,通过对前两段的关照,在体现其夹叙夹议且抒情这一特色的同时,有力地升华了主题。

其一,与人为善是达成互信的基础。作者在此交代,当初让小伙子将馍"先拿去吃",只是担心"他该有多么的尴尬",同时担心他"不仅丢了面子,可能还会因为没有早点吃而影响身体和工作"。这一善念所产生的善心、善行,虽然并没说出,却达到了"为善不言"和"善行互动"的良好效果。因为与人为善,自然人有互信。

当然,这一善举,也为"露水早点铺"所蕴含的"上善若水"理念做了最好的阐释。

其二,施信于人必有构建诚信的效果。作者由这件事而想到:"我善意的举动,换来了小伙子的再次光顾,尽管只是区区两元钱的生意,但小小的财富中渗透的是投桃报李的和谐。"

这里的"和谐"是对"善意"内涵的强化,是对"财富"的精神层面的释义——是啊,财富是物质的,富有者首先应是精神的富有者;因为,与人为善,坚守诚信,并与人互信的精神富有者,才是最合格、最强大的财富创造者。

因此,这一"和谐",对于第二段的"互信"和"信任"而言,也是很好的回望和提升。

最后,让我们再通过配角的言行研判其心理,便看到一组以"信"为核心的词汇:自信和信念,来自帮助中形成的信心;信任与信赖,来自善心生成的诚信;而统帅这些词语来书写生活意义的,是人与人之间以善为基础、以诚为构架的信任。

因而,"信任是一种财富",便是我们共同创造的社会财富。

因而,这篇短文,既是作者的生活记事,也是我们共有的人生哲理,更是社会需要的政治抒情。

张子嫣:钟情至痴,物我相融

人钟情于什么,就会有什么样的寄托,就会因此而痴迷,因此而充实,甚至因此而强大。

张子嫣用她的《我是一味药》,给了我这样的启示。同时,也帮助我对那些走上媒体的"艺术人生""杏林人生""教坛人生"之类的成功人士有了更多的亲近、更深的理解。

是的,真有帮助。我曾经在一次新闻写作研讨班上,对北京一位记者的报告文学集《教坛人生》有所指责。我的观点是:工作就是工作,人生就是人生,怎么能将二者合二为一呢? 那位著名记者兼著名作家微笑发问:为什么不能呢? 我理直气壮地回答:从教只是人生的一部分工作内容,人生包括工作、学习、生活,其容量远远大于工作! 他又笑问:为什么不能把工作融入学习、生活之中,而让人生与事业统一起来呢? 我亦笑着回敬:这是不全面、不可能、不实际的!

那时年轻气盛,对人生缺乏较深的认识,说话难免固执己见;也因自己没能遇到多少真正的工作狂,没有见到真正舍得用一生精力去做成一件事情的痴迷者,难免会用常理去否认特例。

时至今日,有了一定阅历,又读了张子嫣的《我是一味药》,便对"钟情"二字有了新的认识。

张子嫣说她是"一味药",不是文学化的想象,不是艺术性的修饰,而是一种心灵写真。

她这样写,有着深厚的情感基础。其情感的产生,缘于中草药和一位"老中医太爷"。

首先，她对中草药的感情，是出自生命的需求。

因为"小时候，脾胃虚弱，身体虚弱，外婆老领着我去老中医太爷的中药房"治病，"我"便对中草药的神奇着了迷，从而有了"我喜欢闻草药的清苦，有着泥土的踏实与温暖，心里满是对这些花花草草的敬畏"之情。

因为"那次高烧，让我第一次感受到了死亡"。正是这中草药医了"我"的病，救了"我"的性命，"我"便有了"从此，我喜欢、依赖上了这种可以让我免受身体疼痛的草药"的特殊情感。

其次，她对中草药的感情，是出自对生命守护神的崇拜。

因为"老中医太爷"能用一株草的根、茎、叶、花、果来为她治病救命，"所以，他在我的心中就神奇如仙。从那以后，我就改口喊太爷为神仙爷爷。神仙爷爷成了我儿时生命的保护神，我不再害怕疼痛与死亡，我以为，所有的疼痛与恐惧，都会消失在神仙爷爷那微黄宣纸的咒语里"。

同时，由于神仙爷爷"死后真的成了神仙，那些他生前曾医治的人们在他坟前磕头、焚香，祈愿着他的保佑。我呢，如了母亲的心愿学了医，在书上认识了麻黄、桂枝、荆介、防风……"

因了上述两个情感基础，我们可以看出：第一条情感线由治病到救命，内容为生命的依赖；第二条情感线从神奇到神仙，内容为生命的保护神。当这两条线重合之后，我们便清楚地看到：神奇的中草药和神仙般的老中医，是生命的必需！当这二者融入"我"的生命，"我"的生命线自然便一头是中药，一头是中医；而"我"的生命，便是其中的一味药。

> 是的，我是一味药。我曾一度坚信，这世上没有我要的解药。于是，我虔诚地供奉着自己这颗骄傲的心。甚至于感谢内心，让我选择了如草药般的呼吸方式生存。

从她的心迹表露，我们可以看出这种生命归属的确定性和坚定性：

"这世上没有我要的解药"——我已与这"药"融为一体，任何"解药"也无法分离；

"我虔诚地供奉着自己这颗骄傲的心"——我为此而虔诚，因此而骄

傲,并将此心当神灵般地供奉着,任凭什么也无撼于我心;

"我选择了如草药般的呼吸方式生存"——这是我生命的生存方式,只要我活一天,我就是一味草药……

如此痴迷,如此忠诚,如此坚守,如此决绝……唯有对生命无比敬畏,才会如此。

由此,我坚信,张子嫣说"我是一味药",是说了让我不得不信的"情话"。

由此,我相信,那些"教坛人生"之类的典范,是既非神灵也非常人的世间真人。

洪晓晴:透视时间,透析命运

阅读洪晓晴的《不要在时间中走失》,恰逢央视在播一个"新春走基层"的新闻调查系列节目,又逢刚看完一篇关于"常回家看看"的社会调查报告,于是便有了关于人与时间的思考。

在那个新闻调查中,分散于全国各地的记者走上街头和各类单位,向人们发出同一声问:"时间到哪儿去了?"一位退休干部的回答发人深省:年轻时以单位为中心,时间都用到了工作上,关于个人的记忆几乎没有!老人的回答是客观的,是符合时代特征的,也是令人怜惜的——心系工作没有错,而除了工作却没有个人的兴趣爱好、业余情调,以至到老连点私人记忆都没有了,实属生命的一种悲哀。一位打工妹的回答令人心酸:每天除了来回赶路和上班干活,回去就倒头睡觉,时间就这样在奔忙中用完了。这也是城市打工族的生活实景:他们天不亮就要出门赶公交、赶地铁,甚至用步行来追赶时间;进了车间就如进了铁笼,连喝水、吃饭、上厕所都要忍,都要赶;晚上回到无论是租来的、借来的、买来的、分来的铺(只是床铺,谈不上家)上,匆匆睡去,是为了次日再去奔波。这样的青春,时间是奔走的,亦没有记忆。天啊,没有青春记忆的人生,该是何等的悲哀!令人哀叹的是,这一老一少的人生记忆,都因为工作的机械运转而很是合理、很不合情地被剥夺了。

在那个社会调查中,一位教授对部分人的日常回家时间、春节回家时间进行统计,计算出这些人陪伴父母的时间,进而推算出中国人陪伴父母的大概时间:平均下来一年只有 22 次,而每次除去路途和其他占用,真正陪在父母身边说话、做事、吃饭的时间只有 3 个小时,这样,每年只有 66 个小时。若以每天 24 小时算,每年不足 3 天。若以每天 8 小时工作制来算,每年只有 8 天。这样,按照你 22 岁工作时父母 50 岁来计算,若父母活到 90 岁,你成人后真正陪伴他们的时间为:按昼夜算是 120 天,按上班算是 320 天,不管咋算都不到一年。这个令人震惊的计算让我吓了一跳,因为我一年回老家无论如何也达不到 22 次,这时才明白:自己这个亲友们公认的孝子,其实是大不孝! 紧接着,教授关于“春节回家”的调查更让人汗颜。他计算出春节回家者能陪父母聊天的时间,平均每天不足半个小时,4 天只有 2 个小时。也就是说:那么多人千里万里回家过年,而真正与父母交流的时间只有 2 个小时! 我猛然想起,自己今年春节在家只待了两天,给予父母的时间便只有一个小时。惭愧呀,过个大年,只有一小时的时间是在与父母聊天中“行孝”的,我真是大不孝呀!

这两项调查,供我们思考同一个问题:你的时间用得是否正确?

是的,在这个忙碌的社会中,我们确实很忙。然而,你的每一次奔忙,都有意义吗? 换句话说:你是否在正确的时间里干着正确的事情? 这个问题,的确需要深思。

正好,洪晓晴的《不要在时间中走失》,就是对这个问题的专门解答。

文章以讲故事的方式,给我们提出了两个问题:

第一,郊外踏青这么简单的约定,为什么日复一日、年复一年地推脱,至今仍没有履约呢? 这样的违约,不仅是她,我们每个人肯定都有过。而我们的推脱,往往都是一样的:明天吧,明年吧! “明日复明日,明日何其多!”但此中缺少的,是对时间的履约。如果一日三餐是我们与时间的约定,你能违约吗? 如果每天的上班、下班,是我们与时间的约定,你能违约吗? 那么,为什么偏是那些留给心灵空间的约定我们总在违约?

第二,那个女强人为什么可怜到连喝一杯咖啡的时间都没有呢? 其根本原因,在于“她总是放心不下别人,事事都要亲力亲为”。这个女人,看似时代的强人,实则为时代的弱者。我们这个时代,正因为忙碌,才有了精细化的社会分工——什么事情由什么人干;正因为专业服务需要人际互信,我们才致力构建诚信社会、和谐社会。而她作为老板,本来只应干好属于老板的事,从而腾出时间去调研、谈判、交友、学习、养心、思考,但她却事必躬亲地忙于事务,不仅是时间上的可怜虫,也是命运上的可怜虫。她之所以有这般单调、辛苦、可怜的命运,与她不会知人善任、用人不疑、唯才是用的自闭、自恋、自私观念有关。当一个人将时间用来构建自闭的城堡,用来构建自恋的天堂,用来构建自私的王国,这城堡、这天堂、这王国于他人于社会有何价值? 而耗在这些建筑上的金钱又有何价值? 十分惊人的是,我们时常也用这种美其名曰"工作重要""责任重大"等错觉或借口来浪费时间、贬损时间。忽一日,发现众人干不但比一人干效果更好、效率更高,而且更能团结人、激励人、培养人、吸引人,才知自己在时间中的那些奔忙,不仅走失了自己,而且走失了人心。

因此,作者给了这两个问题同一个答案:

如果时间是沙,那么我们抓得越紧,留给自己的就越少。

那么,怎样才能抓得不松不紧,恰到好处呢? 作者给出了这样一个拿捏方法:

多留一些时间给自己的灵魂吧,你的心知道你想要什么。

这个方法非常简单,也非常管用。但当我讲给朋友时,朋友却问:我怎么知道我的灵魂在什么时间有什么需求?

我想了一下,就用上述两个调查来提示他:工作三十多年了,你的心灵深处有哪些美好的记忆? 成家二十多年来,跟父母共度的美好时光有多少?

朋友想着想着,脸上便显出了羞愧的神色。末了,他看着洪晓晴的文章,先用手指头重重地点了下"不要在时间中走失"这个标题,然后指着一句话,读出声来:

不妨将你紧握的时间释放出来，做你自己最想做的事情……

读着读着，他读出了心得：这不是个如何支配时间的小问题，而是如何科学支配人生、调理生活、把握命运的大问题！

郭华丽：深刻思考，简约书写

人和人，无论是怎样的关系，都会对"关系"的来去存有记忆。不过，人之常有的情形是：能记住关系是怎么建立、如何消失，却不太记得清其增减过程的某些细节。

郭华丽却奇怪，对于一同长大，目前还住在对面的那个"烧油菜秆的女人"，能记住的是她曾经的好，记不住的却是她如今为何不跟自己好。

因而，这篇《回忆或存在》就写得或明或暗，将一个"或"字写得忽隐忽现，很有品头。

这个"或"，是矛盾的纠结点，但不知是因为不愿忆及、不愿提及还是不愿说透"她"不再理"我"的真实原因，作者仅在自我剖析中自责，并用这种自责向我们阐述了女人如何自立自强，如何活出人样的道理。

从作者的忆述中，我们明显感到：她对那个女人是欣赏的、尊敬的，甚至是感恩的。

在这个阳光不明不暗的下午，这个已不愿和我说话的女人勾引了我的记忆，让过去和现在有了某种不确切的联系。

在这里，一个"勾引"便能表明：那女人是站在主动层面上的角色，是她的言行在主导着"我"的心情与行动。但当"阳光的不明不暗"和"某种不确定的联系"在前后一夹，其所被勾引的"记忆"便也成了未定型的东西——不关乎对错、优劣、好坏。

那么，记忆便成了自流之水，任其流淌，那些往事也就成了她对那个女人某些细节的"回想"：

想起我们在生产队大院场，在成堆的油菜籽里滑溜溜的嬉笑；想起我们为争抢一把镰刀，刀尖割破我的手，鲜血直流的情景。

这些"回想"，只是"两小无猜"的注释。紧接着的"回想"，却带有鲜明的感情色彩：

想起我初潮时她教我折卫生纸的熟稔；想起她有时候笑我婆婆妈妈，受点委屈便流眼泪的不屑；想起她带着我，把那个写纸条给她的高年级男生叫出教室，把纸条撕碎扔给那男生，随口来了一句"你回去喜欢你妈"时的彪悍；想起她告诉我要弃学时我对她自己能做自己的主，眼里心里的羡慕和忧伤……

这些"回想"，便是一种角色和地位上的肯定。是的，"那个女人"是"引"她的，引领着她的行为，引导着她的思维，她如"粉丝"或影子般地跟行着、追随着。但到如今，当她如数家珍般地"回想"时，却着实不知"那个女人"心中是否还有那些记忆，是否曾与她一样地"回想"：

我们曾共有的高兴、无措、忧伤的时光，不知她还会不会想起、愿不愿想起？

她很想知道，却无法探知。因为，"那个女人"和她早已疏远，"已不愿和我说话"。

但是，越不得知，越想知。这就是人的求知欲——此"知"不专属于"知识"，且含"知道""知晓""告知"等许多欲知和应知的内容。

正因为有着这样的人之常情，她便越发强烈地有了进一步求知的欲望：

我很想和她聊聊，聊聊我们的过去，聊聊我们的现在，聊聊我们的未来，聊聊女人这个话题。

关于过去、关于现在、关于未来,定然有许多可聊的,可她为何需要"聊聊女人这个话题"呢?

原因在于她的求知欲几乎成了一种窥探,并想通过这种窥探来化解自己的疑问。你看:

> 我很想知道她何以有如此饱满的精力,如此坚强地做女人、做媳妇、做母亲。

这种近于渴望的求索式追问,让我们看到了人生的一个圆——回归!作者的心又回归了童年或少年,又想如同那时的岁月一样,让"那个女人"给她当姐们儿、当导师。

如此,就不是一个简单的"回想",而是穿越式的"回归",更是一种让岁月轮回、让人生轮回式的大"回归"。

在此,我们看到,人的情感故事中,无论何人都是记忆的留存者,而留存的目的是为"回归"备料。只是,我们因为不觉而时常忽略。但是,想想对某人时而的怀想、对某人时而的怀念、对某人时而的歉疚、对某人时而的感慨,都是在追忆之时寻找生命的原路,并希望在过往的来路上重续前缘。

这种求缘之心,不为弥补过去,只为作用当下。

当你当下有念,必有内心之缺需其来圆。

而这个"圆",便是"轮回"的渴求,便是通过"轮回"而回归当初,并让当初作用当下的一种欲念。

所以,"念"是人之本欲——无论想念、思念、怀念,任何意念都是欲的本源和根本,都是思想对生活的回归——即使这种回归是一念之间的。

但当这种念记伴着回归的欲望而作用于你对某个真实之人的判断时,你会清楚:关系能否回归,其实不完全取决于你的本心,要害在于那个"对象"对你的认识、态度和行为。

所以,当"那个女人"根本无法待"我"如初时,"我"的"回归"之欲只是一念之梦。梦醒之时,重归现实,才明白:她只管做她,我只能做我。因为:

窗外这个烧油菜秆的女人是真实的，她的真实就是一种简单的存在。

　　"存在决定意识。"看清了真实的客观存在，就明确了自我的主观意识：

　　无所谓回归，也无所谓超前，自自然然地走自己的路……随心随意地做一个简简单单的人吧。

　　至此，也是一种回归——让人回归现实，让心回归真实。

　　当心落了地，欲也简单，念更简单，一切简单到成了两划一字的一个"人"。

　　但这种简单，却来自深刻的思考和简约的书写。

　　这便是郭华丽的写作特色，是她的看似随意却十分刻意的标志性笔法。

除夜诗中品年味

　　年关品味咏年诗，我们可从那些堪称经典的古诗词中发现：古时的"过年"，不像如今的"春节七天假"，那时重在过好腊月三十的"除夕之夜"，即"除夜"。因而，浩如烟海的古代诗词中，不少"过年"的佳品，便是"除夜"的名作。南宋著名诗人陆游的《除夜雪》，就是一首浸透人生况味的好诗：

　　　　北风吹雪四更初，嘉瑞天教及岁除。
　　　　半盏屠苏犹未举，灯前小草写桃符。

　　陆游是著名的爱国诗人，他少时受家庭爱国思想熏陶，中年入蜀，投身军旅，晚年退居家乡，一生创作诗歌万余首，今存九千多首，内容丰实，多数系为国计民生而作。此诗虽入笔于除夜之雪，但辞旧迎新之情溢于言表：窗外大雪纷飞，诗人在屋里独自饮酒写春联，迎接新年来临。"北风吹雪"的窗外、"嘉瑞天教"的欣慰以及半盏未举的屠苏酒将除夕之夜"灯前小草写桃符"的诗人形象生动地刻画出来——戎马一生、漂泊他乡、忧国思乡的军人形象呼之欲出。

　　正如军旅诗人陆游的众多年节在旅途中度过一样，有不少古代诗人因政务、军务、商务等事不能于年关与家人团圆，离愁之诗、乡愁之词不乏佳作。请看唐代诗人崔涂的《巴山道中除夜书怀》：

　　　　迢递三巴路，羁危万里身。
　　　　乱山残雪夜，孤烛异乡人。
　　　　渐与骨肉远，转于僮仆亲。

那堪正飘泊，明日岁华新。

　　崔涂为浙江人，却客居巴蜀，故而多写旅愁之作。此诗又名《除夜》，是典型的年节诗作，其旅愁之意跃然纸上：跋涉在道路崎岖又遥远的巴山路上，客居在万里之外的危险地方；乱山上残雪在黑夜里闪光，一支烛火陪伴着我这异乡的人；因离亲人越来越远，反而与书童和仆人渐渐亲近；真难以忍受在漂泊中度过除夕夜，到明天岁月更新就是新的一年。

　　此诗的最大亮点，是愁而不悲，心中充盈着暖意和亮光。无论是"烛"，还是"亲"，都是除夕之夜必有的温度。更因为"明日岁华新"，让诗人展开了笑容，让诗意升华了人性之美。

　　文天祥是南宋的末代重臣，官至右丞相兼枢密使，因被派往元军中谈判而被扣留。在他生前最后一个除夕夜，他写下了这首震撼心灵的《除夜》：

阅
读
者

/

282

/

　　　　乾坤空落落，岁月去堂堂；

　　　　末路惊风雨，穷边饱雪霜。

　　　　命随年欲尽，身与世俱忘；

　　　　无复屠苏梦，挑灯夜未央。

　　写作此诗时文天祥已经被关押三年，意志顽强的他没有屈服于元军的软硬兼施、威逼利诱，但冰冷潮湿的牢房、艰涩难咽的饮食、朝廷的苟且投降等惨痛的现实使他凄怆伤怀。文天祥人生中的最后一个除夕之夜是在风霜刀剑严相逼的困厄中度过的。这首诗饱蘸着热血和心泪，写出了诗人悲愤但不屈的情怀。它没有"天地有正气"的豪迈，没有"留取丹心照汗青"的慷慨，只表现出身陷囹圄的英雄欲与家人共聚一堂欢饮屠苏酒过除夕的愿望，字里行间中透露出一丝寂寞、悲怆的情绪，给人以强烈的心灵震撼。

　　传统年节习俗中，人们在除夕、元日之间，靠守岁来辞旧迎新。守岁也叫除夕守岁，俗名"熬年"，就是除夕之夜熬夜迎接新的一年到来的习俗。除夕之夜，万家灯火通明，大家欢聚畅饮，共享天伦之乐。守岁的习俗，既有对如水逝去的岁月的惜别留恋之情，又有对即将来临的新年的美好希望之意，传承之意、期待之味以及人与岁月的相融共荣之情在畅叙酣饮中荡漾成一幅幅和谐欢愉的守岁图。且看北宋文学大家苏轼的《守岁》：

> 欲知垂尽岁，有似赴壑蛇。
> 修鳞半已没，去意谁能遮？
> 况欲系其尾，虽勤知奈何。
> 儿童强不睡，相守夜欢哗。
> 晨鸡且勿唱，更鼓畏添挝。
> 坐久灯烬落，起看北斗斜。
> 明年岂无年，心事恐蹉跎。
> 努力尽今夕，少年犹可夸。

　　苏轼用通俗的文字写出了清新的年味：前四句写岁已将近，后二句写虽欲尽力挽回，但徒劳无益。中间六句写守岁的情景：儿童强撑着不睡觉，相守在夜间，笑语喧哗；晨鸡声声、更鼓阵阵催送着新年的到来，作者不禁顿生惜时之感，勉励自己当惜时如金。苏轼用形象的蛇蜕皮喻时间不可留，暗示要自始至终抓紧时间做事，免得时间过半，虽勤也难补于事。努力应从今日始，不要让志向抱负付诸东流。

　　在阖家团圆、举国欢庆的除夕之夜，当我们品评着先贤苏轼的守岁之情，享受着亲情满堂的天伦之乐，欣赏着多姿多彩的通明夜景，定有诗意油然而生。那么，就请写吧，像古人那样让除夕充满诗情画意，让年节更富文化内涵。

元日诗词年味浓

新春伊始,万象更新。漫读诗书,于古诗词中品年味儿,既能品出古人的年俗之味、人生况味,更能品出流淌在中华民族血液中的年景希冀。

一提到咏春节的诗,人们首先会想到宋代诗人王安石的《元日》:

> 爆竹声中一岁除,春风送暖入屠苏。
> 千门万户瞳瞳日,总把新桃换旧符。

"元日"即一年中的第一天,是我们现在通称的"正月初一"或"大年初一"。在热爱生活的诗人笔下,新年的第一天充满了希望,充满了与家人好友团聚的喜悦。在爆竹声中送走了一年,在送暖的春风中,阖家欢饮屠苏美酒。屠苏酒是古代春节时饮用的酒品,故又名岁酒。据说屠苏酒是汉末名医华佗创制而成,后由唐代名医孙思邈流传开来的。这种由大黄等中药浸制而成的酒,具有祛风散寒、避除疫疠之邪的功效。正月初一家家户户都会按照先幼后长的次序饮用屠苏酒,祈祷平安。挂桃符不仅是春节必不可少的习俗,而且桃符与春联、门神、年画等也有着千丝万缕的联系,并成为除旧迎新的必需品。

王安石一生致力改革,政治理想坚定,人生态度积极。其诗如其人,欧阳修称其"翰林风月三千首,吏部文章二百年;老去自怜心尚在,后来谁与子争先"。如果说"诗言志",那么,王安石的诗风,亦如他那开拓创新的风骨,吐故纳新,激人奋进。王安石在《元日》中写过年景象,更借此抒发政治情怀。诗中虽采用白描手法,燃放爆竹、饮屠苏酒、换新桃符这些年俗不仅展现了千家万户喜气洋洋的新年景象,更融汇了身为宰相的王安石治国安邦的美好理想——全诗字里行间都洋溢着改革家王安石对革旧除新、施行新政的信心,不失为"过大年"与"大人格"的情景交融,结尾一句"总把新桃换旧符"更表现了诗人对变法的胜利和人民生活改善的欣慰、喜悦,同时蕴含了新事物终将取代旧事物的深刻哲理。

与王安石《元日》同题的,有唐代诗人孟浩然的《田家元日》:

> 昨夜斗回北,今朝岁起东。
> 我年已强仕,无禄尚忧农。
> 桑野就耕父,荷锄随牧童。
> 田家占气候,共说此年丰。

生于湖北襄阳,与安康人同饮汉江水的孟浩然,作为与王维齐名的"山水田园诗人",其笔下的年味,是浓浓的乡土气息,是深厚的悯农之情:昨天夜里北斗星的斗柄转向东方,今天早晨新的一年又开始了;我今年已经四十岁了,虽然没有官职但仍担心着百姓;在种满桑树的田野里耕作的农夫,扛着锄头和牧童一起劳作;农家人推测今年的自然气候,都说这一年是丰收年。孟浩然心中的年味是"人勤春耕"的汗味,心中的年景是"劳动创造幸福"的丰收年。

同写"元日",北宋诗人毛滂的《玉楼春·己卯岁元日》却写出了与王安石的家国情怀、孟浩然的田园诗意完全不同的年味:

> 一年滴尽莲花漏,碧井酴酥沉冻酒。
> 晓寒料峭尚欺人,春态苗条先到柳。
> 佳人重劝千长寿,柏叶椒花芬翠袖。
> 醉乡深处少相知,只与东君偏故旧。

江南才子毛滂,生于"天下文宗儒师"之家。故而,他的年味是充满浪漫气息的文人风味:莲花滴水,送走了旧的一年;在井悬冻酒、晓寒侵人之时,柳枝的苗条身姿,已透露出了新春气息;虽有佳人歌女劝酒佐兴,可词人却为早春的物候所惊,犹如见到了久别重逢的故旧。这种意境唯美的诗词,构思新颖,饶有情致。

另一首以《元日》为题的作品,是南宋词人姜夔的《鹧鸪天·丁巳元日》:

> 柏绿椒红事事新,隔篱灯影贺年人。三茅钟动西窗晓,诗鬓无端又一春。　慵对客,缓开门,梅花闲伴老来身。娇儿学作人间字,郁垒神荼写未真。

此词生动可爱,读来情趣盎然。词人笔下的新年犹如一幅质朴的风俗画,在读者眼前缓缓展开。绿色的柏叶酒与红色的椒酒置于几案之上,隔着屋外的竹篱见到提着灯笼凌晨出门的拜年人。伴随着晨钟敲响,新春悄然降临。词人赋闲居家,不愿开门应酬。只要有梅花相伴,娇儿在身边嬉耍足矣。家庭的温情与人伦的快乐,让平凡的生活多了一丝温暖,多了一丝柔情。

阅读烟火气息如此浓郁的诗词,与家人、亲友欢聚于春阳初照的大年初一,共庆一元复始,共话一年大计,在诗情画意中放飞心情,会让元日更加美好。

后　记

　　作为图书馆的工作人员,写一部关于读书的书,是责任所系,也是人生的一件快乐之事。

　　创作这部书,其实并没有刻意为之。只是日常为着工作而写些业务宣传性的文学作品,累积至今,便成一书。

　　图书馆的一项重要工作,是抓全民阅读。我到安康市图书馆上班的第二个月,新任市委书记深入市直文化单位暗访,看到图书馆读者没有馆员多的落后样子,当即质问道:"要你们这种供养闲人的单位有啥用处?"于是,我们立即整改。为了寻求科学发展之策,我反复调研,发现读者稀少的客观原因,一是图书太少,只有47000册旧书,无法满足读者多元化的阅读需求;二是购书经费太缺,每年15万元,只能订几十种报刊,买两千多册新书,无法吸引读者到馆。为此,我们利用一年时间募集社会捐款、捐书,争取有关方面援助。当图书数量成倍增长,"为人找书"首战告捷,我们及时把工作重心转向"为书找人",即真正意义面向全民阅读的阅读推广。

　　这种冲破固有模式的营销行为,最初是一腔热情的盲目蛮干。在不断探索的实践之中,我们感到,全民阅读的"全民"不是大众,而是小众,甚至是一个个具体的个体。因此,我们把"面向社会"的盲目性,转变为"以人为本"的具体化。于是,我便有了一个个写作对象。当我将这一个个形象生动的读者通过报刊、广电、网媒介绍给广大读者及社会各界,人们的面前便有了航标,人们的观念中便有了阅读,人们的生活中便有了书香。

　　这样的写作,让我的工作多了一个有力的抓手,让我与社会多了一道情感的桥梁,让我的人生多了一位知心的伴侣。

　　当然,一个图书馆的负责人,毫无疑问就是这个馆的第一阅读推广人。

除了宣传阅读者,更为大量、更富深度的业务是做图书推介。虽然,这份工作有专人负责,但当自己在社会上遇到相关咨询时,明显感到:只有自己亲力而为、全员合力而为,才能将此事做活做好。

为此,我坚持每月阅读两本地方文献、一本上榜新书,并写出书评或读后感,通过本馆微信公众号及报刊、网媒对外宣传。同时,每月与安康人周末读书会同读两本书,并与他们交流阅读体会。在自己带头写稿的基础上,每年策划两次以上书评征文,从而把图书推介工作引出书斋,引向社会。

由于带头写,坚持抓,安康的社会性图书评论工作形成气候。最富特色的活动有三个:其一是面向全国举办"安康书评"有奖征文活动,收到29个省市区来稿2186件,评出获奖作品100件,出版发行《安康书评》一书,受到业界好评;二是申办"地方文献"研究课题,公开出版综合成果集《悦读者说》、专题成果集《安康题材纪实文字赏析》,受到社会欢迎;三是2020年春季为做好疫情防控形势下的居家阅读,我们发起了"读者荐书"有奖征文活动,收到来稿1366件,评出获奖作品100件,出版《读者荐书》,为"文化抗疫"巧立战功。诸如此类活动的开展,有力地提升了阅读推广能力,推进了全民阅读工作,加快了书香安康建设,并使安康市图书馆被中国图书馆学会评为全国的全民阅读"先进单位"和"先进组织"。

如今,将描写阅读者的纪实散文、阅读推广的图书评论集为一书,奉给读者,只为一个目的:力推全民阅读,建设书香社会。

为着这样的目标,让我们携手共进!

由于水平有限,书中错讹与缺憾定然不少。敬请指正,诚望海涵。

2021年春于安康市图书馆